NOS IDOS
DE MARÇO

NOS IDOS DE MARÇO

A ditadura militar na voz de
18 autores brasileiros

Organização e apresentação de
Luiz Ruffato

GERAÇÃO

Copyright © 2014 by Luiz Ruffato

1ª edição — Setembro de 2014

Grafia atualizada segundo o Acordo Ortográfico da Língua Portuguesa de 1990, que entrou em vigor no Brasil em 2009

Editor e Publisher
Luiz Fernando Emediato

Diretora Editorial
Fernanda Emediato

Produtora Editorial e Gráfica
Priscila Hernandez

Assistentes Editoriais
Adriana Carvalho
Carla Anaya Del Matto

Capa
Raul Fernandes

Projeto Gráfico e Diagramação
Futura

Preparação de Texto
Karla Lima

Revisão
Marcia Benjamim
Josias Andrade

DADOS INTERNACIONAIS DE CATALOGAÇÃO NA PUBLICAÇÃO (CIP)
(Câmara Brasileira do Livro, SP, Brasil)

Nos idos de março : (a ditadura militar na voz de 18 autores brasileiros) / organização e apresentação de Luiz Ruffato. -- 1. ed. -- São Paulo : Geração Editorial, 2014.

ISBN 978-85-8130-246-1
1. Contos brasileiros 2. Ditadura 3. Política - Ficção 4. Problemas sociais - Ficção I. Ruffato, Luiz.

14-07063 CDD-869.93

Índices para catálogo sistemático:
1. Contos : Literatura brasileira 869.93

GERAÇÃO EDITORIAL
Rua Gomes Freire, 225 – Lapa
CEP: 05075-010 – São Paulo – SP
Telefax: (+ 55 11) 3256-4444
E-mail: geracaoeditorial@geracaoeditorial.com.br
www.geracaoeditorial.com.br

Impresso no Brasil
Printed in Brazil

Sumário

Breve história do autoritarismo brasileiro.................................7
O homem cordial (Antonio Callado).......................................16
Os camaradas (Wander Piroli) 42
A morte de D. J. em Paris (Roberto Drummond)....................52
O homem que descobriu o dia da negação
(Ignácio de Loyola Brandão) 80
Documentário (Ivan Angelo) 90
O jardim das oliveiras (Nélida Piñon)...................................108
Almoço de confraternização (Sérgio Sant'Anna).................132
Manobras de um soldado (Flávio Moreira da Costa)...........142
O homem que ensinava a fazer sofrer (Frei Betto) 150
Alguma coisa urgentemente (João Gilberto Noll) 160
Felizes poucos (Maria José Silveira)......................................170
A mão esquerda (Roniwalter Jatobá) 188
A maior ponte do mundo (Domingos Pellegrini) 198
A data magna do nosso calendário cívico
(Luiz Fernando Emediato)...212
Dois cabeludos num jipe amarelo (Luiz Roberto Guedes)...242
A posição (Julio Cesar Monteiro Martins) 250
Cinquenta anos em cinco textos (Fernando Bonassi)...........256
Viagens (Paloma Vidal)..264

Breve história do autoritarismo brasileiro

P. CONTAVA DEZOITO ANOS E CUMPRIA o serviço militar obrigatório, conscrito no Corpo de Fuzileiros Navais do Rio de Janeiro. Não entendia bem por que dois meses antes teve que tosar os lambidos cabelos negros, "de índio", e muito menos por que, agora, desconfortável dentro do uniforme, havia sido deslocado para o alto daquele morro, em posição de tiro. P. não sabia como lidar com a arma que lhe entregaram e não fazia ideia do objetivo daquele exercício. Mirava à noite, tenso, a lânguida Baía de Guanabara estendida lá embaixo. Pela manhã, o oficial comunicou que poderia haver confusão, portanto que se mantivessem em alerta máximo. Muito tempo depois, P. descobriu, assustado, que participara do Golpe de 1964...

Sob o argumento de "evitar o caos político-econômico-social e a guerra civil, que ameaçava o país", os militares, liderados pelo general Olímpio Mourão Filho, comandante da 4ª Região Militar, sediada em Juiz de Fora (MG), depuseram o presidente João Goulart, na madrugada de 31 de março para 1º de abril, inaugurando um dos períodos mais tenebrosos da história brasileira. Foram vinte e um anos até a eleição indireta de Tancredo Neves, em 15 de janeiro de 1985, conquistada após um amplo movimento da sociedade civil pelo fim da intervenção das Forças Armadas. O legado deste período de desmandos, repressão e censura foi a desorganização dos sistemas de educação e saúde, a expansão dos círculos de corrupção, o aprofundamento do fosso entre as camadas mais ricas e mais pobres da sociedade, a propagação da violência urbana e, principalmente, a perda de confiança nas instituições.

Embora o general Mourão Filho confesse, em reportagem da revista *O Cruzeiro*, de 10 de abril de 1964, que conspirava contra o presidente Goulart "desde o dia 6 de janeiro de 1962, quando o plebiscito fez retornar o regime presidencialista", as raízes do Golpe de 1964 podem ser encontradas bem antes, ainda quando da contestação da eleição de Juscelino Kubitschek, em outubro de 1955, cuja posse somente ocorreu garantida por um levante liderado pelo marechal Teixeira Lott contra os políticos ligados à UDN (União Democrática Nacional). O mesmo partido que, nove anos mais tarde, idealizaria o golpe contra Goulart, lastreado no apoio incondicional dos Estados Unidos, que, naqueles anos, auge da Guerra Fria, fomentavam regimes ditatoriais em quase todos os países da América do Sul: Bolívia (1964-1982), Equador (1972-1979), Uruguai (1973-1985), Chile (1973-1990), Peru (1976-1980), Argentina (1976-1983).

A verdade é que a história do Brasil no século XX é a história do autoritarismo, que a literatura nacional, quase sempre avessa à política, acompanhou apenas de maneira lateral. O desaparecimento do Império, retratado magistralmente por Machado de Assis em *Esaú e Jacó*, verificou-se por meio de um golpe militar em 15 de novembro de 1889, liderado pelo marechal Deodoro da Fonseca, que governou com poderes ditatoriais até 24 de fevereiro de 1891, quando promulgada a nova constituição. Menos de oito meses passados, Deodoro fechou o Congresso e decretou estado de sítio, mas, pressionado por um motim da marinha, renunciou, vinte dias depois, em favor de seu vice, o marechal Floriano Peixoto. Floriano manteve-se no poder, de forma ilegítima, entre 23 de novembro de 1891 e 15 de novembro de 1894, com o país sob estado de sítio, período que Lima Barreto descreve em *Triste fim de Policarpo Quaresma*.

O pleito de 1º de março de 1894, o primeiro da República, marca o começo de um período de mais de trinta anos em que os governos se sucederam dentro da normalidade constitucional, embora esta tenha sido uma época bastante conturbada do ponto de vista político — apenas 3% da população tinha direito ao voto, facultativo, interdito às mulheres e aos analfabetos. Sob Prudente de Morais (1894-1898), chegou ao fim a sangrenta Revolução Federalista (1893-1895), episódio que ainda hoje rende boa literatura no Rio Grande do Sul (Luiz Antonio de Assis Brasil, Tabajara Ruas, Letícia Wierchowski), e se desenrolou a Guerra de Canudos (1896-1897), acompanhada de perto pelo então jovem repórter Euclides da Cunha, que a imortalizou em *Os sertões*. Já Rodrigues Alves (1902-1906) comprou o Acre à Bolívia, após sua incorporação de fato por brasileiros liderados por Plácido de Castro — o imbróglio é o centro da narrativa de Márcio Souza, *Galvez, imperador do Acre*.

Em 1910, o marechal Hermes da Fonseca (1910-1914), cuja eleição dividiu o país entre civilistas e hermistas, decretou estado de sítio para enfrentar, com violência, a Revolta da Chibata, rebelião contra a prática de castigos físicos na marinha. A humilhante situação dos marujos já havia sido exposta, quinze anos antes, no excelente e corajoso *Bom crioulo*, de Adolfo Caminha. Ainda sob Hermes da Fonseca, estourou a pouco estudada Guerra do Contestado (1912-1916), quando, pela primeira vez, no governo de seu sucessor, Venceslau Brás (1914-1918), foram usados aviões militares contra a população civil. Este longo período, que vai da consolidação da República até o fim da Primeira Guerra Mundial, está muito bem descrito na obra-prima que é *Memórias sentimentais de João Miramar*, de Oswald de Andrade.

O recrudescimento das greves operárias, ao longo da década de 1910, culmina com a fundação do PCB, em 1922, e os comunistas passam a assumir um papel cada vez mais importante no cenário político nacional — 1922 é também o ano em que surge o Movimento Tenentista, cujas ideias de progresso alimentariam a Revolução de 1930. Artur Bernardes governa, durante quase todo o seu mandato (1922-1926), com o país sob estado de sítio, enfrentando insubordinações militares (Revolta do Forte de Copacabana), sedições estaduais (Rio Grande do Sul, em 1923, e São Paulo, em 1924) e a pregação da Coluna Prestes. Seu sucessor, Washington Luís, seria deposto, em 24 de outubro de 1930, por uma junta militar que repassaria o poder ao líder civil da revolução, Getúlio Vargas. A literatura apreende o clima dessa fase final da República Velha em obras como *Serafim Ponte Grande*, de Oswald de Andrade; *Moleque Ricardo* e *Usina*, de José Lins do Rego; *Cacau* e *Suor*, de Jorge Amado, e na obra-prima de Guimarães Rosa, *Grande sertão: veredas*.

Vargas se torna uma das personagens mais importantes da história do Brasil. Apoiado por civis e militares, ele governa "provisoriamente", com atribuições excepcionais, até que, pressionado por sublevações, como a de São Paulo, em 1932, é obrigado a acatar uma nova constituição, em vigor a partir de 17 de julho de 1934, data em que é eleito, de forma indireta, presidente da República. Um ano depois, no entanto, com o argumento de combater os radicais de direita e de esquerda, institui uma Lei de Segurança Nacional, novamente concentrando o poder em suas mãos. Esse processo culminaria num outro golpe, em 10 de novembro de 1937, quando Vargas funda o Estado Novo: "É a necessidade que faz a lei: tanto mais complexa se torna a vida no momento que passa, tanto maior há de ser a intervenção do Estado no domínio da atividade privada", declara, em seu "Manifesto à Nação".

A justificativa para a implantação da ditadura, Vargas a tomou de um suposto projeto de revolução comunista, o Plano Cohen, na verdade um documento falsificado pelos fascistas ligados a Plínio Salgado, idealizado para forçar um golpe de estado. Já naquele momento surge, como um dos nomes por trás da farsa, o capitão Olímpio Mourão Filho, que, mais tarde, general, lideraria o movimento que derrubou a incipiente democracia, em 1964. Dessa época, agitada e paradoxal, de censura, tortura, privação da liberdade e populismo, dão testemunho livros como *Memórias do cárcere*, de Graciliano Ramos; *Subterrâneos da liberdade*, de Jorge Amado; *O louco do Cati*, de Dyonélio Machado, entre outros. E, para além de todos, *O tempo e o vento*, de Erico Veríssimo, magnífica saga que cobre o largo período que vai de meados do século XVIII até 1945.

Finda a Segunda Guerra Mundial, Vargas, premido pelas circunstâncias, extingue a censura prévia, concede anistia geral aos presos políticos, autoriza a criação de novos partidos e marca eleições para o dia 2 de dezembro, naquele que seria o primeiro pleito efetivamente democrático da história do Brasil, já que estendia o direito de voto às mulheres, embora não o permitisse ainda aos analfabetos. Mas, no dia 29 de outubro, o general Pedro Aurélio de Góes Monteiro depõe Vargas, assumindo o poder o presidente do Supremo Tribunal Federal, José Linhares, que conduz o sufrágio e dá posse, em 31 de janeiro de 1946, ao presidente eleito, o general Eurico Gaspar Dutra, ministro da Guerra desde 1936.

Senador à Assembleia Nacional Constituinte, Vargas exerceu o mandato até 1947, retirando-se, desencantado, para sua estância no interior do Rio Grande do Sul, de onde saiu apenas para encabeçar a campanha vitoriosa à eleição de 3 de outubro de 1950. Conduzido novamente à Presidência da República, enfrentaria uma forte oposição da UDN, mergulhado em denúncias de corrupção e enfrentando uma grave crise econômica. A situação se deteriorou ao longo de seu mandato e, em 15 de fevereiro de 1954, oficiais divulgaram um Memorial dos Coronéis, documento que teve entre seus signatários Golbery do Couto e Silva, mais tarde ideólogo do governo militar, reclamando de seus superiores hierárquicos uma atitude contra o que chamavam de desmandos do governo. O ápice da crise ocorre no dia

5 de agosto, quando membros da guarda pessoal do presidente praticam um atentado contra o jornalista Carlos Lacerda, voz mais combativa da oposição, que resulta na morte do major da aeronáutica Rubens Florentino Vaz, arma à qual pertencia o candidato derrotado da UDN, o brigadeiro Eduardo Gomes. No dia 22, dezenove generais do exército, entre eles o futuro marechal Castelo Branco, que estaria à frente do Golpe de 1964, soltam um manifesto exigindo a renúncia de Vargas, que, num gesto trágico, se mata com um tiro no peito na madrugada do dia 24. Esse conturbado período está assinalado nos romances *Armadilha para Lamartine*, de Carlos Sussekind; e *Agosto*, de Rubem Fonseca, entre outros.

Com a morte de Vargas, as frágeis instituições entram em colapso. Café Filho assume a presidência em 24 de agosto de 1954 como garantidor do pleito a ser realizado em 3 de outubro do ano seguinte. No entanto, diante da ameaça de impugnação pela UDN do resultado da votação que elegeu Juscelino Kubitschek, Café Filho afasta-se do cargo, alegando problemas de saúde, em 8 de novembro de 1955, abrindo espaço para o presidente do Supremo Tribunal Federal, Carlos Luz. Este, sob suspeita de que não daria posse ao candidato vitorioso, é destituído do cargo dois dias depois, por um golpe de estado preventivo liderado pelo marechal Teixeira Lott, cedendo lugar ao vice-presidente do Senado, Nereu Ramos, que governou, sob estado de sítio, entre 11 de novembro de 1955 e 31 de janeiro de 1956.

No poder, Juscelino enfrentou duas rebeliões militares, a de Jacareacanga, um mês depois de sua posse, e a de Aragarças, em dezembro de 1959, que resultou no primeiro sequestro de um avião brasileiro, ambas rapidamente debeladas. Nas eleições de 3 de outubro de 1960, Jânio Quadros derrota o marechal Teixeira Lott e elege-se presidente da República para o mandato 1961--1965. No entanto, sete meses após sua investidura no cargo, renuncia, num episódio ainda hoje nebuloso, encaminhando o país para um cenário de caos institucional que culminou com a deposição, pelos militares, de João Goulart, na fatídica madrugada de 31 de março de 1964. *A serviço del-rei*, de Autran Dourado; *A hora dos ruminantes*, de José J. Veiga; e *Quarup*, de Antonio Callado, captam esse momento de transição.

    Refletir sobre a longa noite que se seguiu então é o propósito desta antologia de contos.

Luiz Ruffato

ANTONIO CALLADO (1917-1997)

Carioca, jornalista, romancista, dramaturgo, um dos poucos escritores brasileiros a construir uma obra integralmente dedicada à reflexão sobre a política brasileira. Destaque para os romances *Quarup* (1967), *Bar Don Juan* (1971), *Reflexos do baile* (1976), *Sempreviva* (1981) e o livro de contos *O homem cordial e outros contos* (1993).

O homem cordial

Antonio Callado

— O Brasil não está preparado para homens como eu!

Este desabafo Jacinto teve diante apenas de sua filha Inês, estudante de Filosofia, que estava em êxtase diante dos livros atirados ao chão e dos papéis espalhados pelo gabinete inteiro.

— Bacana, paizinho. Já pensou no sucesso que eu vou fazer quando contar que a casa foi invadida pelo DOPS? É o máximo. Genial!

— É um ato antibrasileiro. Violento e desagradável.

— Eu, que já era filha de cassado, agora sou filha de invadido. Só falta te trancarem na ilha da Laje. Você é uma parada, paizinho. Está na onda.

Professor de História e sociólogo, Jacinto tinha estudado a formação do povo brasileiro numa série de monografias elegantes cujo êxito entre a *intelligentsia* irritara bastante os meios acadêmicos especializados. Não que o criticassem abertamente. Mas faziam circular que o consideravam "o colunista social da história do Brasil". Sem lhes prestar atenção, Jacinto, quando planejou seu grande livro sobre os brasileiros, em nada menos do que três volumes, resolveu dar à obra inteira o título de *O homem cordial*. A expressão, criada por Ribeiro Couto e fixada por Sérgio Buarque de Holanda, lhe parecia perfeita para descrever a contribuição que o povo brasileiro se preparava para prestar à História em geral. Circunstâncias várias haviam criado tão imperativamente no Brasil o tipo do homem cordial que estávamos a caminho de ser o primeiro povo a construir um grande país por meios não violentos: o primeiro país racional.

A cassação dos seus direitos políticos tinha feito não pouca gente rir pelos cantos das universidades e academias do país. Tinham até inventado (ou exagerado muito) a forte emoção com que Jacinto recebera a notícia. Falaram até num distúrbio circulatório, para acrescentar que o título da grande obra seria agora *O homem cardíaco*.

Surpresa e irritação, ele certamente tinha tido. Emoção, mesmo, e um certo medo, isto era inegável. Medo das possíveis consequências financeiras e um nobre medo patriótico (e autoral) diante de uma "revolução" que viria talvez destruir a cordialidade brasileira.

Depois, ao circular a notícia da cassação, seu telefone começara a tocar. Uma onda de solidariedade o submergia. E eram ex-ministros de Estado, gente do Supremo, colegas, amigos de infância, ex-amantes, pessoal do teatro, do cinema...

— Jacinto? Aqui é o Macedo. Estou contigo, hem.

— Obrigado, obrigado.

— A indignação diante dessa injustiça está abalando o país.

— Pois é. A coisa assim não vai bem, não. Não por mim, mas pelos valores da nossa civilização, você compreende.

Mesmo manifestações públicas lhe faziam.

— Professor Jacinto? Aqui Marta Keitel.

— A grande atriz?

— Bondade sua, professor. Grande é o senhor com sua coragem.

— Qual o quê, ora essa.

— Estou lhe telefonando em nome da companhia inteira, professor. Nós vamos lhe dar nossa solidariedade em cena aberta.

— Em cena aberta?

— No intervalo da peça do Dias Gomes que estamos levando.

"Peça do Dias Gomes, cena aberta", pensou Jacinto, rápido. "Contanto que esse pessoal não exagere."

— Ótimo — disse Jacinto —, e muito grato a vocês. Mas olhe, não vão se exceder. É importante não agravar sem necessidade a situação. Não digo a minha. A de vocês, a do país.

Até mesmo um general do exército que colaborava com a revolução e que não era tão seu amigo assim tinha telefonado:

— Meu caro Jacinto, releve ao nosso movimento um ou outro rigor descabido.

— Bem, Moraes...

— Eu sei, eu sei. Considero a medida de todo injustificada no seu caso. Mas é que no primeiro momento pagam alguns inocentes pelos culpados. Tenho certeza de que inda consertaremos isto.

— Você acha?...

— Positivo. Confie em nós.

Aos poucos Jacinto recuperou o equilíbrio perdido no primeiro momento. Então não era cordial de vísceras um povo que no seio de uma revolução encontrava meios e modos de se manter amável? Em que outros países ocorreriam telefonemas como o do general Moraes ou — cúmulo dos cúmulos — a visita que recebera de um ministro do governo revolucionário? É bem verdade que o ministro tinha vindo tarde da noite e depois de sondar Jacinto por meio de amigos comuns, para se certificar de que a visita não seria divulgada. Mas mesmo assim, puxa!

Financeiramente sua situação, boa antes, estava até melhor. Tinha plena liberdade de escrever (desde que não tocasse em assuntos de política correntes) e era muito mais bem pago, depois da cassação, pelas revistas nacionais e estrangeiras em que colaborava. E, como lhe dissera o ministro, com um ar meio malandro, tão brasileiro:

— Agora você vai ter muito mais tempo para se dedicar à admirável obra que já iniciou.

E o ministro tinha rido a bandeiras despregadas quando Jacinto respondeu:

— Estou planejando todo um capítulo, a ser publicado mais tarde, intitulado "A ditadura cordial".

O episódio da sua casa varejada pela polícia tinha sido grosso e destemperado, não há dúvida. O homem cordial, embutido tão solidamente no homem brasileiro, estaria ameaçado de ser adiado, talvez deformado.

— O Brasil não está preparado para homens como eu!

É verdade que esta frase, que podia ser interpretada como pura presunção, Jacinto só tinha pronunciado diante de sua filha Inês e repetido diante de Clara, sua amante, que era aliás quase tão jovem quanto Inês. No apartamento que havia três anos alugara para seus encontros com Clara, tinha narrado a cena da casa invadida pelo DOPS. Clara sorrira enquanto lhe afagava a cabeça.

— Não há de ser nada, querido. Você é tão jeitoso que daqui a pouco o governo restitui os livros que a polícia confiscou e manda pedir desculpas. Com saudações cordiais.

— Não brinca, Clarinha. Uns cavalos, os sujeitos do DOPS!

Clara tinha continuado no mesmo tom brincalhão.

— Eu gosto de você pela sua coerência, meu anjo — disse ela. — Aos poucos você está — embora retendo todos os privilégios da vida — ficando assim... Deixe ver...

— Assim como? — disse Jacinto.

— Mal comparando, assim feito um morto.

— Francamente, Clara. Que ideia! Hoje é dia de piadas negras?

— Veja bem, meu querido. É, há muitos anos, um homem desquitado e, portanto, pela lei brasileira não pode se casar de novo. Tem mulher, pode até ter uma mulher só, feito uma esposa, mas não pode assumir a plena responsabilidade do casamento. Agora, cassado, não pode votar, não pode se candidatar, não pode opinar publicamente sobre política.

Só muito de raro em raro Clara tocava no assunto delicado da relação entre os dois ou, por outras palavras, como se dizia Jacinto meio preocupado, no assunto delicado da *situação dela*. Ele às vezes se sentia meio calhorda, recebendo dela tanto amor e tanta beleza e enfurnando-a para encontros num apartamento semiclandestino. Mas a verdade é que na vida de ambos Clara lhe pedia tão pouco que ele se esquecia de lhe dar mais em troca. Ela era linda, era muito mais moça do que ele, devia ser cantadíssima na sua livre vida de jovem médica — e, no entanto, não lhe exigia que *resolvesse* nada, graças a Deus. Se ela exigisse mesmo, Jacinto tinha quase certeza de ceder, de arranjar um casamento uruguaio, de levá-la para casa. Sem ela seria muito difícil viver. Mas o inegável é que a situação, como se encontrava, não podia ser melhor. Clara tinha sempre recusado morar no apartamento dos encontros amorosos, preferindo seu pequeno apartamento próprio. Assim ficava Jacinto, além de tudo mais, com a plena liberdade do apartamento, não só para usá-lo em pequenas aventuras inconsequentes, como também para obsequiar amigos de uma forma que gera gratidões imorredouras: a forma de emprestar uma chave de apartamento quando existe a mulher que quer se entregar e não existe um mísero teto sobre um pobre leito. Depois, quem sabe, a diferença de idade entre os dois era tão grande que crises imprevisíveis poderiam surgir, um dia. Jacinto chegava mesmo — convicto da sua generosidade — a se dizer que assim era melhor para Clara. E também achava que era melhor para Inês. Para Inês, filha única e que a mulher deixara com ele, a introdução de Clara na casa seria um elemento de provável perturbação psicológica. Era como se de repente lhe surgisse uma irmã mais velha em casa, e irmã com a qual o pai vivia, na mesma cama. Não, não. Para quê? A ciência da vida era vivê-la com brandura, pisando leve. As grandes paixões, os impulsos violentos, só podiam ser explicados, à luz da razão, como persistência de um passado bárbaro.

Jacinto pensava rápido, para ver como evitar o assunto do desquite, mas Clara continuava, desistindo ela própria de qualquer referência a ele:

— Até agora eu me espanto quando penso que cassaram você, meu querido. Você se solidarizou no primeiro momento com os professores demitidos como comunistas, é verdade, mas todo mundo sabe que você não tem nada de comunista.

— Mas sou suspeito. Tenho amigos comunistas. Sou portanto criptocomunista. Uns idiotas, esses "revolucionários" do 1º de Abril. Eu protestei principalmente porque eles vão contra a razão e contra a doçura do temperamento brasileiro.

— Garanto — disse Clara — que quando eles iniciarem a revisão de cassações seu caso vai ser resolvido. Vão considerá-lo um engano.

"Também assim não", pensou Jacinto. Ele tinha uma certa periculosidade, não se podia negar. Era a favor da livre expressão do pensamento, isso era, e por isso até lutaria. A prova é que o haviam cassado, que diabo.

— Não, meu bem — disse Jacinto —, isto eu acho que eles não fazem não. O que pode acontecer é que nós os derrubemos. As cassações ficam sem efeito.

— Não? — disse Clara. — Nós, quem?

— Bem — disse Jacinto —, eu continuo a ver meus amigos de esquerda. Estão todos inconformados.

— Sim, evidente. Mas além de se reunirem, estão planejando alguma coisa concreta? Porque a esquerda é mesmo festiva, não é?

A expressão esquerda festiva agastava Jacinto pela sua intenção zombeteira, mas havia algo admirável na sua cunhagem, algo bom, brasileiro. Por que não seria festiva a esquerda? Por que razão? Que mal havia em abrasileirar as ideias e instituições? E, sobretudo, se houvesse dinheiro para isto, por que não discutir a revolução bebendo uísque, ora bolas? O que é que se havia de beber? Mate?

— Festiva ou não festiva, Clarinha, a esquerda está fazendo obra de boa diplomacia, encolhendo as próprias garras para buscar contatos com as outras áreas, armando uma rede em que acabarão por tombar esses pobres "revolucionários" desastrados.

— Hum...

— Que hum nada, meu bem — disse Jacinto. — Não se derruba gorila rugindo e batendo no peito, feito outro gorila. Há gente aí disposta a chegar até a luta armada contra o governo. Uma asneira. Uma loucura. É nos transformarmos em gorilas. Propor às Forças Armadas a luta pelas armas é como um homem qualquer desafiar um pugilista na rua. No terreno das armas é normal que o exército ganhe. É o que ele sabe fazer.

Clara levantou as sobrancelhas e sorriu.

— Será que sabe mesmo?

— Bem — disse Jacinto, irônico —, pelo menos melhor do que eu ou você.

— Isto eu não duvido, meu anjo — disse Clara. — Mas pensa naqueles vietcongues subdesenvolvidos. Atracaram-se com o próprio Cassius Clay no meio da rua e não estão se dando tão mal assim.

— Minha revoltosa! — disse Jacinto, abraçando Clara e beijando-a.

Clara retribuiu o beijo inesperado, mas prendeu-se a ele não apenas com o calor de sempre. Com uma espécie de assustada ternura.

— Medo de quê, sua bobinha?

— Da sua... distração, da sua confiança na bondade de todo mundo...

Mas Jacinto já executava os movimentos tão familiares e sempre tão novos de desabotoar os botões e abrir os fechos da roupa de Clarinha. Sentia-se poderoso como um mago fazendo os gestos necessários à produção do milagre que era Clarinha nua.

— Pelo menos — disse ela — você já chegou à conclusão importante de que o Brasil ainda não te merece.

— Zomba, zomba de mim — disse Jacinto.

As últimas e minúsculas peças de roupa já estavam atiradas à cadeira. Como sempre, diante de Clarinha em pelo o quarto perdia seu ar natural, seu equilíbrio. As cortinas, os quadros, os armários se deformavam, a cama flutuava. Clarinha de pé no tapete era um motim.

Quando vinha para casa jantar com Inês, sem amigos presentes, sem ninguém mais, tudo feito e benfeito pela velha preta Zenaide, Jacinto sentia ainda maior ternura por Clarinha, que lhe dava no apartamento dos encontros sua luminosa vida de fauno, sem em nada diminuir a doce vida familiar que era seu *tête-à-tête* com Inês, ao som da tagarelice de Zenaide, empregada na casa desde o tempo que Inês ainda engatinhava.

Sem que Zenaide visse, Jacinto retificava ao chegar certos detalhes de arrumação com os quais a empregada jamais concordara: o licoreiro de cima da *étagère* ele gostava contra a parede e não no centro do móvel; os Vitalinos todos juntos, num grupo honesto, e não dispostos com estranha estratégia aos quatro cantos do jarrão de flores, como se fossem tomá-lo de assalto; quanto aos dois castiçais de pedra-sabão, era intolerável que ficassem a cada lado da miniatura em bronze do sardônico Voltaire de Houdon, canonizando-o.

Naquela noite, chegando bem antes da hora do jantar, Jacinto fez rapidamente as operações antes que aparecesse Zenaide (assim como ele jamais se queixava da arrumação de Zenaide, ela jamais protestava contra a interferência de Jacinto) e foi conferir o balde de gelo no bar do canto da sala: tinha gelo. Ia chamar Inês no seu quarto e enquanto ela alisava o cabelo para jantar ele tomaria uísque, passando os olhos pelo *Última hora* e *Tribuna*. Mas mal recolocava a tampa no balde e já sabia, pelo distante rumor de vozes vindo do fundo do corredor, que Inês tinha seu grupinho de amigos no quarto de estudo. Chato, aquilo. Não se queixava porque acreditava em dar o máximo de liberdade a Inês, mas era bem melhor se ela também respeitasse a liberdade dele, que lhe pedia bem pouco: pedia-lhe, por exemplo, paz na casa antes e durante o jantar, a menos que houvesse convidados dele ou dela.

Retirou-se para o seu gabinete, sem se servir de uísque e sem abrir os jornais. Precisava prestar atenção, bem sabia, para não ficar um homem metódico ao exagero e, portanto, facilmente perturbado por coisas triviais. A verdade, no entanto, é que cada vez mais se convencia de que tinha razão, de que a vida, com um mínimo de observância de certas regras e de um mútuo respeito, era excelente de ser vivida. Estava pronto a defender seu ponto de vista contra quem quer que fosse e a levá-lo aos extremos que fossem necessários. Sim, senhor. Na raiz de um comportamento individual descuidado e criador de tensões pode ser encontrado o germe de males enormes. Até guerras, no fim das contas, podem se formar na deterioração dos bons hábitos, na falta de horários. Talvez não uma Grande Guerra, mas guerras em geral, outras guerras. Aquilo, por exemplo. O sujeito já com o paladar pronto para o severo sabor, o ouvido pronto para o tilintar do gelo, o organismo inteiro tinindo na alegre expectativa daquele instante de plenária indulgência e de súbito... Jacinto pigarreou, dominando o mau humor. Olhou os papéis espalhados em cima da sua secretária, parte do capítulo corrente do livro que escrevia e que tratava da "Doçura nos regimes escravocratas". Não era mentira nem era exagero falar na democracia racial brasileira, pelo fruto moreno da nossa cordialidade racial.

Jacinto se olhou no espelho redondo de moldura dourada: camarada simpático, atraente, conservado. Dava sorte com mulher, muita sorte. E, no entanto, bem escuro de pele. O cabelo era bom, o que lhe dava possibilidades de ser um tipo "mediterrâneo", mas no duro mesmo ele tinha os retratos de uma avó que provavam coisa muito diversa. Até bonita, mas escurinha de verdade.

"Índia", dizia-se na família, mas quem é que já viu índia com tanto cacho no cabelo e com aqueles grandes olhos redondos? E apesar disso nem seus mais ferrenhos inimigos lhe aludiam à cor. Por outro lado, poderia ele dizer que tinha ferrenhos inimigos?

Essas reconfortantes reflexões e um certo acréscimo de sede levaram-no de volta à sala. Ao pé do bar, Inês, já livre dos amigos, servia o uísque de Jacinto. "Uma palmeirinha de menina", pensou Jacinto olhando a filha esguia e alta, feições delicadas e miúdas. Inês era bonita, bela mesmo, por obra e graça dos olhos cor de mel. Como certas estátuas que, iluminadas, revelam de súbito uma beleza em que não havíamos reparado antes. Só que no caso de Inês a iluminação dos olhos de mel era permanente.

— Meu anjo — disse Jacinto, já esquecido do aborrecimento. — E o beijo do pai?

Inês molhou os lábios no copo.

— O beijo vai hoje com uma dose de uísque para o velho não bronquear.

— Bronquear por que, ora essa!

— Não finge que não sabe não — disse a menina. — Eu não devia estar com esses pilantras todos na hora do seu drinque.

— Puxa! Eu não sou tão rabugento assim. De vez em quando todas as coisas têm o direito de acontecer.

— Mas sabe o que é, velho? Eles agora estão suspendendo estudantes no duro. O sujeito não pode continuar o curso se protestar contra o governo. Cassam os estudantes também.

Jacinto se lembrou de que precisava consultar o dicionário de grego. Como é que eles chamavam a suspensão dos direitos civis?

— Vocês fazem muito bem em se unir e protestar — disse ele. — Mas é um fato que não devem passar o tempo todo protestando. Deixem isto para os mais velhos.

— Ah, paizinho, tenha paciência. A Lei Suplicy é em cima de nós, não é em cima dos coroas. São colegas nossos que ficam impedidos de terminar o curso, não são vocês. Tem muitos que acham que a coisa só vai na marra.

Só se lembrava de palavras como atonia, astenia.

— Mas meu bem — disse Jacinto, fazendo novo esforço de memória e sorvendo o uísque —, vocês só podem ir até um certo ponto, por mais que façam. Podem sensibilizar os adultos, os coroas, e engrossar o número de descontentes. Mas não podem alterar a situação, é claro.

Inês ficou em silêncio, séria.

— O governo já marcou eleições e depois...

— Eleições! — disse Inês num tom áspero, que Jacinto não conhecia.

— Eu sei — disse Jacinto. — Vocês falam numa troca de ditadores e isto é verdade quanto ao método da substituição de presidentes. Mas a eleição indireta, apesar de ser tapeação, denota uma promissora fraqueza, uma concessão ao ritual da democracia.

— Ah, paizinho, papo furado.

— E há as eleições para o Congresso.

— Papo furado com remendo por cima. Você vai ver como os bons que forem eleitos eles cassam todos, como cassaram você.

Abulia, afasia, afemia, aerofagia.

— Anistia — disse Jacinto.

— Anistia! Você morre de velho, paizinho, antes de ver qualquer anistia.

— Eu sei, meu bem, nem queria falar nisso. O que eu acho é que de alguma forma estamos restabelecendo o equilíbrio rompido em 1964 com o golpe. Nosso equilíbrio interior.

— Ah! Interior pode ser. Mas com esses bolhas do governo não vai haver nenhuma mudança por fora, que dizer, visível, palpável, que interesse a alguém.

Jacinto se levantou pensando em isonomia e afasia e pingou mais uísque na aguinha de gelo que restava no copo.

— O importante, Inesinha, é resolver o problema, não é mesmo? E os caminhos estão se abrindo. Vamos recuperar o que tínhamos.

— E o que é que a gente tinha, além da liberdade de protestar, que não tem mais? O troço é recuperar o que a gente tinha e ir muito mais longe. A crise é estrutural, não é só conjuntural.

Jacinto agora sorriu com gosto. Sua Inês, a *Nesinha* de outro dia, falando de tais coisas em tais palavras.

— Me goza, ri, pai desnaturado — disse Inês no tom de voz em que imitava os dramalhões da televisão, para se divertir com o pai.

Mas havia uma diferença, que Jacinto notou. O tom era superficialmente o mesmo, mas a expressão de Inês não era despreocupada e alegre como quando fazia essas troças. Como se ela não conseguisse fazer-se entender por ele? "Isso não", pensou Jacinto, que segurou a mãozinha da filha.

— Eu não estava te gozando nada, meu anjo, ao contrário. Achei graça de puro gagaísmo paterno, de prazer em ouvir você falando tão sério.

— Me diga uma coisa, paizinho, você não acha que o Brasil precisa mudar mesmo? Você não acha que assim não vai, que assim a gente fica sempre na segunda divisão?

— Eu acho, Inês, que o Brasil podia ter andado mais depressa, não há dúvida. Mas não sacrificando as virtudes que nos justificam como povo, entendeu?

— Eu conheço as suas ideias, paizinho. Mas... como é que vou dizer? Carro de boi é bonito, range e tudo isso, levanta pouco pó. Só tem que...

— Só que botar o carro adiante dos bois não ajuda nada, não acha? Se vocês, por exemplo, não estudarem, se não se dedicarem agora a aprender aquilo que pretendem realizar...

Mas Jacinto sentiu, com um certo mal-estar, que os olhos da filha o fitavam vazios da sua imagem. Se se curvasse para os luminosos espelhos tinha certeza de não encontrar neles o seu reflexo.

Naquele dia de setembro tinha ido a uma reunião política em casa de amigos. A caminho lembrou-se com agastamento da expressão de Clara, a história do *homem morto*. Lembrou-se porque ia a tais reuniões com duas ideias na cabeça: a de que estava desafiando o governo "revolucionário" tomando parte em encontros políticos (Como era mesmo a palavra? Eunomia?) e a de que não podia participar de qualquer ato público, como cassado. Mas, francamente, que ideia a de Clara! Afinal de contas ele não tinha se cassado de propósito. Inclusive tinha ficado surpreendido, "bestificado", tão bestificado como o povo brasileiro diante das "revoluções" que ocorrem no país.

Saíra da reunião, como sempre, de alma nova. O Brasil morigerado vencia mais um acesso de boemia política, curava a ressaca de mais uma tentação militarista. O presidente "nomeado", apesar de ser outro marechal, simplesmente não ia poder resistir à onda democrática palpavelmente refeita no país. Essas reuniões políticas com comunistas, com ex-pessedistas, ex-petebistas, com católicos e protestantes eram uma espécie de grande e irresistível congresso liberal.

Na porta do edifício em que se reunira, na rua da Quitanda, Jacinto se despediu dos amigos que tinham vindo no mesmo elevador. Seis horas da tarde. Ia para casa mais cedo. Antes, porém, um cafezinho na esquina da avenida com Sete de Setembro. De repente ouviu, como seus vizinhos na grande mesa circular, os gritos, o tropel na rua. Saiu, como os outros, deixando a xícara pela metade.

Já na rua viu que desciam na rua Sete, vindos do Largo da Carioca e do Largo de São Francisco, rapazes e moças. "Os estudantes", pensou logo Jacinto. A passeata proibida e reproibida pela polícia. Só que não era passeata e sim uma correria. Teriam sido dissolvidos antes e agora simplesmente debandavam em confusão?

Mas assim não, puxa! Daqui a pouco morria um embaixo de um carro. Em plena avenida, pelo meio da avenida, avançando sobre os carros! Jacinto relembrou vagamente as cenas de cidades espanholas quando touros são soltos e todos vêm à corrida provocando em tropelia os bichos assombrados e furiosos: era assim que os estudantes investiam contra os carros. Um e outro Fusca e Gordini mais malandros conseguiram ainda se espremer entre os jovens, mas em breve tinha parado tudo. Fechada pelas novas ondas de estudantes, a esquina da rua Sete e avenida, a barragem, foi represando o rio de automóveis e de gente. Tinha sido tudo tão rápido, que Jacinto gritou dentro de si mesmo: "Inês! Inês!". Por cima do açude de capotas de todas as cores e gente de todas as espécies já se abriam como velas nas faixas atrevidas: ABAIXO A DITADURA! E Inês? Inês estaria ali?

Jacinto foi subindo a rua pela calçada, depois mergulhou entre os estudantes que berravam "abaixo a ditadura, abaixo Castelo, abaixo as anuidades escolares e de repente viu Inês, o corpo esguio, o rabo de cavalo. Correu para perto, mas não, não era. Nem mesmo parecida, de cara. Depois outra Inês, na esquina da rua do Rosário, depois outra e em breve Jacinto, a cada vez que sentia alívio por ver que não era a filha assim se arriscando e aos berros no meio da rua, sentia também algo estranho. Identificou a estranheza quando na esquina percebeu que a polícia desviara para a praça Pio X todo o tráfego que buscava a avenida e que dali os rapazes e moças não passavam. Tentaram passar, mas os compridos cassetetes de pau saíram das cintas e foram brandidos como látegos buscando primeiro os portadores de faixas, depois os mais afoitos, rapazes e moças se atiravam apenas com gritos e punhos. Sua estranheza é que eram todas Ineses, rapazes e Ineses, rapazes e Ineses.

Batidos pela polícia, os rapazes e Ineses recuaram para as calçadas e vãos de portas e Jacinto olhou ao seu redor para encontrar alguém que com ele protegesse aquela massa desorientada, ou que pelo menos protestasse ao seu lado, mas não encontrou caras assustadas. O povo que descia a avenida não estava bestificado nem sequer fugia. Havia uma espécie de acordo secreto entre o povo e os jovens doidos?

Doidos, doidos varridos, porque agora, em lugar de se dispersarem, reuniam-se outra vez nas calçadas, os rapazes e Ineses, e vaiavam a polícia ofegante e ameaçadora com seus enormes cassetetes na mão, sem saber exatamente em quem bater, se nos rapazes e Ineses, se na gente amontoada que em vez de fugir e deixar livre o picadeiro para o massacre deixava-se ficar e confundir com os estudantes.

Rapazes e Ineses vaiavam: "Uuuuuu! Assassinos! As-sas-si-nos!" E de novo se lançavam ao choque, contra a barreira de policiais, no quadrado livre da rua.

Na esquina da rua Buenos Aires, perto das vidraças da Swissair, seis soldados malhavam três estudantes e levavam dois ao chão, enquanto um soldado era derrubado por um rapaz prontamente moído a pancada pelos outros. Haveria sem dúvida outra maneira de deter jovens desarmados, meu Deus! Mas eram bravos demais os jovens desarmados, queriam provar alguma coisa quando espontaneamente despencavam das calçadas e iam uma terceira, uma quarta vez ao encontro daqueles carrascos bêbedos de alguma coisa, braços de algum criminoso oculto em alguma parte.

Jacinto chegou tão perto de uma moça parecida com Inês que ouviu o zunido do cassetete fendendo o ar perto de sua cabeça.

— Te afasta, meu tio! — berrou o soldado.

Jacinto se afastou, aturdido. Não era a sua Inês a jovem Inês bacante de cabelos desatados que marchava entre os rapazes com uma alegoria à Revolução. Só que jovens demais. Revolução num internato? Revolução dirigida não contra Castelo e a ditadura apenas, mas contra os mais velhos que espiavam das calçadas com um estranho fascínio?

E agora era impossível procurar Inês. A polícia disparava gás lacrimogênio. Perdendo a batalha perdia também o panache. Guardava os porretes para espremer uma cebola nos olhos do povo.

Só depois de procurar Inês no pronto-socorro e nos distritos policiais é que Jacinto voltou para casa, por volta das 9 horas da noite. Quando Zenaide abriu a porta, perguntou:

— E Inês? Já veio?

— O que é que deu em todo mundo, seu Jacinto? Não chegou ninguém. Vai sair tudo requentado.

— Alguém telefonou?

— Aquela dona Clara, que de vez em quando liga para o senhor.

Tinha ficado de ligar para Clara marcando um encontro, mas francamente não sentia vontade nenhuma de confundir suas duas vidas nesse instante. Mesmo assim telefonou, por cortesia, mas disposto a explicar a situação. Felizmente não encontrou Clara.

— O senhor vai querer o jantar, doutor? — disse Zenaide.

— Não, vou esperar Inês.

Zenaide saiu emburrada, resmungando. E por volta das 11 horas chegou Inês.

— Paizinho, desculpe o atraso, mas você já soube, não é? Fizemos uma passeata legal. Um estouro.

— Eu vi. Eu estive no meio da passeata.

Faces afogueadas, cabelo em desalinho como os da jovem bacante que vira na avenida, Inês sorriu um sorriso largo.

— Você?... Mas que bom, paizinho. Vou te dar um uísque duplo. Você não achou aquilo o máximo?

— Não, não achei, Inês. E fiquei muito preocupado, procurando você.

Inês suspirou. Seu rosto não perdeu o fogo nem seus olhos, o brilho alegre. Mas o sorriso do primeiro momento se evaporou. Jacinto sentiu que iam ter provavelmente o primeiro desentendimento sério.

— Escute, Inês, eu vi vocês na avenida, acompanhei tudo. O que é que vocês esperam que vá acontecer? O que é que vocês pensam modificar agindo assim?

Inês deu de ombros.

— Nós somos inconformados, papai. Quando a gente não aceita, de fato, uma coisa ou essa coisa se altera. Ou então...

— Ou então o quê?

— Ou a gente continua, não é? São os estudantes do Brasil todo.

— E o que é que vocês vão conseguir? Terem as matrículas suspensas em massa? Vão parar de ter educação?

Inês fez um muxoxo.

— Também. A educação que a gente tem agora...

— Inês, não estamos brincando neste momento. Você sabe como sou coerente com minhas ideias. Tanto assim que fui cassado, e como arco com minhas responsabilidades. Você *ainda* é responsabilidade minha. Não saia mais para essas aventuras e...

— Paizinho — disse Inês, pálida —, não me peça que abandone os colegas com quem estive até agora. Eu também gosto de assumir minhas responsabilidades.

— Eu não quero que você abandone seus colegas. Quero que diga a eles que não concorda com esse tipo de protesto.

— Mas isso eu não quero dizer. Eu concordo!

Jacinto se sentiu de repente como se tivesse por trás de si a polícia da avenida e na sua frente os rapazes e Ineses. Assim não.

— Escuta, meu anjo, você vai se deitar que deve estar morta de cansaço. Amanhã, com a cabeça fresca, a gente conversa de novo.

— Está bem, paizinho, boa-noite.

Sem prática de insônias e com a barriga vazia, Jacinto custou a conciliar o sono. Mesmo porque, ao menor sinal de torpor, punha-se a imaginar o que ia dizer a Inês e despertava como se estivesse saindo de um banho de chuveiro.

O resultado é que levantou tarde e não encontrou mais Inês. Nem bilhete de Inês. Era capaz de jurar que a menina estava sob a influência daquele penúltimo namorado, o cabeludo de óculos de grossas lentes! Apesar de não ser mais o namorado de Inês, continuava a vir à casa com os outros amigos dela e às vezes, do corredor, Jacinto ouvia a voz do pedantezinho que dissertava sobre os meios de governar o país "sem recorrer a pessoa alguma de mais de 30 anos". Isto ele tinha dito, não a Jacinto diretamente, mas na sua presença. Fedelho. Fazendo as comparações mais asnáticas entre São Francisco de Assis e Norman Mailer.

Saiu mas deixou todos os telefones de onde estaria, caso Inês o procurasse. Não havia nenhuma estudantada de rua no programa do dia, pelo menos no Rio. Só uma reunião que queriam fazer a todo custo, mas que sem dúvida seria adiada, enquanto os rapazes e Ineses repousavam das convulsões da véspera. E o governo com certeza ia tomar suas providências para que não se repetisse o degradante espetáculo da avenida.

Quando se convenceu, na hora de voltar para casa, de que nada aconteceria, ficou ainda mais feliz ao receber o telefonema de Zenaide: Inês dormia em casa, descansando, e em casa estaria para o jantar.

Antes do jantar, Inês estava pálida e determinada e Jacinto resolveu adotar a boa tática brasileira de deixar os ânimos arrefecerem. Inclusive, feita a passeata, os rapazes e Ineses se reuniriam para contar e recapitular peripécias, mas tão cedo não se meteriam em outra.

— Deixemos a nossa conversa para depois — disse Jacinto.

— Depois do quê, paizinho? — disse Inês, esperançosa.

Jacinto fez um gesto vago. Inês sorriu, pespegando-lhe um beijo no rosto.

— Um barra-limpa, o velho Jacinto — disse Inês.

E jantaram feito dois namorados.

Uns poucos dias se passaram, tranquilos, uma semana inteira, e a primavera chegou hibernal. Numa adorável noite de frio que justificava o uso de um velho edredom, Jacinto trabalhou até uma hora da manhã e foi dormir. Uma hora depois foi despertado pelo telefone da mesa de cabeceira.

— Sou eu, Jacinto, Clara.

— Clara, minha querida, que prazer. Você...

— Escuta Jacinto, eu estou aqui na praia Vermelha. Os estudantes se entricheiraram na faculdade de Medicina e a polícia acaba de invadir o prédio. Inês está lá dentro.

— Mas Inês é de Filosofia e...

— Jacinto — disse Clara —, acorda direito. Ninguém está dando aula de madrugada na faculdade de Medicina. Tem aluno de tudo, lá dentro. Tem até polícia agora, Jacinto. Estão arrombando as portas internas.

— Você...

— Eu estou, no momento, num botequim e espero que você não me prenda aqui muito tempo. Vou voltar para a faculdade. Venha logo.

O tom de Clara não admitia réplica nem o momento comportava conversas supérfluas. Jacinto se levantou, foi ao quarto de Inês. Vazio. Enquanto afivelava o cinto e enfiava por cima da camisa o suéter mais grosso que encontrou à mão, Jacinto se perguntava até que ponto Clara conhecia Inês. Que a conhecia de vista, era evidente. Inês talvez nem isso. Ou sim, sem dúvida. Clara tinha vindo mais de uma vez buscá-lo na porta de casa. Já duravam relativamente tanto tempo essas relações, suspirou Jacinto. Não seria tempo de tomar juízo, de resolver as coisas com mais determinação? Ataraxia, anorexia.

Ficou assombrado ao chegar à avenida Pasteur. Era uma cena de guerra, com o aparato militar da tomada das ruas de uma cidade invadida. Os estudantes saíam do prédio da faculdade aos trancos e empurrões e eram enfiados em viaturas da polícia ou em ambulâncias: porque saíam macas também do prédio e de uma delas que passava nesse instante o portão Jacinto viu penderem cabelos de moça, cabelos de Inês. Não, não era Inês, se Deus ajudasse, Inês nem estaria mais lá, nem teria ficado muito tempo. Mas Clara tinha afirmado... Ora, se ele via tantas Ineses entre estudantes que dizer Clara, que a conhecia mal.

Espiou o interior das ambulâncias e tintureiros que ainda estavam no local, entrou depois na faculdade, passando pelas portas de fechadura estourada, os gonzos frouxos, pelas salas cobertas de vidro e metal de instrumentos partidos, pelos corredores juncados de livros e das pedras com que os estudantes se defendiam. Realmente uma guerra estava iniciada, com tal batalha depois da passeata, uma estranha guerra. Por toda parte procurou Inês e procurou Clara. Voltou depois ao seu automóvel e tocou para a Polícia Central, na rua da Relação, para consultar a lista de estudantes presos. Mesmo com a ajuda de um delegado amigo que lá encontrou e que o levou aos estudante detidos, nada conseguiu apurar acerca de Inês.

Testa úmida de suor, temendo o pior, imaginando sua visita a hospitais e talvez ao necrotério, Jacinto, trêmulo, discou o número de sua própria casa. A voz que ouviu foi tão familiar que sentiu uma alegria enorme. Familiar, sim, mas não de Inês.

— Jacinto? Sou eu mesma.

— Você?...

Clara riu.

— Eu mesma. Vivinha. Em pessoa. Na sua casa. Inês está aqui. Está bem. Quer dizer, não há nenhum perigo. Ela andou levando uns trancos e umas paulada, mas eu a levei ao Miguel Couto e não tem nada fraturado não. Venha logo que eu preciso ir embora.

Jacinto encontrou a casa aflita, sem dúvida, com uma pálida Inês jazendo em sua cama, no quarto onde guardava ainda os dez ursos e outras tantas bonecas de sua infância ainda tão recente. Mas havia, para lá da aflição, uma qualidade qualquer, uma vibração que parecia unir a casa a uma vida externa a ela, ou que apenas agora se tornava também parte dela. Apesar de Zenaide, que tinha vindo abrir a porta, estar ainda saindo da sala, Jacinto abraçou Clara quase como se estivessem no apartamento. Afinal de contas, ele nem sabia bem como, Clara é que tinha encontrado e protegido sua Inês. Foram abraçados para o quarto de Inês.

— Meu bem — disse Jacinto —, que bom que você viu Inês. Como é que isto aconteceu?

— Ué, eu sou médica, formada há tão pouco tempo, tenho relações na faculdade, soube do que ia acontecer... Quer mais razões?

— Eu não sabia que... Inês...

— Ah, sim, nos conhecemos um pouco mais do que você imaginava. Mas aqui está ela. Não a perturbe demais, hem. Daqui a pouco ela dorme.

Jacinto se ajoelhou ao pé do leito.

— Minha queridinha... aqueles brutos! Como foi? O que foi que eles fizeram?

— Eu conto, Jacinto — disse Clara. — Inês precisa repousar. Bateram no traseiro e nos seios dela, quando ia saindo. Foi o que fizeram com todas.

Jacinto estremeceu como se estivesse vendo a cena e como se sentisse a dor no próprio peito. Cerrou os olhos e os punhos, as veias da fronte querendo estourar.

— Ela ficou cheia de equimoses — disse Clara —, mas garanto que é só. Não houve nada de mais grave. Agora, deixe a menina descansar.

Contendo um desejo de chorar e ao mesmo tempo uma ternura nova pela filha, Jacinto beijou-a no rosto e recolheu na testa o beijo de Inês.

Pé ante pé foi saindo com Clara para a sala. Sentia-se indignado, confuso. Via claramente dentro de si mesmo um Jacinto pronto a assassinar alguém. E talvez a outras coisas? Coisas nascentes. Não se sentia responsável por esses Jacintos novos em folha. Ainda não os conhecia direito.

— Você deve estar meio surpreendido ao saber que eu e Inês mantínhamos relações.

Surpreendido estava, mas como compreendia! As duas se haviam dado as mãos em torno dele e agora formavam o círculo admirável da sua vida.

— Escuta, Clara — disse Jacinto. — Casa comigo.

Clara primeiro sorriu. Riu, depois. Riu baixo.

— Que foi isso? — disse Clara. — Que pedido mais intempestivo!

— Muito sincero — disse Jacinto. — Resolvi há muito tempo.

Clara deu-lhe um beijo de ponta de lábios.

— Você é um amor. Mas pense melhor... foi um dia pesado, cheio de emoções.

— Não tenho nada que pensar, meu amor — disse Jacinto transportado pela própria alegria, pela generosidade que sentia, pelo engajamento de sua vida que começava ali e havia de ser total.

— Então tenho eu — disse Clara.

— Você...

— Ué, não posso? Não posso pensar?

— Evidente — disse Jacinto com expressão tranquila, afetuosa, mas cheio de espanto.

— Evidente — continuou ele —, mas veja se pensa depressa.

— Escute, meu querido — disse Clara —, eu antes quero me firmar na vida, no trabalho, sabe? Tenho feito muita força para ser independente. Lecionando e trabalhando como estou agora...

Clara falava com calor, falava rápido, como quem tem muito que dizer. "A resposta", disse Jacinto a si mesmo, atônito, "a resposta é não".

— Você entende, não é, Jacinto? E olhe, o dia está raiando. Precisamos descansar. Depois de amanhã, no apartamento, a gente conversa.

Clara se despediu, partiu. Jacinto voltou ao quarto de Inês, pé ante pé. Em cima do cobertor felpudo, meio aninhada, a mão de Inês parecia um passarinho doente. O ódio bom permanecia. Cego e quente. Não tomou a mãozinha nas suas, com feroz ternura, porque Clara antes de sair tinha dito: "Não vá prejudicar a menina para satisfazer seus impulsos de carinho, hem". De olhos fechados, pálida como estava, Inês era uma menina patética. Mas abriu os olhos e mais agravada ainda ficou sua beleza frágil assim iluminada.

— Você é um pai muito da barra-limpa, sabe? — disse Inês.

— Dorme, meu bem — disse Jacinto. — Eu não devia ter vindo cá.

— Não, eu não estava dormindo. Agora passou a dor, mas ainda não deu muito sono. Pensando nas coisas.

— Quero muito conversar com você sobre "as coisas". Logo que você estiver boa.

Inês fez que sim com a cabeça. Afetuosamente. Amorosamente. Mas não parecia prometer nada. Como se não imaginasse que conversa podia ser esta.

Jacinto saiu do quarto, encostou a porta. De repente se lembrou. A palavra era atimia. Foi à sala. Empurrou contra a parede o licoreiro. Aproximou os castiçais, para que não flanqueassem Voltaire. Parou no meio da sala e deu com sua cara no espelho do aparador, abatido, esquisito, os cabelos secos e arrepiados, a pele terrosa. Curioso. Nem na passeata nem na faculdade tinha visto negros entre os estudantes. Não chegavam à universidade? Os que embranquecem razoavelmente sim. Atimia. Cara feia, de velho. Dor de cabeça e enjoo. A vista de sua cara é que tinha trazido assim sua cara? Brr, que bofe. Olhos empapuçados também. Queixo de papo mole eriçado de farpinhas de barba branca. Firme e macia a entreperna de Clarinha. Foi andando pelo corredor. Um copo d'água e depois cama. Dormindo nos livramos de nós mesmos. Quem é que tinha acendido a lâmpada da sua mesa de trabalho? Entrou no gabinete para apagá-la. Empurrou para um lado a cadeira em que se sentava para escrever e se curvou um pouco para encontrar o interruptor por baixo do abajur. Seus olhos encontraram na máquina o papel: "Mesmo quando eram ainda um povo de rudes camponeses, os lusos, comparados aos de Espanha, já denotavam a cordialidade"... "Houve sem dúvida os momentos cruéis, mas ficaram guardados como *momentos*, como um vácuo num processo em que... cordialidade... cordial... cordial..." Jacinto parou, curvado, dedo no interruptor. Nas páginas espalhadas pela mesa ao redor da máquina a palavra também se repetia obstinada e viscosa como uma lesma viva afiada entre palavras datilografadas.

Jacinto não teve sequer tempo de se endireitar. Curvado como estava foi de tal forma agredido pela ânsia que só conseguiu mesmo abrir a boca e deixar que as golfadas de bile verde se projetassem sobre a máquina, os papéis, as notas.

(*64 d.C.*, 1979)
(*O homem cordial e outras histórias*, 1993)

WANDER PIROLI (1931-2006)

Mineiro de Belo Horizonte, jornalista, contista e autor de literatura infantil e juvenil. Entre seus livros, destacam-se A *mãe e o filho da mãe* (1966), A *máquina de fazer amor* (1980) e *Minha bela putana* (1985), todos de contos. Após sua morte, vem sendo publicados textos inéditos, como o romance *Eles estão aí fora*.

Os camaradas

Wander Piroli

Com o embrulho na mão, o rapaz de cabeça raspada sobe os dois lances de escada e se dirige ao tipo de japona que está debruçado no alpendre:

— Bom-dia.

O outro volta-se pesadão, a cara quadrada.

— Por favor — diz o rapaz —, eu queria falar com Mário Ribeiro.

— Repete o nome.

— Mário Ribeiro.

— Ah — inspeciona o rapaz, o embrulho.

— Eu trouxe pra ele — explica o rapaz.

— Ah, trouxe? Espera aí.

O cara quadrada entra no casarão. Parado na soleira da porta e com o embrulho em ambas as mãos, como se estivesse segurando uma bandeja, o rapaz ouve:

— Tem gente querendo o Mário Ribeiro.

— Hein?

— Lá fora, um rapaz com cara de fome.

— Você está bêbado — responde uma voz gorda, sonolenta.

— Bem, o rapaz está lá esperando.

— Certo. E para onde você o mandou?

— Ele trouxe um embrulho.
— Então manda entrar, manda. Vai lá.
— Entre — diz o cara quadrada, de volta.

Passam por uma sala enorme: dois bancos encostados às paredes, telefone, máquina de escrever e carimbos em cima de uma velha mesa. No outro cômodo — uma saleta — tem um homem vermelho, redondo, afundado na poltrona, com o jornal aberto no assento ao lado.

— Sim senhor — cumprimenta o rapaz.

O homem da poltrona levanta as pálpebras empapuçadas e põe lentamente os olhos sonolentos no rapaz. Um olhar profissional, meticuloso. O rapaz muda o embrulho de mão.

— Será que eu podia falar com o Mário Ribeiro?

O gordo deixa o cigarro cair no assoalho, pisa-o, sem esfregar, para que ele apenas se apague.

— Muito bem.

Respira fundo. A barriga se move, gelatinosa, debruçada até quase os joelhos, ocultando parte das pernas grossas e repentinamente curtas.

— Você então quer falar com o dr. Mário Ribeiro, certo?
— Sim senhor.

O gordo aprova com a cabeça.

— Então é verdade. Muito bem.

Sua voz é volumosa, como a de quem fala com a boca toda e não apenas com os lábios.

— Você sabe se ele pode receber visita, meu jovem?
— Bem, eu — o rapaz tenta justificar-se.
— Pois não pode.
— O senhor me desculpe, eu não sabia.
— Certo.

O gordo fixa o olho empapuçado no embrulho: duas manchas gordurosas começam a aparecer no papel de padaria. O rapaz exibe o embrulho:

— Eu trouxe.

— Parece — interrompe o gordo — que você não é do esquema, certo?

— Sim senhor.

— Sim senhor?

— Oh, não. Não senhor.

— Certo. Mas me diga uma coisa — o gordo fecha as pálpebras enormes. — Ah, estou achando, quem sabe? É uma gente esperta, muito esperta — levanta as pálpebras de repente: — Afinal, é ou não é?

O rapaz inquieta-se. Olha para o tipo de cara quadrada, até então omisso, e que agora sorri — um sorriso rápido, mecânico — enquanto o rapaz transfere novamente o embrulho de mão. No papel, as manchas de gordura vão se alastrando.

— Ora — torna o gordo —, eu tenho obrigação de fazer perguntas, saber coisas. Por exemplo: qual é o seu nome?

— Carlos — o rapaz responde afoitamente.

— Nome todo, meu jovem.

— Pereira. Carlos Pereira.

— Certo. Então estamos na seguinte situação, por enquanto, Carlos Pereira veio falar com o dr. Mário Ribeiro. Certo?

— Eu vim mais foi pra...

— Sim ou não?

— Sim, mas...

— Sim, sem mas.

— Por favor.

— Está bem, fale.

— Eu vim mais foi pra trazer isto — o rapaz mostra o embrulho e olha para um lado e outro, procurando um lugar para deixá-lo. Mas a saleta tem apenas a poltrona e meia dúzia de papéis pregados na parede encardida, ao lado da basculante, através da qual se vê do outro lado da rua um botequim de duas portas.

— É um nome comum — observa o gordo. — Carlos Pereira. Acho que já vi antes. Onde você trabalha, meu jovem?

— Sou bancário.

— Ah, seu espertinho.
— Sou bancário, sim senhor.
— Certo, certo. Mas conta para mim qual é mesmo o banco que você falou.
— Banco Hipotecário.
— Isto, rapaz. Hipotecário. Então você é colega do dr. Mário, certo?
— Bom, de certa forma.
— Sim ou não?
— Sim.
— Por que você disse de certa forma?
— Não sei.
— Não sabe? Vamos ver. Vocês trabalham juntos, uma mesa aqui e outra ali?
— É isso que eu queria dizer. Mário era de outra seção.
— No mesmo andar, certo?
— Sim.

O telefone chama na outra sala, o cara quadrada sai e logo em seguida eles ouvem a voz arrastada: "Puta que pariu, cu da mãe", e depois a batida do fone no gancho. O rapaz volta-se para a porta, não vê ninguém. O gordo procura alguma coisa nos bolsos de dentro do paletó. Um lenço. Enxuga o rosto vermelho, inspira fundo, pousa o olhar sonolento no rapaz.

— Deixe-me ver. Você e o dr. Mário eram colegas e agora você veio aqui, com esse embrulho, e quer falar com ele. Certo?
— Mamãe preparou pra ele — informou o rapaz.
— Ah, quer dizer que sua mãe então é do esquema?
— Não, não, por favor.
— Ela não fez o prato?
— Fez sim, mas ela nunca viu o Mário. Eu é que falei com ela que tinha um colega de banco que estava...
— Certo, certo. Você ia dizendo estava?
— Está aqui — corrige o rapaz.
— Certo. Continue.

— Nós estávamos comendo hoje na mesa e então mamãe lembrou. Foi só isso. Mamãe fez o prato e eu vim trazer.

— Bem — o gordo se mexe na poltrona, faz menção de cruzar as pernas, desiste. — Mas tem um problema. O dr. Mário Ribeiro não pode receber visitas.

— Se o senhor não se incomoda — apressa-se o rapaz —, eu posso deixar o embrulho.

O gordo enfia o cigarro entre os lábios carnudos, mas não o acende — o isqueiro minúsculo na mão inchada, cabeluda. Os olhos obesos fixam ora o embrulho, ora o rosto aflito do rapaz.

— Eu vim mais foi pra trazer. Se o senhor...

— Certo. Afinal hoje é um dia importante. Natal, certo?

— Sim senhor.

— Vamos ver. Aproxime-se.

O rapaz dá um passo à frente.

— Você agora abre o embrulho.

Afobado, o rapaz começa a desatar o barbante.

— Pode colocá-lo aqui na poltrona.

O rapaz agacha-se, tira o barbante e abre o papel gorduroso. O gordo procura saborear o cheiro de frango assado, sorri.

— Você parece ser um bom rapaz, certo? — Tira o cigarro, ainda apagado, da boca: — Garcia.

O rapaz ergue-se, assustado, e o cara quadrada aparece.

— Garcia, vai buscar o dr. Mário Ribeiro.

O cara quadrada não se move.

— Vai buscá-lo.

— Mas doutor...

— Ordem. Certo?

Agora o gordo, afastando as dobras de papel, examina com modos de bom *gourmet* o frango e companhia: macarrão, pedaço de pudim envolto em papel de seda, garfo e colher.

— Foi sua mãe mesmo que fez?

— Sim senhor.

— Bom, muito bom o cheiro. Você sabe o que tem dentro do frango?

— Farofa.

— Certo. Só farofa?

— Farofa com ovo e miúdo de frango.

— O que é que você acha de abrirmos o frango para ver se a farofa está mesmo boa?

— O senhor quer que eu abra ele?

— Oh, não. Não podemos fazer uma coisa destas, certo?

— O senhor é que sabe.

O gordo fecha as pálpebras pelancosas por um momento, bate com a palma da mão na perna curta e grossa:

— Escuta aqui, meu jovem. Pode levar o embrulho para a outra sala. Vai para lá, senta no banco e espera o seu amigo. Certo?

— Sim senhor.

O rapaz pega apressadamente o embrulho.

— Muito obrigado.

Sentando num dos bancos da sala, com o embrulho semifechado no colo, o rapaz estende as duas mãos. Trêmulas. Esconde-as por baixo do embrulho. Olha para as tábuas largas e gastas do assoalho, as paredes sujas, o teto alto, também de tábua, algumas empenadas, teias de aranha nos cantos. Pela porta de entrada ele vê uma parte do alpendre, as grades enferrujadas, o corrimão carcomido, os ladrilhos irregulares. Através da janela, telhados e velhas mangueiras. A outra porta, que dá para o interior da casa, está fechada. A rua manda-lhe os ruídos do trânsito.

O rapaz começa a inquietar-se, põe o embrulho no banco, levanta-se. Caminha até a mesa escura, observa a máquina de escrever, bate de leve no teclado, recua. Olha na direção da saleta do gordo, vê apenas um dos braços da poltrona. Mais dois passos e lá está ele: vermelho, os olhos fechados, os braços caídos ao lado do corpo, a barriga enorme movendo-se ao ritmo da respiração.

Senta-se novamente, entreabre ligeiramente o embrulho, torna a fechá-lo, ajeitando as dobras do papel com as mãos trêmulas. Olha para a porta fechada, estala os dedos, passa a mão na cabeça raspada, olha a mão, suor. É um rapaz branco, de olhos assustados, que agora vê a porta se abrir e o cara quadrada atravessá-la e passar por ele, sem sequer olhar em sua direção, e entrar na saleta. Levanta-se, como se fosse acompanhá-lo, torna a sentar-se, inclina o corpo para o lado da saleta. Não ouve nada.

O cara quadrada reaparece na porta da saleta.

— Vem cá.

Encontra o gordo na mesma posição em que o vira antes, mas percebe que ele está acordado.

— Muito bem — diz o gordo, erguendo as pálpebras. — Acontece que estamos com um problema.

— Sim senhor — admite o rapaz.

— Quedê o embrulho?

— Ah, eu deixei lá no banco.

— Não precisa buscá-lo.

O gordo revolve os bolsos, a mão obesa surge com uma nota de dez cruzeiros.

— Garcia, apanhe uma carteira.

O cara quadrada sai com o dinheiro.

— A questão é simples — torna o gordo. — Apenas um detalhe que me passou despercebido. Como foi mesmo que ficou sabendo que o dr. Mário Ribeiro estava aqui?

— Uai — o rapaz sorri, aliviado. — Todo mundo sabe.

— Todo mundo?

— Quero dizer, lá no banco.

— O pessoal todo sabe que ele está aqui, certo?

— Sim senhor.

— Quem, por exemplo? Cite um nome.

O rapaz atrapalha-se. Olha pela basculante e vê o cara quadrada encostado no balcão do botequim, do outro lado da rua.

— Vamos, meu jovem.

— Eu vi também nos jornais — responde o rapaz.

— Certo. Mas vamos aos nomes lá do banco.

— Desculpe, por favor. Foi um engano meu. Eu vi mesmo foi nos jornais e os meus colegas também viram. Foi isso.
— Qual jornal?
— Nos jornais.
— Qual?
— Acho que foi no *Jornal do Brasil*.
— Certo. Vamos supor que tenha sido no *Jornal do Brasil*. Prove.
— Por favor, como é que eu vou provar?
— Mostrando-me o jornal, o recorte.
— Eu li, só. Não guardei o jornal, eu não sabia.
— Não sabia o quê?
— Uai, eu não sabia que tinha de guardar.
— Sua mãe também viu?
— Não senhor. Eu é que falei com ela.
— E o que ela disse quando você falou com ela?
— Nada.
— Nada? Ela deve ter falado alguma coisa.
— Não me lembro. Acho que ela falou: *coitado*. Foi isso.
— Então ela disse *coitado*, certo?
— Não, não.
— Sim ou não. Antes você disse *sim*.
— Mas ela não disse não.
— Disse *não* ou disse *coitado*?
— Não senhor. Ela não disse nada.
— Por que então você disse que ela disse *coitado*?
— Foi por engano. Ela não disse nada.
— Muito bem.

O cara quadrado entrega o maço de cigarros Minister para o gordo, que tira a fitinha, corta o selo com a unha do dedo mindinho, retira um cigarro e deixa-o na boca sem acender.

— Olha — torna o gordo. — Nós estávamos indo bem. Você é um bom rapaz, mas agora me criou um problema.
— Por favor.

— Infelizmente — explica o gordo — um problema que eu não posso resolver. Você vai ter que esperar o dr. Soares.
— Mas por quê? — exalta-se o rapaz.
— Calma, meu jovem.
— Me explique, pelo amor de Deus.
O gordo acende o cigarro, lenta e meticulosamente.
— É com o dr. Soares, certo?
— Dr. Soares demora?
— Às vezes.
— Mas hoje é Natal, será que ele vem?
— Provavelmente.
— Por favor. E se o dr. Soares não vier?
— Se o dr. Soares não vier hoje, amanhã ele vem. Amanhã é certo.

(1973)
(A *mãe e o filho da mãe* e A *máquina de fazer amor*, 2009)

ROBERTO DRUMMOND (1939-2002)

Mineiro de Ferros, romancista, contista e cronista esportivo. Estreou com a coletânea *A morte de D.J. em Paris* (1975), que causou polêmica por incorporar elementos da cultura *pop* ao texto literário. Publicou, entre outros, *Sangue de Coca-Cola* (1980), *Hilda Furacão* (1991), romances, e *Quando fui morto em Cuba* (1982), de narrativas curtas.

A morte de D. J. em Paris

ROBERTO DRUMMOND

Para Jésus Rocha, amigo de D. J., Sebastião Martins, guia de D. J. em Paris, e Antônio Martins da Costa, que conheceu D. J. no Brasil.

Ato nº 1

(Prólogo: o homem magro dos óculos escuros conta o que sabe, na sala do tribunal, sobre um morto, de nome D. J., que está sendo julgado. É a primeira testemunha a ser ouvida no processo que os jornais chamam de "O misterioso caso de D. J.". Na manhã seguinte, um repórter o descreveu assim: "... Tirava e punha os óculos sem parar, fumou sete cigarros e o Hollywood sem filtro tremia na mão dele"; deturpou os fatos por amizade a D. J., como disse o promotor público, e foi acusado em dois ou três editoriais, sendo que um deles na primeira página, de inventar uma história fantástica sobre uma Mulher Azul que fala com uma voz de frevo tocando.)

Le brésilien D. J.: era assim que a gente chamava D. J. naquelas noites em que ficávamos até não sei que horas batendo papo no bar Flor de Minas, lembro que os trens apitavam lá na estação Central do Brasil, eram uns apitos chorados e roucos e mui tristes, doía como uma faca furando uma coisa que a gente nem tinha mais (mão ou perna amputada), e D. J., que não bebia nem nada, só tomava sua água tônica, tossia aquele nó na garganta e falava que em Paris havia mulheres azuis. Era na hora em que os trens apitavam e dava aquilo em todos nós que D. J. se lembrava das mulheres azuis, chamava-as de *femmes bleues*. D. J. era professor de francês e até para pedir sua água tônica à garçonete Odete ele falava em *la bouteille et le verre*; e nós esvaziávamos uma fila de Brahmas (mas faço questão de não deixar dúvida: D. J. só bebia água tônica, quando muito tomava uma Coca-Cola) e ficávamos ouvindo D. J. contando aquilo das mulheres azuis: elas iam à Île Saint-Louis, falavam com uma voz de frevo tocando e — é como se eu ouvisse de novo a voz de D. J. — quem tivesse sorte podia ver as sardas nas costas delas, umas sardas feitas pelo sol de algum mar. D. J. parecia outro, os olhos dele brilhavam e ele dizia que ia para Paris no mês que vem.

Custo a acreditar que D. J. morreu, mas afinal de contas, o jornal disse que ele está morto, então deve ser verdade; para mim, no entanto, *le brésilien* D. J. está vivo, está aqui: tinha uma cicatriz no supercílio esquerdo, um mistério: eu nunca soube como surgiu aquela cicatriz; ele era magro, louro como um inglês, mais ou menos um metro e setenta e cinco de altura e, segundo mistério: tinha hora que D. J. parecia ter quarenta e cinco anos, outras horas ficava com vinte e nove anos. Era solteiro por amor: terceiro mistério. As mulheres feias achavam D. J. horrível, mas as belas gostavam dele, e D. J. teve quantas quis, até o dia em que descobriu que só as mulheres azuis faziam os homens felizes.

— Diz uma coisa D. J. — falava não lembro se o Antônio ou o Geraldo —, o que a gente sente quando vê uma mulher azul?

— A gente fica como se uma lua tivesse entrado dentro da gente. Mas é preciso estar em estado de graça para ver uma *femme bleue*...

E, se um de nós perguntasse se no Brasil não havia mulheres azuis, D. J. respondia que sim, havia, mas a safra de *femmes bleues* no Brasil era muito pequena, cada vez menor, não dava para todos, o jeito era mesmo ir para Paris no mês que vem. Uma noite, fico em dúvida sobre quem fez a brincadeira, alguém pôs gim na água tônica de D. J., sem que ele visse, e D. J. ficou com vinte e nove anos, falou numa mulher azul brasileira que tinha um ar de nuvem, depois olhou a noite e disse que aquela era a lua mais desperdiçada do mundo, e cantarolou uma música, escuto a voz dele cantarolando:

> *"É, você que é feita de azul*
> *me deixa morar neste azul*
> *me deixa encontrar minha paz*
> *você que é bonita demais..."*

Ele tirou do bolso um passaporte gasto de tanto nos mostrar e disse que ia para Paris. Foi a última vez que eu o vi.

Ato nº 2

(Entressonho: fragmento do monólogo do *Diário de Paris*, escrito por D. J. e descoberto pela testemunha número 2, um jovem repórter que, ao ser perguntado pelo promotor público sobre os manuscritos de D. J., respondeu: "Prefiro não revelar minhas fontes de informação". Estranhos fatos começaram a acontecer ao repórter e uma moça que era a feia mais linda do mundo esperou e esperou por ele num barzinho e soube que ele havia sido internado numa clínica, com um esgotamento nervoso.)

Toda manhã, lá no seu país, você acordava e ah! como você procurava alguma coisa dela no canto da cama; podia ser um calor a mais deixado no travesseiro, um fio de cabelo, quem sabe o pé de sapato esquecido. Nada: dela, só um gosto de solidão na garganta. E, no entanto, ainda agora, ela estava ali: você sentiu o pé dela no seu. Ela chegou de azul como numa noite em que prendeu o sapato na falha de um passeio. Por que será que, ultimamente, ela sempre aparecia de azul? Sem saber por quê, você saía da cama, deixava para amanhã meia hora de ginástica e repetia: "Se eu não for a Paris mês que vem, não quero me chamar D. J.".

Você descia a escada para tomar o café. Sua irmã Maria Mariana ou Marimá, que jamais se casou, fazia sonhos e os adoçava com açúcar para o café da manhã. Você comia sonhos, D. J., e tomava leite de vaca pensando no leite de cabra que vendiam no Quartier Latin. E às 6h25 em ponto, andando a pé com seu sapato precisando de meia-sola, você ia dar aula no Colégio Dom Bosco. Como toda manhã, passava por um jardim que te fazia pensar no Jardin du Luxembourg. Alguém gritava:

— Quer uma carona, D. J.?

— Não, obrigado — você respondia.

E andava com seu sapato precisando de meia-sola, sentindo o asfalto fazer cócega na planta do seu pé, e pensava: "Sou o único professor que ainda não está motorizado". Consolava-se um pouco por ter lido nem sabia onde que andar a pé era antienfarte. E uma voz de frevo tocando dizia: "Você precisa pedir um aumento...". Você via *le petit fleuve* que cortava sua cidade e que não era o Sena, atravessava uma ponte que não era a Pont Neuf nem a Pont de l'Alma, e um barulho como de uma metralhadora soltando foguete vinha andando atrás de você. Duas vozes gritavam: "D. J., tudo oká?". Era Fernando Paulo na motocicleta, com Vera Sílvia na garupa: ele, de cabelos na ventania; ela, de minissaia. Você acenava pros dois e sentia que estava acenando e sorrindo para seus verdes anos que passavam com Fernando Paulo e Vera Sílvia.

Um fogo de palha de mocidade acendia em você e você andava mais depressa com seu sapato precisando de meia-sola, e decidia: "Hoje vou pedir aumento". Imaginava a conversa com o Senhor Diretor do Colégio Dom Bosco que tinha voz de locutor ou de galã de radionovela.

Você: Sabe o que eu quero, Senhor Diretor?

Senhor Diretor: Suponho que sim, mas...

Você: Não tem mas: quero um aumento, quase todos ganharam, só eu e mais dois que não, exijo um aumento...

Senhor Diretor: Calma, D. J., você se esquece de que está substituindo o professor Valle na cadeira de Geografia, esquece que está ganhando o salário dele...

Você: Perdão, Senhor Diretor, mas o professor Valle foi ao Guarujá e daqui a cinco ou seis dias está de volta, exijo o aumento, senão vou para Paris e...

Senhor Diretor: Paris, Paris é ilusão, D. J., um pedaço de papel colorido, puro pedaço de papel...

E assim, com seu sapato precisando de meia-sola, você entrava no gabinete de ar refrigerado do Senhor Diretor do Colégio Dom Bosco.

— Bom-dia, Senhor Diretor — você dizia, e olhava para os outros professores. — Olá, pessoal...

"Quando a sirene tocar o início das aulas", você dizia a você, "fico só com o Senhor Diretor e exijo meu aumento". Enquanto esperava, você discutia futebol, todas as manhãs vocês discutiam futebol: o novo rei está nascendo, quem é?, ainda pergunta?: o Tostão, deixa de sonho, professor Rui: igual ao Pelé não nasce outro em cem anos, é? e o Garrincha?, Garrincha foi melhor que o Pelé, nunca, jamais, em tempo algum, voz da professora Magda: Pelé é o único, o rei dos reis, espera pra ver, Magda, o Tostão vai fazer 90 milhões de brasileiros esquecerem o Pelé, duvido, só vendo: o Pelé é gênio, e o Tostão?, não é gênio?, não ouviu o que o Saldanha falou na TV, ssssss, o Senhor Diretor parece que vai falar: silêncio: ssssss — voz de locutor ou galã de radionovela: vocês discutem sobre Pelé e Tostão porque não viram El Tigre jogar, quem era El Tigre?, lastimo, professora Maria Rita, que a senhora não saiba: El Tigre era Friedenreich, filho de um alemão e de uma mulata brasileira, o soberbo, melhor que Pelé e Tostão — Senhor Diretor: Friedenreich é aquele que matou um goleiro com um chute?, quando eu era menino contavam a história — ele mesmo, professor Souza, El Tigre, o soberbo — e um a um vocês iam concordando que igual a El Tigre nunca houve nem haverá, e você sentia que era melhor deixar o pedido de aumento para amanhã, vingava-se imaginando o Senhor Diretor lendo anúncios, com sua voz de locutor, na Rádio Nacional: "Olá, como se sente: clima quente, rim doente? Tome Urodonal e viva contente!". E vocês saíam do gabinete do Senhor Diretor dizendo: "Como ele gosta de futebol, hein?, é uma excelente pessoa, o Senhor Diretor...".

Tocava a sirene: a sirene era a sua música, confesse, D. J., agora que você está em Paris: a sirene chamava para a aula e era a sua música por causa de Vera Sílvia, que mordia a boca como menina, com uns dentinhos separados, e ficava vermelha quando você, sim, você, a olhava muito: você olhava a minissaia de Vera Sílvia, as pernas morenas de Vera Sílvia, pensava em outras pernas morenas, olhava os joelhos de Vera Sílvia, pensava nuns outros joelhos, e não era no fundo dos olhos de Vera Sílvia que olhava para dentro que você se perdia: você se perdia nuns outros olhos, no limite do Brasil com Paris.

(Confissão que você fez a Vera Sílvia e a Fernando Paulo na cantina do Colégio Dom Bosco: "Vocês não sabem o que é ter estudado interno cinco anos num colégio de padres jesuítas: chegava a Semana Santa e a gente se sentia culpado pela morte de Jesus Cristo...".)

E, de noite, você ia ao bar Flor de Minas e os trens apitavam e você falava na *femme bleue*, depois ia para casa, virava na cama, com a *femme bleue* engasgada na garganta. Até que você transformou o sótão do sobrado onde morava numa Paris de papel. Deixou aberta uma janela no teto, para as estrelas de Paris, e foi pregando cartazes turísticos e pôsteres do Quartier Latin. Num biombo que fazia curvas, o Sena veio andando, trazia num *bateau mouche* um casal de namorados acenando numa página dupla da *Paris Match*, e o Sena foi cortando sua Paris ao meio: aqui o Quai d'Orsay, ali o Quai du Louvre, dividindo sua Paris em Rive Gauche e Rive Droite.

"É na Rive Gauche, que é a do meu coração, que eu vou morar..."

Depois nasceu um Jardin du Luxembourg, com estudantes conversando, surgiu mais para lá a Sorbonne tão sonhada, o café Les Deux Magots apareceu na parede: você escutava as conversas dos que bebiam. E quando os pombos começaram a voar na Île Saint-Louis e a primavera pulou na capa da *Paris Match*, você abraçou amigos, anotou as encomendas de cada um num caderninho de capa azul, fechou a porta de Paris e, de lá, começou a mandar cartas para o Brasil.

"Paris, coeur du monde, 29 de abril de 1969.
Antoine, mon cher:
Vive Paris! Vive la vie!
Aqui estou, Antoine: depois de adiar minha vinda nem lembro quantos anos, aqui estou, em Paris! Quando o Boeing em que eu viajava desceu em Orly, e eu vi Paris, pensei que fosse sonho: mas meu Gauloises me queimou o dedo e eu senti que era verdade. Aluguei um quarto num simpático hotelzinho, o Saint Michel, no Boul'Mich, a dois quarteirões da Sorbonne. A lamentar, só que peguei a febre da primavera, fiquei dois dias de cama e ainda não vi a femme bleue..."

Etc., etc., etc.

Ato nº 3

(Entredormido: o homem rouco, quase sem voz e que chupava pastilha de Cepacol, faz seu depoimento por escrito sobre os primeiros dias de D. J. em Paris. Foi lido em voz alta por um locutor de rádio, a pedido do juiz, e considerado "fruto de imaginação fértil, mas doentia" por um comentarista da TV.

"Contém tanta pieguice", escreveu um editorialista, "que nem M. Delly teria coragem de assinar aquela água com açúcar".)

Naquela manhã D. J. olhou no espelho e sentiu falta da cicatriz no supercílio esquerdo: descobriu que estava com trinta anos, porque foi aos trinta e um que aconteceu o que D. J. nem de lembrar gostava e ele ficou um homem marcado. Abriu a janela do quarto no Hotel Saint Michel e encheu os pulmões de ar. Gostava de respirar o ar com gosto de flor, porque era o ar de Paris na primavera, e, debruçado na janela, assoviava a *Marselhesa*, repetia muito o trecho que diz *le jour de Gloire est arrivé*.

"Por que será que estou remoçando?", pensou D. J.

Só de pisar no aeroporto de Orly, D. J. perdeu o ar de quarenta e cinco anos, demonstrando ter quarenta anos. E, a cada manhã, ao olhar no espelho, ficava mais novo, rugas desapareciam, falhas no cabelo eram substituídas por um cabelo louro e rebelde.

— É a febre da primavera — diz D. J. — Todos os estrangeiros pegam a febre da primavera e é ela que está me fazendo remoçar...

D. J. tomou o café da manhã que madame Francine levava a seu quarto, por ter simpatizado logo com aquele *brésilien* que a fazia pensar no marido morto *dans une sale guerre, une sale guerre*. Eram 9h30 quando D. J. saiu andando pelo Quartier Latin. Ia devagar, fumando um Gauloises, e seu corpo doía, suas pernas doíam, e alguma coisa o queimava.

"Esta maldita febre da primavera..."

Diante da Sorbonne, D. J. perguntou a um velho de óculos se ele tinha visto por ali alguma mulher azul.

— Perto do Sena costumava haver mulheres azuis...

— Mas o senhor viu alguma por lá?

— Não, hoje eu não vi. Uma vez vi uma na Île Saint-Louis, mas logo a perdi de vista: ela atravessou a Pont de Sully e foi andando pelo Quai Saint-Bernard: o salto do sapato dela tocava música — disse o velho de óculos, tomando um jeito de trinta anos quando falou na *femme bleue*.

— Quando foi isso? — perguntou D. J., notando que o velho de óculos tinha ficado jovem.

— Faz uns catorze ou quinze anos...

D. J. seguiu pelo Boulevard Saint-Michel em direção ao Sena, olhando as mulheres. Uma sorriu um sorriso louro para D. J. Era linda, mas não era azul, e D. J. foi seguindo, dizendo que o diabo é que a febre da primavera põe a gente necessitado de mulher, mas do tipo daquela lá no Brasil tem muitas, se bem que são loiras oxigenadas. Na Île Saint-Louis, o corpo queimando como se tivesse quarenta graus de febre, D. J. sentou num banco, certo de que Ela, a *Femme Bleue*, ia surgir, com o ar de nuvem que costumava ter, ia acenar de longe e gritar um "ei" muito feliz que Ela disse certa noite no Brasil. D. J. jogava pão para os pombos da Île Saint-Louis, talvez eles tivessem visto a Mulher Azul, talvez tivessem bicado o dedo de unha muito tratada que era dela.

Diálogo (imaginado por D. J.):

Ela, voz de frevo tocando: Sabe, D. J., aquele filme do John Ford que combinamos de assistir juntos aqui em Paris? Já saiu de cartaz há catorze anos...

Ele: Fala mais, quero ouvir sua voz de frevo tocando...

Ela: Sua mão tá quente, amor, e sua testa também: deve ser a febre da primavera, mas passa logo, já curei a minha...

Ele: Lembra daquela gripe que você me pegou uma vez? Você foi ao Rio de Janeiro e trouxe a gripe de lá...

Ela: E você demorou um tempão pra sarar da gripe, tomava conhaque Dreher um depois do outro...

Ele: E você fez aquela limonada pra mim, lembro do sumo do limão nos seus dedos...

Ela: E você tava sem cigarro nesse dia...

Ele: Foi mesmo. Sabe?, eu gostava daquela gripe. Olha: eu amava aquela gripe, porque aquela gripe era sua...

Então uma voz de mulher, cantando desentoada e infeliz, chegava à Paris de D. J., mesmo na Île Saint-Louis aquela voz chegava.

> *"Deus vos salve, relógio*
> *que andando atrasado*
> *serviu de sinal*
> *ao Verbo Encarnado..."*

Era Maria Mariana ou Marimá, que nunca casou, a única irmã de D. J., às vezes mais velha, às vezes mais nova do que D. J. Ela usava saias escondendo os joelhos e blusas brancas que sufocavam o pescoço, as mangas compridas. Suas sobrancelhas nada sabiam de pinças nem de lápis para sobrancelhas.

> *"Deus vos salve, relógio*
> *que andando atrasado..."*

Só os olhos, de um verde oceano Atlântico, lembravam a moça atraente que Maria Mariana foi. D. J. lembrava: ela no Brasil, fechando as janelas do sobrado colonial, onde moravam, às 10 da noite, como se fosse dormir, apagando a luz, como se fosse dormir, para ficar olhando a rua pela veneziana. Era um costume antigo de Maria Mariana, desde que um promotor de justiça viajou e a mulher dele, que deixava nas ruas um rastro de perfume francês, abriu a janela para uma sombra entrar.

D. J. tinha prometido a Maria Mariana, enquanto comia os doces sonhos feitos por ela, que ia rezar cinco padre-nossos, cinco ave-marias, quatro salve-rainhas e um creio em Deus padre, toda noite, antes de dormir, logo que chegasse a Paris. Tudo em troca da ajuda (e do silêncio) de Maria Mariana, funcionária dos Correios e Telégrafos. Antes de dormir, Maria Mariana pensava que devia ir a Paris ver o que aquele louco irmão andava fazendo na capital do pecado, como padre Carlos chamava Paris. Ao pensar em Paris, um arrepio andava nas costas de Maria Mariana e ela lia e relia trechos do livro *Companheiro de jornada (Por uma vida ao encontro de Deus)*, do padre Tiago Koch, SVD, seus olhos sonolentos dormiam na página 57 do *Companheiro de jornada*:

> "Mas sei que o mundo e seu barulho
> Já mais que um sonho me são..."

Então Maria Mariana virava Marimá e ia por uma rua de asfalto molhado pela chuva, pingava resto de chuva das árvores, Marimá gostava das gotas molhando seu cabelo, e Marimá chegava ao convento dos Dominicanos, acenava para frei Xisto, que era nordestino e falava cantando que Jesus Cristo é alegria, logo ela estava no aeroporto de Orly, D. J. a recebia com um "olá" muito antigo.

— Vou ser seu cicerone, Marimá — dizia D. J. dentro do táxi. — Tá vendo lá? É o Sena, e ali é a Île Saint-Louis...

Marimá era jovem e usava minissaia e blusa verde que tornava mais verdes seus olhos verdes. Em Paris, faziam serenata na janela de Marimá, um barbudo do barzinho de Saint-Germain aparecia nos seus sonhos tocando violão e cantando em português com uma voz de Sílvio Caldas:

> "Nossas roupas comuns
> dependuradas, nas cordas,
> qual bandeiras agitadas..."

Ouvindo aquela voz, Marimá sabia que Jesus Cristo era a alegria, torcia para D. J. encontrar a Mulher Azul e entendia a mulher do promotor de justiça que abriu a janela para uma sombra entrar.

"Tu pisavas os astros distraída
sem saber que a ventura desta vida..."

E um distante Renato Lima, que era o barbudo do barzinho de Saint-Germain, pulava a janela do quarto parisiense de Marimá, como nunca ousou pular no Brasil, e ela dizia:
— É você? Estava te esperando...

Ato nº 4
(Entrepausa: a correspondência apreendida que D. J. mandou de Paris a seus amigos brasileiros, juntada ao processo pelo advogado de acusação. No editorial "Mensagens comprometedoras", um jornal que publicou as cartas e os telegramas de D. J. disse: "... Se na consciência dos que zelam pelo que a civilização brasileira tem de mais caro restasse qualquer dúvida quanto à necessidade de aplicar a justiça ao morto, essa sombra de dúvida desapareceria a um simples correr d'olhos pela correspondência maldita que o indesejável *monsieur* D. J. fez chegar aos incautos...")

Telegrama, datado de 5 de maio de 1969, enviado a Jésus Rocha, amigo de D. J.:
"Femme Bleue quae sera tamen *PT Abraços D. J.*"

Carta a Geraldo, que seguiu os conselhos de D. J.:
"Paris, coeur du monde, 6 de maio de 1969.
Geraldo, mon cher:
Ah, Geraldo, companheiro das noites madrugadas no bar Flor de Minas, como estes ares de Paris te fariam bem! Sua carta me deixou naquela base do feliz e preocupado. Explico: feliz por receber notícias da pátria (de longe, a gente entende o Vinicius de Moraes, quando ele escreveu: 'pátria minha, tão pobrinha'); e preocupado, perdão, por você.
Quer dizer que sua nova ideia fixa é a Leila Diniz? Quanto a isso nada a estranhar, aí no Brasil a gente aprende a gostar da

mulher fiu-fiu, essas coisas, se bem que para o gosto deste seu criado, as mais magras — ah, as quase magras — é que contam. (Aqui em Paris tem uma porção delas, toda hora, no Boul'Mich, esbarro numa Brigitte Bardot.)

Entendo, Geraldo, sua fixação com vedetes do teatro rebolado (creio ser, de certa forma, o caso da Leila Diniz). Je te comprends, mon ami. Agora, essa sua gamação vem dos tempos da Mara Rúbia. Lembra quando você recortava fotografias dela e pendurava na parede do quarto? Ainda ouço você falar, esfregando as mãos: 'Nas próximas férias, eu entro num trem e vou ao Rio conhecer a Mara Rúbia, mando uma corbeille de flores para ela no camarim, com um cartãozinho assim: "Divina Mara Rúbia: mineiro perdido de amor gostaria de conhecer a deusa Mara Rúbia".'

Lembra, Geraldo? Mas o tempo foi passando, a Mara Rúbia passou e você, oh, incorrigible et incourable coeur, ficou gamado pela Nélia Paula, quantos bilhetes você escreveu e não mandou para a Nélia Paula? Depois você gamou com a Angelita Martinez, com a Anilza Leoni, com aquela gata que era a Cármen Verônica, lembra que você jurou?: 'Chego no Rio, compro uns bombons e mando para a Cármen Verônica, com este cartão (irresistível): "Precisava haver alguma coisa doce entre nós. Será que eu poderia ao menos conhecê-la, divina Cármen Verônica?"'

Imagino que, agora, você tem mandado bilhetes e mais bilhetes de imaginação para a divina Leila Diniz. Então, daqui de Paris, te aconselho: tome o primeiro avião e vá falar com a Leila Diniz. Se ela te aceitar, genial, je boirai à ta santé ici, à Paris; se não aceitar, deixa pra lá: você fez o que devia e o importante, Geraldo, é isso: fazer o que a gente quer. Não fique mais sentado deixando a vida andar.

Um abraço, o amigo, D. J."

Telegrama carimbado a 7 de maio de 1969, quando D. J. se sentiu com trinta e dois anos, pelos Correios e Telégrafos do Brasil, e enviado a Luiz Gonzaga:

"*L'amour est oiseau PT* Il lui faut ouvrir des cages *PT* Abraços *D. J.*"
Carta a um certo Ângelo ou Gilu:
"*Paris, coeur du monde, 11 de maio de 1969.*
Mon ami:

Nem sei o que se passa comigo, desde que cheguei a Paris, mon cher *Angelo. Imagine, Gilu, que me olhei no espelho ontem e sabe o que aconteceu? Estava sem aquela cicatriz no supercílio. Quer dizer, voltei a ter trinta anos e, ao mesmo tempo, deixei de ser o homem marcado que eu era aí no Brasil. Talvez seja a febre da primavera.*

Tenho lembrado daqueles nossos papos, você tomando conhaque Dreher e eu bebendo aquele purgante que é a água tônica, e a gente falando na cerca de arame farpado que nos prendia no internato do Colégio São Francisco e que nos acompanhou pelo resto da vida. Sabe de uma coisa? Pulei a cerca, Gilu: Paris me libertou. E quero declarar, solenemente, que não fui eu quem matou Jesus Cristo e não tenho nenhuma culpa se Madalena quis ser Madalena.

Descobri a vida, os pequenos prazeres da vida (a expressão é sua): outro dia peguei o maior fogo na Île Saint-Louis, foi num sábado, com o sol quente! Havia vários brasileiros e eu conheci uma brasileira, que é chamada aqui de Ângela Langoust, desde os tempos da 'guerra da lagosta' (em razão de ser muito apetitosa).

Mas o que ainda quero dizer é: derrubei a cerca de arame farpado. Estou livre!

Um abraço, D. J.

Em tempo: antes que você imagine coisas sobre a Ângela Langoust te digo que ela é uma bela mulher, mas tem um defeito: não é azul. Aguarde os pacotes de Gauloises que te prometi."

Carta que um misterioso Osvaldo não chegou a ler:
"*Paris, coração do mundo, 26 de maio de 1969.*
Osvaldo:

Eu ia andando pelo Boulevard Saint-Michel e sua carta era um pedaço do Brasil que eu levava no bolso. Você me pergunta, Osvaldo, se quero receber feijão, linguiça, couve mineira, torresmo e tudo mais pra fazer uma feijoada bem brasileira. Ah, Osvaldo, eu queria que alguém me mandasse uma tarde de maio e que, junto, viesse uma Mulher Azul deitada no meu ombro. Mas isso ninguém pode me mandar.

Um forte abraço, D. J.

PS — Não me esqueci dos queijos franceses que te prometi: nunca mais você me falará em queijos do Serro, se bem que, agora, me dá vontade de comer é queijo de Minas."

Telegrama a Luiz Gonzaga com data de 27 de maio de 1969:
"*Brasil é um nó na garganta PT Abraço D. J.*"

Página nº 3, a única anexada ao processo, da carta que D. J. mandou a um tal de "Mon Vieux Bonhomme":

"*... E eu sei, Mon Vieux Bonhomme, o quanto você ama a Regina e quanto a Regina te ama: o caso de vocês dois é uma das mais belas lembranças brasileiras que trouxe comigo. Aquilo de vocês se encontrarem num cemitério na hora do almoço, comendo peras argentinas e queijo Polenguinho, como dois Romeu e Julieta destes nossos tempos clandestinos, é inesquecível, é bonito toda a vida, Mon Vieux Bonhomme. E o susto do vigia do cemitério, vendo vocês dois se beijarem de tardinha, quando resolveram ir ficando, o vigia correndo e gritando: 'Santo Deus!'. Tudo isso é lindo, Mon Vieux. Agora te pergunto: que vida é essa em que dois amantes têm que se esconder como mortos, fingir de mortos!...*"

Ato nº 5

(Entrevinda: narra o encontro de D. J. com a Mulher Azul em Paris, segundo o depoimento de um homem meio grisalho, com sinais de tintura nos cabelos, e que, mesmo comendo chucrute na Brasserie Lipp, em Saint-Germain, nunca perdeu seu ar de farmacêutico do interior de Minas. "Vim de Paris só para depor", ele declarou aos jornalistas no Galeão. "Fui o confidente predileto de D. J...."

Os jornais publicaram uma sequência fotográfica dele e perguntaram na legenda: "O que Pierre Cardin diria da elegância deste cavalheiro que jura ter chegado de Paris?")

D. J. comprava o *France Soir* e ia ler no Jardin du Luxembourg e o céu de Paris hoje prometia chuva, amanhã estiava, e D. J. sempre lá, lendo seu *France Soir*: *pauvre* Catherine Grisel, vinte e três anos, comerciária, pulou no Sena, deixou um bilhete para Jean Farge: "Eu te amava, gatinho, ou ainda duvidas?", a prefeitura de Paris anuncia mais flores na primavera: quando você acordar amanhã, parisiense, e passar pelas Tulherias, verá mais flores, extra: Jessica Dumont, loira, solteira, desceu do metrô depois de uma noite alegre, ah! inocente Jessica, como não viu que estava sendo seguida? Agora está morta: mistério de Jessica: *il y a un vampire à Paris*, suspeito é um homem moreno, com aparência de argelino, nova vítima do Vampiro de Paris: Thérèse, que queria ser uma segunda Brigitte Bardot, polícia de Paris tem pista do Vampiro de Paris, e o céu de Paris hoje prometia chuva, amanhã estiava, e D. J. sempre lá, lendo seu *France Soir*: quem souber de Sylvie, morena, dezenove anos, avise a Paul: graças a um pequeno anúncio no *France Soir*, Paul encontrou Sylvie (D. J. via as fotos de Paul e Sylvie, ilustrando a entrevista dos dois), *petite annonce*: "Femme Bleue: D. J., *brésilien, vinte e nove ans, avec une expérience de quarenta e cinco ans, cherche Femme Bleue, qui pane comme* frevo tocando...".

Mas nenhum repórter do *France Soir* soube que uma lua brasileira, a mesma das noites de Belo Horizonte, entrou em D. J. num anoitecer de Paris. Aconteceu assim, pelo que ouvi de D. J., ele falando naquele jeito dele:

1 — D. J. fez bastante espuma com creme de barbear, raspou a barba que lhe dava uma aparência de Jesus Cristo,

depois escanhoou bem o rosto, sentindo uma emoção muito antiga; cantarolava, numa pausa, um samba também muito antigo, de carnaval:

"Uma promessa eu fiz
ainda não pude pagar..."

O que D. J. recordava enquanto cantarolava: uma vez ele apareceu com a barba de dois dias e a Mulher Azul disse que nunca mais iam se encontrar; ela falou com a voz mais rouca, sem tocar frevo, e só falou por ter a pele muito fina, qualquer fio de barba punha duas rosas no rosto dela.

2 — Ao acabar de passar a loção Lacoste, de Jean Patou, e estando no seu quarto no hotel Saint-Michel, 19, rue Cujas, D. J. ouviu um violão tocar, era um violão, não uma guitarra, e uma voz começou a cantar, primeiro longe, como se cantasse no Brasil, depois mais perto, cantava lindo:

"É, só eu sei
quanto amor eu guardei
sem saber que era só pra você..."

D. J. sentiu um arrepio na pele, abriu a porta do quarto e foi andando pelo corredor do hotel Saint-Michel, escutando a voz:

"É, só tinha de ser com você
havia de ser pra você
senão era só uma dor..."

D. J. encostava o ouvido na fechadura de cada porta: não, não é aqui — lembro dele me contando — e a voz de frevo cantando: "Senão não seria amor/ aquele em que a gente crê/ amor que chegou para dar"; na porta do quarto número seis, a voz cresceu, tremeu dentro de D. J. e repetiu: "Amor que chegou para dar/ o que ninguém deu pra você", então D. J. bateu na porta do quarto seis: era ela, a Mulher Azul.

Meia hora depois, ele passou cinco ou seis telegramas urgentes para os amigos brasileiros, mudando apenas o nome e o endereço de cada um. Diziam a mesma coisa:

"*Encontrei* Femme Bleue PT *Nome dela é Lu* PT *Abraços D. J."*

Lu, que era mesmo azul, trabalhava à tarde como *baby-sitter* numa casa no Étoile e, à noitinha, D. J. ia buscá-la. Era bom ficar esperando na esquina da rue de L'Étoile com Montenotte, fumando um Gauloises. Ela vinha andando com seu ar de nuvem queimada pelo sol do Rio de Janeiro e entregava a D. J. suas duas mãos. Às vezes usava um vestido amarelo, decotado atrás, e os dois vinham andando a pé, porque nunca tinham pressa. Lu tinha um jeito de se encolher nele e o sapato dela agarrava o salto numa falha qualquer no Quai des Tuileries, como agarrava numa falha no passeio de Belo Horizonte, e eles saltavam a Pont Royal e vinham até o Boul'Mich. Iam muito ao café La Coupole, em Montparnasse, ou Les Deux Magots, e nos fins de semana, quando Lu recebia, pois o dinheiro de D. J. mal dava, íamos comer cuscuz num restaurante na rue du Pot de Fer, um cuscuz tão gostoso que nos fazia pensar no Brasil, Lu queria comer muito cuscuz, mas tinha medo de engordar. Nós, os brasileiros de Paris, nos acostumamos a ver D. J. e Lu juntos: tinham aquele olhar descansado dos que estão em dia com o amor, a gente remoçava perto deles, e ver um sem o outro era como se estivesse sem um braço ou uma perna: eles se completavam, e de manhã iam os dois, de mãos dadas, para as aulas no Institute des Hautes Études de L'Amérique Latine, na rue Saint-Guillaume, ouçam Lu falando, sua voz de frevo tocando:

— Lembra como eu era no Brasil? Lembra, D. J.? Não estudava, não trabalhava: lembra da minha dor de cabeça às 8 da noite?

Na tarde em que Lu não trabalhava como *baby-sitter*, ficavam no quarto do Saint-Michel e, aos poucos, nós fomos entendendo que nunca devíamos bater na porta do quarto de D. J. e Lu, nem madame Francine batia na porta do quarto deles, ela que perdoou seis meses de aluguel de D. J. e de Lu porque bastava ver os dois para, de noite, seu marido morto numa guerra voltar e falar: "Francine, *mon amour, regarde notre fleuve qui coule...*".

Ato n° 6
(Entredúvida: depoimento-interrogatório de Maria Mariana ou Marimá, considerada testemunha-chave e, ao mesmo tempo, cúmplice do irmão D. J. Ela perturbou o juiz, promotor, advogados, jurados e repórteres, porque tomava duas formas: era Maria Mariana, de quarenta e nove anos, blusa branca de manga três quartos sufocando o pescoço, saia engomada que escondia os joelhos calejados de rezar em cima de grãos de milho, olhos esquecidos de que eram verdes olhando para a ponta do sapato; era Marimá, de vinte e três anos, usava uma minissaia que inquietava o meritíssimo juiz e uma camisa listrada de homem que ficava muito bem nela e ela sorria e fumava e seus olhos sabiam que eram verdes e nunca fugiam dos outros olhos.)

Como Maria Mariana:
"*Eu, Maria Mariana, confesso minha culpa, diante de Nossa Senhora Aparecida, que é minha boa e dileta protetora, e também diante deste egrégio tribunal. O bom e santo padre Carlos, meu professor e conselheiro, sabe que sou a primeira a reconhecer: devo pagar meus pecados perante a justiça de Deus e a justiça dos homens, se bem que eu lutei, agarrei com São Judas Tadeu, fiz novenas, rezei ajoelhada em milho, tudo para que São Judas Tadeu e a minha boa Nossa Senhora Aparecida não me deixassem cair em tentação e me livrassem de todo mal, amém. Mas Nossa Senhora Aparecida houve por bem resolver que eu devia capitular diante do demônio que vestiu a pele do cordeiro do Senhor que era meu*

irmão D. J., que Deus o tenha na Sua infinita misericórdia. O bom padre Carlos é testemunha de como eu repetia até meus olhos cerrarem de cansaço uma meditação que o caríssimo padre Tiago Koch, SVD, aconselha no seu livro Companheiro de jornada: *'... Tenho que lutar fortemente contra a minha rebelde natureza'. Fui fraca, concordei e ajudei os planos de meu irmão D. J. de ir para Paris, mesmo sabendo que lá é a capital do pecado; meu irmão D. J. sempre foi um rebelde: minha santa mãe, que Deus a tenha e guarde, contava: D. J. dava chutes dentro dela antes do Senhor permitir que ele viesse ao mundo, ele sempre foi rebelde; e logo que me falou dos planos acedi em colaborar, depois que consultei meu guia espiritual, o bom e santo padre Carlos. Só que eu queria era atrair uma má ovelha ao pacífico e ordeiro rebanho do Senhor, minha boa Nossa Senhora Aparecida é testemunha de que nunca aprovei as ligações clandestinas do meu irmão D. J. com a pobre Lu. Bela e pobre Lu. E, de tanto pensar nela e no escândalo aqui no Brasil, eu dizia a mim mesma que devia ir a Paris pra evitar o mal; fingi que ajudava e, quando julgava estar fraquejando, eu repetia sem fim a meditação aconselhada pelo caríssimo padre Tiago: '... Tenho que lutar fortemente contra a minha rebelde natureza', dormia repetindo estas palavras..."*

Como Marimá (mudando de repente):
   "*... Aí eu abria os olhos no meu quarto na Maison du Brésil, no movimento do meu corpo alguma coisa caía no chão, eu estendia a mão pra apanhar pensando que fosse um livro que um tal de padre Tiago Koch, mas quem falou que era?, era um livrinho de capa vermelha chamado* Paris sem Gastar, *de Jaqueline Boursin e que a Air France editou em português, aí eu falava comigo: 'Tirando onda de sonâmbula, hein?', e via que tudo era um pesadelo: não estava no Brasil coisa nenhuma: estava em Paris e me lembrava do frei Xisto falando: 'Jesus é alegria, Marimá', e eu pegava o telefone e batia um fio pra Lu, como não gostar de Lu?, é o tipo da mulher genial, eu falava no telefone: 'Oi, neguinha,*

onde cês vão', 'vem pra cá, a gente te espera', respondia a Lu, com aquela voz linda dela, e eu ia. Uma noite, era no Les Deux Magots, tava toda a nossa turma, e o Luís, que tinha chegado do Brasil, queria porque queria comer queijo de Minas, deu uma fossa na gente: cada um foi falando em linguiça, feijão tropeiro, frango ao molho pardo, mas tudo feito no Brasil, e começamos a cantar samba: foi uma glória; aí chegou um cara com o papo mais furado tirando onda de Godard e disse que queria falar com a Lu e foi falando pra Lu em francês: 'Sou o Godard, vou te transformar numa atriz mais famosa que a Ana Karina, que a Brigitte Bardot' e não sei mais quem, e D. J. virou pro Antônio Geraldo e falou alto em português: 'Esse cara tá engrossando'. E o Godard falava pra Lu: 'Te ponho no meu filme', a Lu nem tiu, aí D. J. começou a dizer os maiores palavrões em português, o Godard não manjava bulhufas, então D. J. ficou em pé e fez um discurso em português xingando o Godard de tudo quanto é nome, cada um dava um aparte com um palavrão em português, a gente rolando de rir, até o pobre do De Gaulle que não tinha nada com a história ganhou palavrão..."

Pergunta do juiz a Marimá, com a voz meio abalada pela minissaia e os joelhos morenos de Marimá:
"*A senhorita nega ou confirma que tenha servido de pombo-correio para seu irmão D. J. e os amigos brasileiros do réu?*"

Resposta como Maria Mariana (tendo havido um ah! de decepção):
"*Cedi à tentação, o santo padre Carlos sabe, aceito a acusação, como vontade divina...*"

O juiz:
"*A senhora sabe de que o réu é acusado?*"

Resposta como Marimá (depois de pedir para fumar):
"*Sei de que o acusam e só tenho a dizer: D. J. tava na dele...*"

O juiz:

"Alguém lia as cartas, minha jovem, além dos destinatários?"

Maria Mariana é quem responde (de Marimá só ficou um cigarro aceso na mão de Maria Mariana, que olhou muito assustada, sem saber o que fazer dele):

"O santo padre Carlos lia."

O juiz:

— Existem quarenta e oito cartas arroladas no processo: o padre Carlos leu todas?

— Não, quando o santo padre Carlos viajava, eu procurava frei Xisto, no convento dos Dominicanos...

— E esse frei Xisto lia as cartas?

— Lia, lia todas, é um cearense muito curioso, lia todas as cartas, me falava: "É seu dever entregar as cartas dos que confiarem em você".

— O padre Carlos também dizia a mesma coisa?

— Não, o santo padre Carlos aconselhava-me a queimar algumas missivas... Algumas eu guardei, tenho uma em meu poder...

— E poderia ler? — disse o juiz, impaciente.

— Sim, meritíssimo...

Ao tirar a carta de um envelope, Maria Mariana transformou-se em Marimá; um repórter pôs sua rádio no ar, levado por um impulso que mais tarde não soube explicar, e os ouvintes ouviram a voz de Marimá, lendo uma carta de D. J.:

"*Paris, coeur du monde, 21 de junho de 1969.*

Meus amigos Antônio, Osvaldo, Geraldo, Luiz, Ângelo, Jésus, Mon Bonhomme e Fernando Paulo:

Pediria que vocês explicassem, a quem perguntar, que minha pátria é azul e tem sardas nas costas e uma pequena cicatriz no joelho esquerdo, e eu sei tudo dela: sei de quando fala com voz de frevo tocando, sei das sardas que ela tem nas costas banhadas pelo oceano Atlântico, sei de certos recôncavos secretos, de uma cidade do interior nos olhos dela, e basta ela encostar qualquer coisa em mim, um fio de cabelo, o pé, a mão, pra eu sentir o cansaço mais descansado do mundo e enfiar os dedos nos cabelos dela e saber que, por ela, vale viver, vale morrer: pela minha pátria azul de sardas nas costas.

Do sempre amigo, D.J."

Depoimento conjunto de Maria Mariana e Marimá:

"Eu repeti, repeti baixinho: 'Tenho que lutar fortemente contra minha rebelde natureza', parecia escutar no fundo do coração a voz do santo padre Carlos; ganhei força e fui a Paris levando aquela água-benta brasileira que o santo padre Carlos tinha me dado, queria me redimir e fui à Paris de D. J., aquela Paris que é a tatuagem mais bacana que eu carrego comigo: naquela tarde eu sabia que a Lu não tava trabalhando, aí fui lá no hotel Saint-Michel pra bater um papo, cheguei lá, fui entrando, pé ante pé, entrei no quarto, meu irmão D. J., que Deus o proteja, dormia e, num milagre de Nossa Senhora Aparecida, eu escutava a voz do santo padre Carlos: 'Caríssima irmã Maria Mariana, D. J. e Lu são as tentações', então peguei o vidrinho com a água-benta, eu queria passar um susto no D. J. e na Lu jogando água-benta neles, sou vidrada em brincadeiras, então tava com um vidrinho de água oxigenada cheio de água gelada, mas não vi a Lu, tava só o D. J. dormindo e, aí, comecei a borrifar com água-benta conforme conselho do santo padre Carlos todo o Quartier Latin: toda aquela Rive Gauche, que era o maior símbolo do pecado e das tentações; borrifei o Boulevard Saint-Michel e o Jardin du Luxembourg, borrifei bem a Sorbonne, repetia: 'Paris é um pedaço de papel, rasga à toa, é frágil como o pecado', e fui borrifando, borrifando; borrifei o Sena, a Île Saint-Louis, um pombo voou ao ser molhado, rezei baixinho: 'Silêncio, minh'alma, nem queixa nem pranto', e joguei a água-benta nos cabelos de D. J. que dormia, nas mãos, na boca, nos pés dele, segurei meu pecador irmão com estas mãos que Nossa

Senhora Aparecida tornou fortes, acordei ele: disse o que tinha de falar... Nem assim o pecado me abandonou."

Ato nº 7

(Epílogo: da entrevista exclusiva que a Mulher Azul deu à *France Presse*, em Paris, e que foi anexada ao processo de D. J., depois de publicada: os jornais receberam, também, a radiofoto de uma mulher de óculos como Greta Garbo, esquiva como Greta Garbo, mas mais bela e mais jovem do que Greta Garbo quando jovem.

"Que mulher linda, hein? Linda e azul! Já pensou como ela ia ficar na capa da *Manchete*?", disse o editor de um jornal, ao pegar na radiofoto e sentir um estremecimento, como no tempo em que assinava suas primeiras reportagens. "É numa hora dessas que a gente devia ter a impressão em cores. Vou dar na primeira página..."

E tendo todos os editores ou redatores-chefes decidido o mesmo, os que compraram os jornais, no outro dia, sentiram uma coisa nunca sentida, ao ver a fotografia azul da Mulher Azul, e exclamaram: "Quer dizer que ela existe mesmo!" e todos sorriam e olhavam uns para os outros, como se soubessem o mesmo segredo.)

Foi num sábado à tarde, quinze para as cinco ou 5 horas, não mais, que eu deixei D. J. dormindo no quarto em que morávamos no hotel Saint-Michel e fui tomar banho; D. J. estava fazendo um concurso para professor substituto em Nanterre, já havia dois brasileiros lá, então estava cansado e eu o deixei dormindo e fui ao chuveiro. Vinha voltando pelo corredor do Saint-Michel quando, ao pegar a maçaneta pra abrir a porta que eu esqueci sem fechar à chave, escutei uma voz — pensei: "Quem será?". Era uma voz de mulher que eu nunca tinha escutado, parei na porta sem entrar, fiquei ouvindo aquela voz falando em português:

— Acorda, D. J., acorda!

Houve um ruído na nossa cama, senti que D. J. acordava, ouvi a voz dele:

— Cadê a Lu? Onde foi a Lu?

E a tal voz falou:

— Lu? Não existe Lu, D. J., você está delirando: se não sair daqui, voltar, será considerado morto...

— Onde foi a Lu? Luuuuuuuuuu!!!

Eu calada, minha pele arrepia ao lembrar, ouvindo a tal voz:

— Não tem Lu, D. J., não tem Paris: é tudo sonho, tentação, pecado é invenção, D. J., não existem mulheres azuis!...

Escutei um barulho de fósforo sendo riscado, era D. J. acendendo um Gauloises, e aquela voz dizendo:

— Se você continuar nessa Paris de papel, D. J., é a morte: ainda há tempo para você se salvar — na hora D. J. sentiu um gosto de Minister no seu Gauloises, sua Paris virou uma capa da *Paris Match*: era de papel.

— Lu é invenção, mulher azul é invenção: te enganaram, D. J., você ainda pode se salvar, você quer ser um morto-vivo, D. J.?

Nesse ponto eu entrei no quarto, vi uma mulher de uns 49 anos como as beatas que eu via no Brasil; lá em Belo Horizonte eu morava perto da igreja da Boa Viagem, então eu via umas beatas, e a mulher que estava no nosso quarto era como as tais: saia preta abaixo dos joelhos, uma blusa branca de mangas três quartos; perguntei: "Quem é a senhora?", ela respondeu: "Sou uma enviada de Nossa Senhora Aparecida, padroeira do Brasil". Mal me olhou, começou a mudar: segurava um vidrinho de água oxigenada e foi remoçando, primeiro os cabelos, depois o rosto; enquanto isso, D. J. pensava numa porção de olhos olhando uma porção de venezianas e ouvia a voz do Senhor Diretor do Colégio Dom Bosco, que era uma voz de galã de radionovela, fazendo um discurso: "... Em sendo Deus brasileiro como nós...", então o Minister de D. J. virou Gauloises, Paris era Paris, e D. J. me viu: eu com a toalha de banho na mão, gritou: "Morrer, Lu, é uma forma de viver", e a beata remoçou, remoçou, e eu a olhei e falei:

"Era você, Marimá?", ela disse: "Era", e me abraçou e chorava, coitadinha, tinha crises de vacilação. D. J. já estava calmo, mas tremia, foi o que aconteceu. Agora você me pergunta se D. J. está morto; respondo: alguns hão de querer que D. J. esteja vivo, outros não. Os que quiserem podem matar D. J., mas ele voltará no primeiro samba, num frevo tocando e, até mesmo, quem sabe?, num grito de gol.

(*A morte de D. J. em Paris*, 1975)

IGNÁCIO DE LOYOLA BRANDÃO (1936)

Paulista de Araraquara, autor de uma vasta obra, que inclui contos, romances, crônicas, biografias, livros infantis, juvenis e de reportagens. *Zero*, romance alegórico sobre a ditadura militar, é lançado em 1972 na Itália, saindo no Brasil apenas em 1975. Recolhido no ano seguinte, voltou a circular somente em 1979.

O homem que descobriu o dia da negação

Ignácio de Loyola Brandão

Pegou o táxi, deu a direção. O chofer:
— Para lá, não vou.
— Então, me leve para onde quiser.

Estava cansando de toda aquela situação e resolvido a se entregar, para ver o que ia acontecer. Tinha começado na feira, pela manhã. A mulher pediu para fazer compras, lá foi ele. De sacola, percorrendo as barracas habituais. Algo estranho ocorreu, na primeira banca. A de tomates.

— Me dá meio quilo. Do tomate verde.
— Não, se quiser levar, leva do maduro.
— Quero do verde e bem grande.
— Só entrego do maduro, e pequeno.

Não discutiu. Achava o pessoal da feira grosseiro. Tentou a outra banca.

— Meio quilo de tomate verde.
— Não tem.
— E o que é isso aí?
— Não sei.
— Como não sabe?
— O que o senhor quer? Me amolar?
— Comprar.

— Não estou vendendo nada.
— Então, o que faz aqui?
— Vendo tomates. Que pergunta!

Ele achou melhor continuar. Na próxima banca decidiu mudar de tática.

— O que o senhor está vendendo?
— O que o senhor acha que eu estou vendendo?
— Eu é que perguntei.
— Olha aqui. O que é isso?

O homem exibia um tomate, grande e verde.

— Um tomate.
— Engano seu. Não é um tomate.
— O que é?
— Eu é que quero saber. Estava vendendo tomates. De repente, apareceu isto.
— Mas isto é um tomate.
— Se eu vender isto ao senhor, o senhor compra?
— Compro, pode me dar meio quilo.
— Não posso. Se a fiscalização me pega vendendo isso, me multa.
— Mas eu quero comprar. De livre e espontânea vontade.
— O senhor não sabe que ninguém faz nada de livre e espontânea vontade?
— Eu faço.
— Aposto que foi sua mulher quem mandou o senhor comprar tomates.
— Foi.
— Está vendo?

Partiu, confuso. Tinha de levar tomate, ervilha, salsicha, couve, laranja, um abacaxi, dois abacates, alface e ovos.

— Isto é abacate?
— O senhor não conhece abacate?
— Não.
— Está brincando comigo?

— Estou?

— Então, vá comprar noutra barraca. Não estou para brincadeiras.

Na próxima, a mulher tinha cara de simpática, sorridente. Tentou. De modo diferente. Entregou a lista a ela.

— A senhora tem tudo isto aqui?

— O quê?

— As coisas desta lista?

— Este é um papel em branco.

— Como em branco? Eu mesmo escrevi aí: tomate, ervilha, salsicha, couve, laranja, um abacaxi, dois abacates, alface e ovos.

— Então, veja.

Olhou. Estava lá, escrito com sua letra firme. De caneta-tinteiro, pena grossa.

— A senhora não quer me vender, não é?

— E pode me dizer por que eu não quero? Pode me dizer para que estou aqui?

— Mas se recusa a dar as coisas que quero.

— Eu? O senhor por acaso pediu?

— Mostrei a lista.

— Pedir é uma coisa. Mostrar uma lista é outra. Eu também posso sair por aí mostrando lista e brigando com as pessoas.

Ela gritava e juntou gente. O dia não estava para ele, mesmo. Sentiu a cabeça quente. O melhor era voltar para casa. Foi caminhando, na esquina, um guarda segurou-o.

— Aonde pensa que vai?

— Para casa.

— A saída não é por aqui.

— Desde quando os quarteirões têm entrada e saída?

— Mesmo que não tivessem, olha a placa de contramão.

— Estas placas são para veículos.

— E qual a diferença entre um veículo e um homem?

Ele se indagou se o guarda não estaria louco. Ou era mais um a brincar com ele. Não, hoje não era primeiro de abril. Ou teriam trocado o dia da mentira, do engano? Se tinham, ninguém ficou sabendo. Culpa dele que não lia os jornais diariamente, como faziam todos da repartição. Era até demais. Ninguém trabalhava. Jornais, revistas, livros, as velhas a tricotar, loteria esportiva e o público esperando nos guichês.

— Está vendo? O senhor não sabe me dizer a diferença.

— Que bobagem. Não tem nada igual. Tudo é diferente.

— O senhor então não sabe que a diferença está nos dentes e nas garras?

Dentes e garras. "Estou sonhando, não é possível, as pessoas dizem coisas insensatas. Ninguém está batendo bem. O melhor é voltar para casa, me encerrar no quarto, esperar o dia passar. Vai ver é essa nuvem negra de poluição. Está afetando as pessoas." Foi se afastando, sabendo que o guarda o vigiava, dobrou a esquina, deu a volta. Entrou em casa com a cesta vazia, foi guardá-la na despensa. A mulher costurava, não perguntou nada. Ele também não disse nada, achou melhor. Difícil explicar o comportamento das pessoas na feira. Seria a alta de preços que tinha deslocado os cérebros? Foi para o escritório, bateu no interruptor, a luz não acendeu. Chamou a mulher.

— Queimou a lâmpada.

— Queimou? E como está acesa?

— Está acesa?

— O que há? Ficou cego?

Ela passou a mão em frente aos olhos dele. O homem se irritou.

— Que cego coisa nenhuma. O que há é um complô contra mim.

— O que é complô?

Sempre tinha sido muito burra. Mas ele a engravidara — se julgara responsável — e acabou se casando. O filho nasceu morto. E desde esse dia ela não saíra mais de casa. Nem gostava quando ele saía. Sofria porque ele deixava a casa todas as manhãs, ia para o trabalho. "Arranja um emprego para trabalhar em casa", pediu. Citava: fazer cestas de palha, colar saquinhos de papel, remendar sacos de estopa, encadernar livros, tecer assentos de cadeira. Insistia, não deixava de pedir um só dia, acabaria por vencer pelo cansaço.

— O que é complô?

Se não explicasse, ela perguntaria o dia inteiro, a semana, o mês.

— É uma conspiração.

— O que é uma conspiração?

— As pessoas se juntam e resolvem prejudicar alguém, matar uma pessoa.

— Quem é que está fazendo isso contra você, benzinho?

— Ninguém. Eu é que acho.

— Mas por quê?

— Anda tudo muito estranho.

Súbito ela deu um grito.

— O que é isso, benzinho?

— Isso o quê?

— Olha no teu olho. Está tudo branco.

— Branco?

— Branco. Não tem bolinha, não tem nada. Parece uma poça de leite.

Aparentemente, ele não sentia nada. Enxergava bem, não tinha dor de cabeça, nem tonturas. Coisas de vista sempre dão dor de cabeça.

— Olhou?

— Como vou olhar? Preciso de um espelho.

— Você não sabe olhar com um olho dentro do outro?

— Não. Você sabe?

— Claro que sei. Olha.

O homem, abismado. Viu e não acreditava no que ela estava fazendo.

Não acreditava no que ela estava fazendo. Um olho estava avançando, olhando para dentro do outro. Como aquela mulher burra podia fazer aquilo? Com quem aprendera? Começou a imaginar que havia mais de uma coisa errada. Ou aquelas coisas é que estariam certas e ele, errado? Todos os que estavam à sua volta concordavam. Porém, as coisas que ele dizia e fazia não combinavam. Foi até a folhinha ver que dia era. O calendário estava em branco.

— O que foi feito da folhinha?
— Quem precisa de folhinhas?
— Eu preciso.
— Para quê?
— Para saber o dia.
— E o que ganha com isso?
— Ganhar não ganho, mas me localizo.
— E o que adianta se localizar?
— Não adianta nada.
— Então, não precisa de folhinha.
— Não posso ficar sem saber em que dia estou.
— Pois vai. Não é dia nenhum. Os dias, separados, nomeados, não existem mais. Agora, todo dia é dia. Não é sensacional?

Em teoria era. O que não combinava era sua mulher dizendo estas coisas. Onde tinha achado? Não se ajustava a ela. Desistiu da folhinha, apanhou um jornal, não tinha data. Reparou também no relógio. Não só estava parado, como o mostrador era absolutamente branco.

— E o relógio?
— Levaram os números.
— Levaram? Que coisa esquisita. Quem havia de levar os números?
— O relojoeiro oficial.
— O que vem a ser isso?
— Um homem encarregado de levar os números dos relógios.
— E como vou ver as horas?
— Você não precisa de horas, nem dias. Nada.
— Claro que preciso. Agora, por exemplo, preciso saber da hora para ir à repartição.

— Bobo, como não existe mais hora, você pode chegar a hora que quiser. Quem vai te acusar de ter chegado cedo ou tarde? Baseado em quê?

"Não, essa mulher não é burra, não. Eu é que pensava. Nunca prestei atenção nela. Nunca prestei atenção em nada ao meu redor. Vivia para aquela repartição. Preocupado com a hora, com preencher exatamente todos os papéis, obedecer aos regulamentos, atender ao público com eficiência, obedecer aos superiores, manter limpas as gavetas e a mesa, o arquivo em ordem e o fichário perfeito. Claro. Que diferença faz se eu chegar quinze minutos mais, quinze minutos menos? O que importa é o que fiz para mim nestes quinze minutos. Ou o que fiz para mim nestes anos todos. Quando a gente nasce, colocam a gente num trilho. Chega uma época em que temos de decidir: continuar neste trilho e não ter surpresas, inseguranças, angústias. Ou saltar dele, correr pelo aterro, entrar nos atalhos e descobrir os próprios caminhos. Às vezes, mais rápidos, eficazes. O trilho não traz surpresas, sempre se sabe que haverá estações pela frente. E gente para nos conduzir e nos cuidar. Os atalhos, estes sim, provocam receio. Não importa em que altura a gente se decida a saltar dos trilhos. O importante é saltar fora deles, abandonando bagagens. Por que nessa bagagem estão todas as coisas que nos prendem, nos amarram. Acho que começo a entender o dia de hoje. Eu pensava que estavam todos mentindo. Que era um dia de mentira. Ou então, um dia em que todos diziam aquilo que vinha à cabeça. Não. É o dia da verdade. Todos decidiram mostrar as coisas como elas são. Não sei por que razão, nem vou perder tempo em descobri-la. Os homens cansaram de dizer que tomate é tomate apenas porque há centenas de anos dizem que tomate é tomate. Cansaram de dizer que o sim é o sim e o não é o não. Inverteram para verificar o que acontece. E é curioso esperar o que acontece, as verdades restabelecidas. Pelo visto, hoje, vai dar grande confusão. Os homens conseguirão suportá-la? Como eu não suportei?"

Agora no táxi, enquanto ia não sabia para onde, meditava sobre tudo e sentiu-se contente. Com a mesma alegria de um arqueólogo que encontra sinais de uma civilização numa escavação. Dispôs-se a estudar com calma e profundidade a nova situação que se apresentava.

(*Os melhores contos de Ignácio de Loyola Brandão*, seleção de Dionísio da Silva, Global Editora — São Paulo, 1993.)

IVAN ANGELO (1936)

Mineiro de Barbacena, cronista, romancista, contista e autor de literatura infantil e juvenil. *A festa* (1976), seu livro de estreia, é uma reflexão sobre o golpe militar e suas consequências. Tem publicado *A casa de vidro* (1979), *A face horrível* (1986) e *O ladrão de sonhos*, (1995), contos, *Amor?* (1996), romance.

Documentário

Ivan Angelo

"Quem estivesse na praça da Estação na madrugada de hoje veria um nordestino moreno, de cinquenta e três anos, entrar com uns oitocentos flagelados no trem de madeira que os levaria de volta para o Nordeste. Veria os guardas, soldados e investigadores tangendo-os com energia, mas sem violência para dentro dos vagões. E veria que em pouco mais de quarenta minutos estavam todos guardados dentro do trem, esperando apenas a ordem de partida.

E, a menos que estivesse comprometido com os acontecimentos, não compreenderia como o fogo começou em quatro vagões ao mesmo tempo. Apenas veria que o fogo surgiu do lado de fora dos vagões, já forte, certamente provocado.

O grande tumulto estourou à 1h45, com o grito de 'fogo!'. Os retirantes saíram do trem correndo e gritando, carregando seus filhos, arrastando os velhos. Os policiais, atônitos, não sabiam se agarravam os nordestinos que fugiam ou se tomavam providências contra o incêndio. Dividiram-se nessas tarefas, gritando, esbarrando-se, empurrando, batendo. Um carro brucutu, que ali estava para conter a multidão, se necessário, atacou o incêndio que comia rapidamente o trem de madeira. Policiais a cavalo corriam atrás dos retirantes que debandavam.

Quem estivesse no hotel Itatiaia, de frente para a estação, veria avançar para a direita o único grupo que mantinha uma espécie de organização, em formato de cunha. À frente estavam aquele nordestino de cinquenta e três anos, mais tarde identificado como Marcionílio de Mattos, e o repórter Samuel Aparecido Fereszin, de um matutino desta capital. Mulheres, crianças e velhos estavam no meio da cunha que avançava, protegidos nos flancos pelos homens, alguns armados de porretes, alguns de peixeiras, Marcionílio de facão, a grande maioria desarmada.

Os policiais que perceberam aquele grupo organizado no meio do tumulto tentavam reunir companheiros para impedir a fuga. A surpresa do ataque favorecia os nordestinos, pois foi impossível reunir mais do que oito ou nove soldados. Tentaram conter os flagelados com ordens (eles avançavam); depois com tiros para o alto (avançavam); depois com tiros diretos e cassetetes, e foram envolvidos pela multidão, pisados, batidos.

Os nordestinos saíram da praça e dispersaram-se em pequenos grupos de cinco-seis pessoas em cada esquina. Quando os reforços policiais os alcançaram, restavam pouco mais de vinte pessoas das quase trezentas que formavam a cunha, uns vinte velhos e mulheres que Marcionílio tentava conduzir para algum lugar. O jornalista Samuel Aparecido Fereszin não estava mais lá.

O trem queimou-se até as quatro da manhã."

(Trecho da reportagem que o diário A Tarde suprimiu da cobertura dos acontecimentos da praça da Estação, na sua edição do dia 31 de março de 1970, atendendo à solicitação da Polícia Federal, que alegou motivos de segurança nacional.)

FLASHBACK

"Não creio, não creio absolutamente que, sem o trabalho escravo, esses grandes canaviais dum só senhor possam ser

cultivados; não creio absolutamente que o trabalho livre se adapte ao atual sistema de trabalho agrícola. (...) o trabalho livre em pequenos lotes de terra próprios poderá também, na Província da Bahia, derribar o capital e o trabalho escravo e levantar, sobre os restos dum deplorável e ignominioso feudalismo negro, uma vida em aldeias livres e pequenas colônias independentes."
(Robert Avé-Lallemant, médico alemão, em Viagem pelo Norte do Brasil no ano de 1859, *p. 39, edição do Instituto Nacional do Livro.)*

"Nas terras dos grandes proprietários, eles não gozam de direito político algum, porque não têm opinião livre; para eles, o grande proprietário é a polícia, os tribunais, a administração, numa palavra, tudo; e afora o direito e a possibilidade de os deixarem, a sorte desses infelizes em nada difere da dos servos da Idade Média."
(Colaborador anônimo do Diário de Pernambuco, *publicado em meados do século XIX, cit. por Gilberto Freire em* Nordeste.*)*

"A constituição de nossa propriedade territorial, enfeudando vastas fazendas nas mãos dos privilegiados da fortuna, só por exceção permite ao pobre a posse e domínio de alguns palmos de terra. Em regra ele é rendeiro, agregado, camarada ou que quer que seja; e então sua sorte é quase a do antigo servo da gleba."
(Domingos Velho Cavalcânti de Albuquerque, presidente de Pernambuco na década de 1870, cit. por Paulo Cavalcânti em Eça de Queirós, agitador no Brasil.*)*

"Apareceu no sertão do Norte um indivíduo que se diz chamar Antônio Conselheiro, e que exerce grande influência no espírito das classes populares servindo-se de seu exterior misterioso e costumes ascéticos, com que se impõe à ignorância e à simplicidade.

Deixou crescerem a barba e os cabelos, veste uma túnica de algodão e alimenta-se tenuemente, sendo quase uma múmia. Acompanhado de duas professas, vive a rezar terços e a pregar e a dar conselhos às multidões, que reúne, onde lhe permitem os párocos; e, movendo sentimentos religiosos, vai arrebanhando o povo e guiando-o a seu gosto. Revela ser homem inteligente mas sem cultura."
(Folhinha Laemmert, *de 1877, publicada no Rio de Janeiro vinte anos antes da campanha de Canudos, cit. por Euclides da Cunha em* Os sertões.)

"Quanta desgraça, quanta barbárie naqueles sertões, santo Deus!"
(Teodoro Sampaio, em O Rio São Francisco e a Chapada Diamantina, *após viagem realizada ao Nordeste em 1879.)*

"... Sertanejos fanáticos pelo interesse, que para ali se dirigiam acreditando na ideia do comunismo, tão apregoada pelo Conselheiro. (...) Sobe a sessenta o número de fazendas tomadas pelos conselheiristas em toda a região."
(Despacho de Salvador para o jornal O País, *do Rio de Janeiro, dando testemunho de um "respeitável cavalheiro vindo das regiões de Canudos", publicado em 30 de janeiro de 1897.)*

"Canudos não se rendeu. Exemplo único em toda a História, resistiu até o esgotamento completo. Expugnado palmo a palmo, na precisão integral do termo, caiu no dia 5, ao entardecer, quando caíram os seus últimos defensores, que todos morreram. Eram quatro apenas: um velho, dois homens feitos e uma criança, na frente dos quais rugiam raivosamente cinco mil soldados."
(Euclides da Cunha em Os sertões, *1902.)*

"Em 1900, abandonam o Ceará 40 mil vítimas da seca. Ainda em 1915, de cerca de 40 mil emigrantes que saem pelo porto de

Fortaleza, enquanto 8.500 tomam o destino do sul, 30 mil se dirigem pelo caminho habitual, o do norte.
(Rui Facó em Cangaceiros e fanáticos.*)*

"E, em 1917, ingressou Virgulino na vida guerrilheira, tornando-se, em pouco tempo, o espantalho dos sertões."
(Optato Gueiros em Lampião — Memórias de um oficial ex-comandante de forças volantes.*)*

"Certifico que à fl. 43 do livro n° 2 do registro de nascimentos foi feito hoje o assento de Marcionílio de Mattos, nascido aos 9 de agosto de 1917, às seis horas, no distrito de Traíras, neste município, à rua —, do sexo masculino, de cor parda, filho legítimo de Divino de Mattos e de dona Maria Leontina Albuquerque de Mattos, sendo avós paternos desconhecidos e maternos Tenório Albuquerque de Mattos e dona Antoninha Leontina de Mattos.
Foi declarante o pai do registrado.
Almas, 19 de setembro de 1917.
Francisco Gudin Velho — Oficial do Registro Civil."
(Registro de nascimento encontrado pela polícia na praça da Estação, em Belo Horizonte, no dia seguinte aos acontecimentos da noite de 30 de março de 1970. Há uma frase escrita a lápis na margem do documento, ao lado da data, em letra que a polícia reconheceu como de Marcionílio: "Ano que Lampião entrô nu cangaço".)

FIM DO *FLASHBACK*

"Que seu pai, Divino de Mattos, era capanga do coronel Horácio Mattos, homem forte da República no sertão da Bahia, respeitado por Lampião; que o mesmo tomou parte nas guerras do coronel contra a Coluna Prestes nos lugares Olho d'Água, Riacho d'Areia, Roça de Dentro, Maxixe e Pedrinhas; que seu pai sempre amaldiçoou esses revoltosos porque queimaram a vila de

Roça de Dentro depois de a vencerem; que não é admirador de Prestes, homem que põe fogo em cidade; que desde menino até hoje o homem que mais admirou foi o chefe jagunço do coronel Horácio Mattos, de nome João Duque; que o mesmo João Duque brigou de machado contra mais de dez (10) homens armados de fuzil da Coluna Prestes; que não sabe dizer se Prestes já era comunista, mas sabe que hoje ele é comunista; que por isso não gosta dos comunistas; que tinha nove (9) anos quando Roça de Dentro foi (...)"

(Do depoimento do retirante Marcionílio de Mattos no dia 1º de abril de 1970, na Delegacia de Ordem Política e Social de Belo Horizonte, após os graves distúrbios que agitaram a praça da Estação na noite de 30 e madrugada de 31 de março de 1970.)

"Arrojou-se sozinho, de machado em punho, sobre a tropa que avançava contra a trincheira, inteiramente exposto, numa atitude de heroica beleza. Os soldados suspenderam o avanço e deram-lhe uma descarga a pouca distância, que não o atingiu.

O jagunço girou então o seu terrível machado, com as duas mãos em torno da cabeça, e o arremessou violentamente sobre os nossos, num último gesto de energia.

A arma formidável rodopiou no espaço e foi cair a poucos passos da nossa linha, sem a alcançar.

Houve uma descarga e o herói abateu-se morto no chão, como um gigante fulminado por um raio.

O QG acampou junto a um olho d'água existente numa pequena praça."

(Lourenço Moreira Lima, secretário da Coluna Prestes, em A Coluna Prestes — Marchas e combates, *trecho que narra a campanha dos revoltosos em Roça de Dentro, no interior da Bahia.)*

"Perguntei-lhe, então, por que não fez fogo nos revoltosos.
— Ah, menino! — disse. — Isso aqui é meio de vida. Se eu fosse atirar em todos os macacos que eu vejo, já teria desaparecido."

(Lampião, explicando ao rastejador Miguel Francelino que não atacara a Coluna Prestes porque cangaço "é meio de vida". Lampião fora contratado pelo chefe político Floro Bartolomeu e pelo padre Cícero Romão para combater a Coluna, recebendo para isso armas e dinheiro. Contado por Optato Gueiros em Lampião — Memórias de um oficial ex-comandante de forças volantes.)

"Que se mudaram para Alagoas em virtude de desentendimento entre seu pai e o coronel Horácio; que passaram a servir ao coronel Joaquim Resende, dono da Fazenda Pão de Açúcar; que o dito coronel era amigo pessoal do cangaceiro Lampião; que Lampião esteve lá várias vezes; que data daí sua amizade pelo citado cangaceiro; que Lampião não era bandido inteiro, era um homem bravo que queria recompor o sertão; que ele, depoente, nessa época contava quinze (15) anos e tinha conhecimento para saber muito bem quem era Lampião; que se tivesse de escolher entre Prestes e Lampião como chefe escolheria o último, porque Lampião queria apenas consertar o sertão e não fazer política; que entendia consertar o sertão como acabar com os coronéis e dar terra, trabalho e justiça aos pobres (...)."

(Do depoimento de Marcionílio de Mattos no dia 1º de abril de 1970 no DOPS de Belo Horizonte, sobre os distúrbios em que morreram quatro pessoas na praça da Estação.)

"Mais do que meio de vida, meio de prover a subsistência, o cangaceirismo prolifera no Nordeste sobretudo nas épocas das grandes secas. Formando-se então os bandos, em geral pequenos, de três a dez homens no máximo. A maioria deles desaparece, uma vez passada a calamidade climática."

(Rui Facó, em Cangaceiros e fanáticos.)

"Justiça aos pobres; que entende por justiça não deixar ninguém morrer de fome, não ter que vender filha, poder cobrar crime de gente poderosa, receber a ajuda que o governo manda nas secas e que os ladrões roubam dos pobres; que ele, depoente, se tivesse a coragem de João Duque e a esperteza de Virgulino Lampião era isso que faria, dar justiça, terra e trabalho; que isso pensava fazer com muita paz quando trouxe para o sul aqueles pobrezinhos do norte; que não é culpa sua se a paz virou guerra; que não vieram armados procurando briga; que peixeira todo mundo usa igual chapéu, é vestimenta; que não é verdade que tivessem data marcada para chegar a Belo Horizonte na véspera do aniversário da revolução; que saíram fugindo da seca; que estão viajando com muito esforço e dificuldade já faz mais de 20 (vinte) dias, sem saber que dia é na folhinha; que não conhecia anteriormente o estudante Carlos Bicalho, da Faculdade de Ciências Econômicas; que não conhecia o jornalista Samuel Aparecido Fereszin; que não sabe dizer se os dois (...)"

(Do depoimento de Marcionílio de Mattos no DOPS de Belo Horizonte, no processo sobre o incidente da praça da Estação, em que morreram quatro pessoas, foram feitas duzentas e dezesseis prisões e atendidos dezessete feridos no pronto-socorro.)

"Inté mesmo a asa branca
Bateu asas do sertão
Entonce eu disse, adeus Rosinha,
Guarda contigo meu coração.

Hoje longe muitas léguas
Numa triste solidão
Espero a chuva cair de novo
Pra mim vortá pro meu sertão.

Quando o verde dos teus óio
Se espaiá na prantação
Eu te asseguro, num chore não, viu?
Que eu vortarei, viu, meu coração."

(Luís Gonzaga e Humberto Teixeira, no baião Asa branca, *1952.)*

"Agora mesmo, estão chegando notícias da invasão de vários lugares do interior por levas de mendigos com saco às costas, reclamando alimentos. Por ora estas invasões são pacíficas mas não tarda o momento em que os comunistas se aproveitarão da situação para incitar o povo à violência."

(Juvenal Lamartine, ex-governador do Rio Grande do Norte, em carta à Tribuna da Imprensa, *do Rio de Janeiro, em 12 de março de 1953.)*

"Dos 3 mil populares que invadiram e saquearam o mercado de Arapiraca, dois terços eram realmente flagelados e famintos. Os outros se prevaleceram da situação de motim que se criou, guiados por agitadores e subversivos que pretendiam aproveitar a fase difícil decorrente da seca e promover agitações e atos de revolta.

Os retirantes do sertão, segundo veio a apurar a polícia alagoana, estavam liderados por Marcionílio de Mattos, ex-capanga do coronel Joaquim Resende, de Pão de Açúcar. Marcionílio é devedor de um crime de morte na pessoa do administrador desse fazendeiro, e participante dos últimos grupos de cangaço nos anos de 1938 e 39. Foi ele o chefe das desordens, o responsável pela invasão, e está mantido encarcerado, sob forte guarda armada, na cadeia pública de Arapiraca."

(Jornal O Palmeirense, *de Palmeira dos Índios, Alagoas, em 15 de março de 1958.)*

"O flagelado

... Por onde passamos encontramo-lo faminto, maltrapilho, esquelético, olhar triste em busca do auxílio que não vem. Já sem fé porque sua única ambição é um pouco de farinha para matar a fome, que lhe mina dia a dia o organismo, e o mínimo de comiseração que merece um ser humano. (...) Aqui mesmo no Brasil, de que nos orgulhamos, sobre o qual proclamamos loas e queremos que se situe no concerto das nações como possuidor de elevado estágio de civilização, há no momento uma população estimada em mais de 2 milhões que vegeta no mais baixo padrão de subnutrição em que um povo pode viver. (...) A miséria continua, o homem é explorado pelo homem, o dinheiro, desperdiçado e as autoridades, omissas ou coniventes com esse problema; o problema da seca só é lembrado na época em que o mal se apresenta (...)."

(Coronel Orlando Gomes Ramagem, subchefe do Gabinete Militar da Presidência da República, observador pessoal do então presidente Juscelino Kubitschek da seca de 1958. Seu relatório foi escamoteado durante esse governo e só divulgado no governo seguinte, de Jânio Quadros, em 1961.)

"Que não conhecia anteriormente o estudante Carlos Bicalho, da Faculdade de Ciências Econômicas; que não conhecia o jornalista Samuel Aparecido Fereszin; que não sabe dizer se os dois se conheciam; que não é verdade que tenha vindo para o sul com seus retirantes a chamado dos supracitados; que não recebeu dinheiro de quem quer que seja para esse fim (...)."

(Do depoimento de Marcionílio de Mattos, após os dramáticos acontecimentos da praça da Estação de Belo Horizonte, quando foram apreendidos pela polícia 183 peixeiras, trinta e um canivetes, duas garruchas, cinco bordões e um sabre militar que estavam em poder dos amotinados.)

"As primeiras levas de retirantes chegaram às capitais do Nordeste com a repetição dos tristes fatos que marcam a seca. No mercado de João Pessoa, uma mulher oferecia, domingo, os filhos a quem os quisesse levar."

(Jornal O Estado de S. Paulo, em 25 de março de 1958.)

"Todas as classes já se organizaram nesse país, com exceção dos camponeses. O operário tem o seu sindicato; o estudante, a sua união; o militar, o seu clube; o comerciante, o jornalista ou o funcionário público, a sua associação; o industrial, o seu centro. Somente o camponês ainda não se uniu em um órgão de classe capaz de defendê-lo. Esse seu justo anseio é sufocado com violência. É crime falar em sindicato para o camponês."

(Francisco Julião, deputado, no jornal O Estado de S. Paulo, *em 15 de dezembro de 1959.)*

"Liberdade para Marcionílio
    Povo do Nordeste:
    Há dois anos o governo dos usineiros e donos de gado mantém preso sem julgamento o líder camponês, nosso irmão, Marcionílio de Mattos.
    Esse homem, que a imprensa dos latifundiários apresenta como um bandido e assassino, é um revolucionário autêntico do Nordeste.
    Foi cangaceiro, sim, quando ser cangaceiro era o único meio de sobreviver nas terras secas do sertão alagoano. Como cangaceiro, nunca tirou dos pobres. Tirava de quem tinha o que ser tirado.
    O jornal dos latifundiários diz que ele matou o administrador do fazendeiro que lhe deu abrigo. Matou em legítima defesa da honra e teve de fugir para não cair no júri arranjado do coronel Joaquim Resende. O seu caso não é o primeiro nem será o último do sertão.
    Seu último crime: retirar da situação de penúria em que se achavam as vítimas da seca e do latifúndio, trazê-las em marcha heroica até a cidade de Arapiraca, onde tentou por todos os meios a assistência do governo, e no fim, para dar de comer às mil e duzentas almas pelas quais se sentia responsável, comandou o ataque ao mercado central de Arapiraca, durante o qual, infelizmente, morreu um comerciante.
    É esse o homem que o governo de Alagoas mantém preso em Arapiraca.
    Qual é o seu crime? Tentar ajudar os pobres.
    Povo do Nordeste:

Chega de esperar pela justiça! Vamos todos à praça da cadeia de Arapiraca no dia 1º de fevereiro exigir:
Liberdade para Marcionílio!
Liga dos Trabalhadores Rurais do Sul de Alagoas."
(Manifesto distribuído nas principais cidades do sul de Alagoas em janeiro de 1960.)

"O delegado Humberto Levita, do DOPS, calcula que deverá concluir dentro de três meses o inquérito sobre os distúrbios do último dia 31, na praça Ruy Barbosa. Qualquer previsão para antes disso será otimista demais. Adiantou que já foram tomados sessenta e três depoimentos, incluindo retirantes, parentes dos mortos, detidos, testemunhas, policiais de serviço no local dos acontecimentos e dois secretários de Estado.

O principal problema agora enfrentado pelo governo é a situação de mais de quatrocentos retirantes, origem do conflito. Cerca de 160 dos detidos na madrugada de 31 de março são flagelados; numerosos deles, arrimos de família. Seus dependentes se recusam a viajar de volta para o Nordeste sem o parente, e este não pode viajar porque o processo ainda está em andamento. Em consequência, mais quatrocentas vítimas da seca, além das que se dispersaram na noite da revolta, vagam pela cidade pedindo comida de casa em casa. Calcula-se em mais de oitocentos o número de novos mendigos na cidade.

— O que as autoridades procuraram evitar na noite de 31 tornou-se um problema até pior, em consequência da ação dessas mesmas autoridades. São ironias do destino — comentou o delegado Levita."
(Jornal O Estado de Minas Gerais, *em 12 de abril de 1970.)*

"Dia 7 — 1.500 camponeses armados sitiam e ocupam o Engenho Coqueiro, do sr. Constâncio Maranhão, em Vitória de Santo Antão. Retiram gêneros alimentícios, matam bois, estão munidos de armas longas. (...) Os ocupantes são divididos em grupos, entrincheiram-se, rastejam e utilizam evidentes táticas de guerrilha."

(Do relatório do Sindicato da Indústria do Açúcar do estado de Pernambuco sobre as Ligas Camponesas, entregue ao presidente João Goulart em 22 de outubro de 1963.)

"Que não recebeu dinheiro de quem quer que seja para esse fim; que sempre procurou ajudar os retirantes na época da seca porque é uma desgraça enorme; que é verdade que tomam comida quando não têm dinheiro para comprar; que é a primeira vez que ele, depoente, vem para o sul; que é verdade que pertenceu às Ligas Camponesas de Pernambuco; que teve de mudar-se de Alagoas porque foi retirado sem júri, da cadeia de Arapiraca, Alagoas, em 1960; que foi libertado pelas Ligas Camponesas de Alagoas, mas teve de fugir para Pernambuco; que em 1963 seu processo foi arquivado porque nenhuma culpa foi apurada contra ele na morte de um comerciante de Arapiraca, durante a invasão do mercado local por retirantes; que nesse mesmo ano de 1960 voltou a Alagoas para buscar sua mulher e filha, na cidade de Pombal; que lá encontrou sua mulher amasiada com outro homem, porque o julgava morto; que voltou então para Pernambuco sem a mulher e a filha; que não sabe mais onde se encontram; que em Pernambuco trabalhava na lavoura de cana; que não conhecia pessoalmente o deputado Francisco Julião, das Ligas; que Julião era comunista e político; que de 1960 a 1964 encontrou trabalho mesmo durante as estiagens, por influência das Ligas; que participou de ocupação de engenhos em Pernambuco; que não sabe dizer se Francisco Julião explorava a ignorância do povo; que nunca mais ouviu falar do ex-deputado Francisco Julião; que ele, depoente, foi preso juntamente com outros lavradores, interrogado e solto na Revolução de (...)."

(Do depoimento do subversivo Marcionílio de Mattos, enquadrado, por incitação à revolta, na Lei de Segurança Nacional e, pela morte de um policial, acusado de homicídio doloso, no processo

do DOPS de Belo Horizonte sobre a revolta popular da madrugada de 31 de março na praça da Estação.)

"Ontem, no Aeroporto de Congonhas, estavam vários deles (ex-cangaceiros), esperando os outros. Estava Marinheiro, um ano de cangaço, hoje funcionário da Caixa Estadual; estava Pitombeira, três anos de bando, entrou para não ser morto pela polícia, hoje funcionário da prefeitura. Estava também Criança, sete anos de lutas, a glória de enfrentar sozinho, por duas horas, a Volante, para deixar o bando escapar. Criança, hoje, vende tomate como ambulante."
(Jornal O Estado de S. Paulo, *em 18 de outubro de 1969. Reportagem sobre o encontro de ex-cangaceiros em São Paulo, para lançamento do livro* As táticas de guerra dos cangaceiros.)

"... Segundo o delegado Humberto Levita, apontam como principais responsáveis pelo conflito o ex-cangaceiro Marcionílio de Mattos e o jornalista Samuel Aparecido Fereszin. Sabe-se já que Marcionílio, preso incomunicável no DOPS, é subversivo e participou das Ligas Camponesas do ex-deputado Francisco Julião. O jornalista, como se sabe, trabalhava nesta folha e (...)."
(Jornal Correio de Minas Gerais, *em 13 de abril de 1970.)*

Gravatá, Cotuzumba, Avenca, Pajeú, Itapeti, São José do Egito, Saque, Quixadá, Brejo da Cruz, São Bento, Pedra Nova, Corunas, Jacaré dos Homens, Cacimbinhas, Boqueirão, Crateús, Currais Novos, Novas Russas, Limoeiro do Norte, Jaguaruana, Crato, Mombaça, Senador Pompeu, Canindé, Granja, Sobral, São Luís do Curu, Tauá, Quixeramobim, Orós, Ipaumirim, Juazeiro do Norte, Asaré, Cedo, Jucas, Mauriti, Brejo Santo, Aracati, Maranguape, Copiara, Acarapé, Icó, Baturité, Cariré.
(São nomes de lugares secos pedindo ajuda ao governo em 1970.)

"Aqui vim para ver, com os olhos da minha sensibilidade, a seca deste ano, e vi todo o drama do Nordeste. Vim ver a seca de 70 e vi o sofrimento e a miséria de sempre."
(Emílio Garrastazu Médici, presidente da República, em 6 de junho de 1970.)

"Líder camponês morto em tentativa de fuga."
(Título de notícia da oitava página do jornal O Estado de Minas Gerais, *em 7 de junho de 1970.)*

"Vi a paisagem árida, as plantações perdidas, os lugares mortos. Vi a poeira, o sol, o calor, a inclemência dos homens e do tempo, a desolação."
(Emílio Garrastazu Médici, presidente da República, em 6 de junho de 1970.)

"Segundo informações dos órgãos de segurança, o líder camponês e ex-cangaceiro Marcionílio de Mattos foi morto ontem em tiroteio com agentes de segurança, após empreender espetacular fuga do (...)."
(Notícia publicada em duas colunas, no pé da oitava página do jornal O Estado de Minas Gerais, *em 7 de junho de 1970.)*

"O quadro que nós vimos não é o quadro que devemos ver, quaisquer que sejam as desventuras, as calamidades e as inclemências da natureza. Forçoso é que nenhum de nós se conforme com essa triste realidade."
(Emílio Garrastazu Médici, presidente da República, em 6 de junho de 1970.)

"Após empreender espetacular fuga do xadrez do DOPS Marcionílio, o frustrado líder camponês que há três meses tentou trazer a subversão do campo para a cidade, chefiando um verdadeiro regimento de famintos, em conexão com extremistas da capital, arrebatou a arma de um policial, imobilizou a guarda, ganhou o saguão do DOPS e correu pela avenida Afonso Pena abaixo, atirando em seus perseguidores. Um tiro de um dos agentes que corriam em sua perseguição atingiu Marcionílio na cabeça, que caiu já sem vida."

(Notícia publicada em uma coluna, na décima segunda página do jornal Correio de Minas Gerais, *em 7 de junho de 1970.)*

(A *festa*, 1976)

NÉLIDA PIÑON (1937)

Carioca, romancista, contista, estreou com *Guia-mapa de Gabriel Arcanjo* (1961), a que se seguiram mais de uma dezena de títulos, entre eles *A república dos sonhos* (1984), *A doce canção de Caetana* (1987) e *Vozes do deserto* (2004), e as coletâneas *Sala de armas* (1973) e *O calor das coisas* (1980). Venceu, em 2005, o prêmio internacional Príncipe de Astúrias.

O jardim das oliveiras

Nélida Piñon

É URGENTE, ZÉ. AO MENOS PARA MIM, herói de um episódio anônimo, autor de um hino cantado em agonia e silêncio. Logo que abri a porta, o homem me pegou pelo braço. "Não adianta fugir", ele disse. E seu gesto não foi de ladrão, de quem vai contra a lei. Parecia certo dos próprios atos, não se importando que os vizinhos o surpreendessem. Tinha olhar de vidro e o seu nariz, como o meu, era ligeiramente adunco. Não lhe vi sinal particular na cara. Ah, Zé, como a alma é uma gruta sem luz.

Segui-o esbarrando contras as paredes, o sangue me havia deixado ainda que eu o reclamasse de volta. Passamos pelo porteiro entretido com a empregada do apartamento 203. Um cabra safado e inútil. O sol arrastara o bairro para a praia, não via almas na rua. Dentro do carro, frente ao prédio, três rostos anônimos me aguardavam, meus algozes, meus companheiros de vida. Um crioulo, um mulato e um branco, a etnia carioca. Quem sabe jogamos futebol juntos, no passado choramos com o gol que justamente dera vitória ao Flamengo. Não levaram em conta a minha cara amedrontada, fui jogado no banco traseiro com desprezo. Para quem mata é sempre cômodo designar os covardes. Agiam, porém, com discrição, de modo a que eu voltasse para casa livre das suspeitas dos vizinhos. Ninguém também me reclamaria o corpo.

Eu tinha certeza de que tomariam o Rebouças. Na Barão de Mesquita, o meu coração era um paralelepípedo. Cruzamos apressados o pátio, vencíamos corredores e mares. Havia na sala unicamente três cadeiras, um de nós ficaria de pé. Nenhum sinal de arma à vista, a mesa nua, as paredes descarnadas. Ou eu é que terei desejado os instrumentos que levam o corpo ao fino desespero, sonhado com a guerra, desenvolvido instintos assassinos?

O medo grudado na pele ia-me asfixiando, os poros logo entupiam-se de ânsia e vontade de vomitar. Havia, porém, na consciência uma brecha através da qual eu implorava aos intestinos, ao ventre, à alma, que não me humilhassem uma vez mais. A memória revivia a tortura, a dor florescente, a cabeça estilhaçada em mil estrelas, a calça borrada de merda, a urina solta pelas coxas até alcançar a unha do pé. A desesperança de saber que a dignidade dependia de um corpo miserável a serviço da força alheia. Você, Zé, é rijo como um cabo de metal, não pode compreender os desmandos de um homem, aceitar os desconcertos da terra. Mas a verdade é que sou um covarde, nasci com medo e morrerei sob a intensidade deste astro. Falta-me valentia para puxar o gatilho contra a minha cara, ou a do inimigo. Quem me fere mais que os meus desígnios? O medo dorme no meu travesseiro, trato de domesticá-lo, torná-lo amigo. Sei que você me afaga a cabeça, quer encaminhar-me ao heroísmo. Sinto muito, Zé, mas não sou herói. Nunca mais serei. Não sei mais como encontrar o antigo fogo cego que me iluminava no corredor sem fim.

A sorte me regalou com uma cadeira. E o bafo quente dos inimigos, que vinha em ondas. Às vezes, se aproximavam, logo bem distanciados, para eu medir a fragilidade do destino. O branco especialmente devotava-se aos círculos, designara-me o eixo em torno do qual girariam. Evidentemente odiava-me, mas certa elegância no corpo não o deixava matar-me. Acima do gozo pela minha morte, havia seu outro prazer secreto. A reverberação do meu rosto em chamas impedia detalhado exame das suas feições contraídas. Foi dizendo "é rápido, mas pode demorar, se não colaborar". Estaria eu ainda em meu país, e incitava-me a traí-lo, ou era um estrangeiro que contrariava frontalmente os interesses de uma pátria humana?

— Não sei de nada. Tudo que sabia confessei há nove anos atrás.

— Não precisa nos recordar. Sabemos de tudo. Foram exatamente nove anos, três meses e onze dias. Em março, já poderá festejar o décimo aniversário.

Magro e desenvolvido, os anos haviam-lhe ensinado a interrogar um homem sem ceder às súplicas de um olhar. Da minha cadeira, via-lhe os avanços e recuos, e não pretendia exacerbar-lhe as funções.

— Onde está Antônio?

Todos sabíamos que Antônio estava morto. Quem sabe ele próprio o teria assassinado, fora o último de um longo cortejo de torturadores. E por isso capaz de descrever em detalhes o corpo de Antônio em chagas, rasgado por alicates, cortado pelas lâminas e pela raiva, expulsando o sangue em golfadas, o olhar empedrado que até o final evitou a palavra que, condenando os vivos, melhor teria esclarecido os últimos instantes de um homem.

Ou será que se referiam a um outro Antônio, o das Mortes, o do Glauber? Recuei sem ter para onde fugir. Sem tempo para análises.

— Mas que Antônio? — E temi hostilizá-los com a pergunta.

— Você sabe de que Antônio falamos. Para vocês só existe um Antônio. Nenhum outro existe no mundo.

Metiam o estilete no meu peito. Dispensavam os recursos fartos e cheios de sangue. Confiavam na agonia que diariamente me assaltava, na minha consciência imolada pelo medo e o remorso. São uns filhos da puta, Zé. E não só porque me podem ferir, humilhar meus órgãos, expô-los ao opróbrio da dor e da covardia. Pior que o corpo aviltado é não me deixarem esquecer que lhes dei as palavras que arrastaram Antônio ao cativeiro. Embora não tivesse sido o único a traí-lo, forneci os detalhes que justamente ao descrever seus hábitos, a cara forte, sua agilidade em escalar telhados, o ar de felino, seus esconderijos, compuseram a narrativa que de tão perfeita exigia a presença de Antônio para dar-lhe vida. Não podia ele privar-se de uma história que se fazia à sua revelia. A morte dependia do seu consentimento para tornar-se real.

Foi tão pouco, não é? Tão pouco, que me ficou como herança um pesadelo que disfarço diariamente. Não quero admitir que Antônio é um tormento mastigado a cada garfada, o excesso de sal de todo repasto. Não vivo sem a sua sombra, você e eu sabemos. Ele trepa junto comigo. Vive graças ao meu empenho, divido Luíza com ele.

Inclinei a cabeça, para que não me vissem a vergonha e o ódio. Ao mesmo tempo, o gesto assegurava-lhes que, estando eu de acordo, por que continuar com a farsa. Eu era o que eles me designassem. Eu era as palavras arrancadas à força, era a covardia que eles souberam despertar em mim, e antes me fora desconhecida. E era ainda a vida que eu descobrira preciosa entre os suplícios infligidos. Não parecia exatamente uma herança que eu pudesse explorar em meu favor. Quis gritar "Não basta me possuírem, me escravizarem com grilhões invisíveis, querem ainda que eu lhes lamba os colhões desumanos?".

— Vamos, fale logo. Onde está o Antônio?

Não desistiam. Tinham mãos nervosas, cheias de recursos, e de que se orgulhavam. E nelas não se viam manchas de sangue, ou calos, por espremerem as juntas dos inimigos. Parecidas com as minhas mãos, com as do meu pai, as da família a quem se entrega o sono desprevenido. E, no entanto, elas enterraram Antônio perto do rio, segundo se dizia, para a enchente levá-lo entre os escombros dos barrancos. Assim, nenhum amigo confortou Antônio com prantos e flores. Ou acariciou o que havia sobrado do seu corpo. Embora não pudessem os algozes impedir que os proclamas de sua morte em meio à prolongada tortura corressem o país. Eles defenderam-se, como nós bem o sabemos, acusando-o de desertor, de haver trocado os ideais revolucionários por Paris, seu novo lar.

— Não tenho visto Antônio — disse-lhes de repente, querendo minha vida de volta. O prazer de pisar de novo as ruas. Ainda que sob a constante ameaça de perder rosto, identidade, país. Há muito me haviam sonegado a língua, a terra, o patrimônio comum, e eu resvalava na lama, que era o meu travesseiro. Um pária que não contava com a herança do pai. Não me podiam cobrar o que já não lhes havia cedido. Pertencia-lhes como um amante, embora sofresse o exílio da carne.

O sorriso do homem aprovava o rumo da minha servidão. "Não o tem procurado, viram-se em algum bar? Onde podemos encontrá-lo, no Rio ou em São Paulo?"

— Não sei de Antônio. Sempre desapareceu sem avisar. É o jeito dele. Quando volta é como se nada tivesse acontecido.

— E não tem notícias suas — o mulato tomou da palavra, assumia o esplendor daquela hora.

Cercado pelas chamas dos olhos inimigos, aspirava a respiração dos três homens que me haviam atraído até ali somente para eu provar de novo o gosto seco do medo, a rigidez da violência. Onde estivesse na Terra, arrastaria comigo os seus emblemas.

— Ah, sim, me lembro agora, vi-o uma vez à saída de uma sessão do Cinema I. Havia gente demais, gritei seu nome, ele falava com entusiasmo, tinha amigos perto, infelizmente não me ouviu. Na Prado Júnior, quando o procurei, já havia desaparecido. Isto foi no ano passado, acho que em dezembro, fazia muito calor.

— E ele, mudou muito?

— Não. Um pouco mais gordo. E agora está de bigode.

As perguntas e respostas iam compondo um novo Antônio nascido da aspereza dos nossos dedos mergulhados na argila. Quanto mais falávamos, mais depressa Antônio recuperava diante de nós o ardor familiar a eles e a mim. Com o nosso empenho conquistáramos o direito de ressuscitá-lo. Nós o tínhamos tão próximo que praticamente o acusávamos de haver-nos abandonado sem cuidar da nossa aflição, levado apenas pelo prazer de inquietar amigos e carrascos. Ou simplesmente pela arrogância de alimentar uma legenda heroica.

O suor da minha camisa não mitigava a sede. Ainda que eu pedisse, não me deixariam beber de um líquido envenenado pelo temor e o delírio verbal. O jogo custava-me vida e honra, mas era o preço a pagar-se para ganhá-las de volta. Acaso pensavam que me podiam arrancar a vida porque me faltaria a coragem de usar uma vez mais as palavras que, me matando por dentro, abriam-me a porta para esta mesma vida?

Eu sei que a palavra é a vida. Mas o que dizer dela quando se distancia do arrebato popular e perde a função? Eu sei que a vida prova-se com a palavra, mas quando nos é extraída à força e ainda assim a vida nos fica, não é a vida o único tesouro com que se recomeça a viver? É o que venho fazendo, Zé, diariamente averiguo o nível de água dessa minha existência. Um reservatório em que combato visando à outra margem, da qual logo me expulsam ao estender o braço querendo repouso. Um dia, me vingarei. E não será vingança jamais esquecer meus algozes, ser a memória viva daqueles instantes, do que em mim sobrou retalhado e sem altivez? Seus rostos colados ao meu refletem-se no espelho quando faço a barba. Algumas vezes a mão treme, sonho em mutilar no meu rosto aquelas caras pacientes e frias.

Antônio encontrava-se naquela sala. Vivo, ardente, combatendo o mundo em tudo igual ao que havia deixado antes de partir. Não sei se o crucificávamos, ou ele a nós torturava. E quando afinal parecia fumar entre nós, constrangido ao lado de quem o traíra, o homem branco disse "exigiremos você outras vezes. Antônio é um terrorista, um assassino de mulheres e crianças. Devemos encaminhá-lo à Justiça".

Deu-nos as costas e saiu. Logo me encaminharam à cela vazia, ninguém disse uma palavra. O meu destino não tinha pouso na Terra. Se desta vez não me supliciaram, pela manhã se devotariam às práticas em que eram mestres. E se não lhes bastasse o dia seguinte, me reteriam por uma semana, um mês, e a vida se escoaria delicada sem que a reclamassem, ou a defendessem. Até você pensaria que, enfarado, finalmente eu trocara o Rio por Paris. A minha prisão não desperta suspeitas. Não é verdade que também vocês há muito me condenaram?

Eu mal via os objetos em torno. Estendi-me na cama com medo de repousar sobre um morto. Quantos mortos e feridos não me precederam ali. O mau cheiro vinha dos corredores, das frestas. Perseguiria os cães vadios da madrugada. Do lado de fora dos prédios. De repente, eles apareceram. Talvez no meio da noite.

Pareciam não me haver abandonado. Em desesperada busca de Antônio. Precisavam dele como eu ali estava a vender uma vida acanhada e medrosa. Mas, contrário ao que pensava, eu logo vi o céu aberto. De novo cruzamos o pátio e, no carro, o mesmo silêncio. Eu não podia confiar neles. Talvez a decisão fosse matar-me no matagal, o corpo encontrado em decomposição. Crime banal, seguramente o otário levando dinheiro na carteira havia reagido. Então percebi que tomavam o caminho de casa. A vida se recupera numa esquina conhecida. Despediram-se sem uma palavra e, jogado perto de casa, provavam conhecer os meus hábitos, os bares a que ia, os meus passos. Acalentavam o sangue e o suor de um país com o torniquete da naturalidade e da supremacia.

Será que o coração de Antônio sabe perdoar, esforça-se em compreender os que claudicam? Sem dúvida, sou o seu avesso. Aquela contrafação de carne que a piedade humana obriga a arrastar com dificuldade. Sem Antônio perceber, no entanto, que apesar dos estragos em mim realizados sou ainda uma das suas histórias. Asseguro-lhe nome e rosto com a versão que dele faço constantemente. Tornei-me o rastro dos seus feitos, a maculada poeira do seu calvário.

Advirto-o assim, Zé, que temos Antônio de volta. A padecer entre nós da mesma pulsação rítmica que a vida expele. E só porque não se conforma com o miserável cotidiano brasileiro, decidiu deixar-nos. A vida o ocupa de tal modo que lhe falta tempo agora de visitar amigos, chorar em seus ombros, repartir o pão das palavras com os que foram privados da esperança. E por que nos viria ver? Especialmente a mim, a quem despreza, eu que, ungido pelo medo e a ameaça, descrevi-o a ponto de facilitar-lhe a captura. Eles que me puderam matar e não o quiseram. Devo-lhes tanto o que sou que, juntos, reconstituímos Antônio, fizemos a vida pulsar de novo no centro do seu coração amado. Terá sido desonroso reviver Antônio? O poder não fragiliza apenas a quem domina. O poder educa para que não esqueçamos as suas lições. Mas como será quando a lição passar a ser aplicada por nós, povo pálido e submisso?

Amanheci com dor de cabeça. Talvez pelo maldito camarão do jantar de ontem. Luíza não quis hoje receber-me. Insisti, é urgente. Claro que não lhe falei das indisposições físicas, da periódica agonia do medo, do episódio recente. Diante dela sou belo, pungente e mentiroso. Desculpou-se delicada, precisava ficar só. Simulei compreender o seu estado, outra vez a prisão da cortesia. Ou a prisão do amor que me regala com o esquecimento, a única masmorra a indicar o caminho do futuro.

Não me custa agora enfraquecer a voz, recolher-me à casa aos primeiros sinais da derrota, da admoestação e da censura. A submissão é uma virtude social sem a qual, ao menor conflito, enfiaríamos a faca no coração desprevenido do vizinho. Aprendo depressa a acomodar-me entre os tijolos da vida, estas quatro paredes sinistras. A assimilar atos de obediência que, uniformizados, e em sequência, não chegam a doer. Também não ardem. E isto desde o gesto mecânico de escovar os dentes ao despertar. Não fosse assim, quem aceitaria o travo e a amargura da minha boca insone, a quem haveria de beijar?

Sozinho em casa, elimino os gestos brutos, apronto-me para as visitas que não virão, esmero-me para o carcereiro habilitado a visitar-me sempre que a minha ausência lhe doa. O relógio e o tempo coincidem numa quarta-feira. O que se pode esperar de uma criatura fiel ao Estado a cobrar-lhe obediência como meio de assegurar à coletividade uma existência feliz? E que expulsa do seu corpo social todo e qualquer organismo infectado de pus, palavra e ação rebeldes.

Moderado e elegante, besunto-me de essências. O que sei do meu rosto me é suficiente. Bastam-me as pequenas atenções do cotidiano. Não se aconselha a amar a própria perplexidade. Mas acomodar-se à vida possível e transcrita na Bíblia. Serei um acomodado? E quem não é. Dizer bom-dia não é então sancionar a existência do inimigo, e acomodar-se à sua estratégia? Ah, Zé, quantos capítulos são diariamente redigidos numa infindável série de resignações. Até mesmo quando gritamos "puta, merda, caralho", estamos a consagrar a linguagem coerciva da escatologia oficial. Estas exclamações do arcabouço linguístico dos ingênuos que se satisfazem com falsetes que o meio social sabiamente absorve e atenua.

Apesar de tudo, trago comigo algumas perguntas. Nem todas as palavras sufoquei. Boiam elas no meu bolso, junto ao travesseiro. Dificultam o meu sono. Sei bem que todo gesto meu é passível de pena, e que nem com o conhecimento da lei conduzir-me-ei de modo a vencer os alcances desta mesma lei. Para cada ato meu em surdina há uma lei à escuta. Quem sabe não estará o vizinho a esta hora a delatar-me junto às autoridades sanitárias e repressivas. Justamente o vizinho que honra a vida reproduzindo no seu quarto a espécie humana. Não estou isento de culpa quando me atribuem uma culpa. Me podem nomear culpado a cada instante, e de que servirá a proclamação de uma inocência em que eu mesmo não creio?

E com que direito protesto, se fortaleci quem tinha a arma na mão, dei-lhe a munição que escasseava. Mas não quero padecer acima de minhas forças. Afinal, Adão e Eva resistiram menos que eu e tinham só a Deus que enfrentar. A história designou-os vítimas de um arbítrio por parte de quem havia ousado criar a

Terra. Diga-me, tem força quem gera força, ou força tem quem sabe administrar uma força que lhe foi emprestada?

Somos tão frágeis, Zé. Basta que me cortem o pulso para sangrar até a morte. Será por isto que cobramos do outro um despotismo que ao mesmo tempo que nos governa também esconde a nossa fraqueza? Queremos o arbítrio, a prepotência, o poder, e nos omitimos quando eles se revelam. Desde que um bando de desesperados construiu a primeira nau, com a qual venceriam o oceano, exigiu-se que um punho de ferro a capitaneasse, marcasse o rosto popular com largas cicatrizes como prova de autoridade. Assim, até a aventura e o sonho nasceram comprometidos. O que a princípio parecia grandeza visou ao palco para louvar e divulgar os próprios feitos. A generosidade sempre se manifestou de acordo com as leis, e nunca as transgrediu. Não há bondade neste hemisfério sem *referendum* oficial.

Sob que manto, Zé, esconde-se o poder, em que regaço? Estará entre os que acodem depressa aos mais altos postos, os que morrem gratos com a morte, os que sorriem apesar do olhar acuado e a vida em postas de sangue? Ou entre os que apunhalam e gritam e uniformizam e tiranizam e não cumprem? A terra é áspera com os rios em fúria, a lavoura malograda, os animais febris. Uma natureza que ruge para assim indicarmos aqueles que, em nossa defesa, superam a tormenta e logo enamoram-se de seus encargos. Como se o poder e a natureza em aliança esculpissem no homem rígidas regras de bem viver.

No rádio, um chorinho brasileiro. Estou só, como já lhe disse, e Luíza não virá. O sanduíche é frio, sua alma, gordurosa. Desfaço-me dele e das palavras em mim ordenadas por quem pensou na minha frente. O que fazer quando até mesmo as palavras originam-se de um material envelhecido, que se confunde com a morte. Não há vida real no planeta. Tanto melhor, livro-me assim da insensatez e da desordem. Se sou herdeiro de uma cultura voltada à renúncia, por que não abdicar da rebeldia e do inconformismo. E com os dentes rijos abocanhar os pedaços de vida que arrastam o peixe do prazer em sua rede.

Nada mais quero que amar aquela mulher. Abdicar da perspectiva coletiva e concentrar-se no universo pessoal é a essência da felicidade. O mundo passa a ser você. Ela e eu, ainda que Luíza me vire o rosto e a arrogância a enalteça. É tão harmônica que seus desejos cumprem-se em horário determinado. Ela tornou-se um dos pilares do poder, especialmente as suas coxas. E sendo seu amor mais frágil que o meu, banca ela faustamente o jogo humano. Tudo faço para cravar-me entre as suas vértebras como uma lança. Juntos assim costuraremos as rendas e os afagos que formam um lar. E, sob tal abrigo, os carrascos irão encontrar-me. Cheio de correntes, doçuras, orçamentos, projeções futuras. A quem arranharei com as unhas aparadas?

Aspiro com Luíza à limpidez e à vida cristalina. Um coração transparente e as paredes da casa de vidro. Quem olhe dentro verá o repertório de que me componho, sem o socorro de fichas e cadastros. O Estado é a eterna visita em minha casa, mesmo quando dela se ausenta. E, sendo ele assim meu amigo, a vida torna-se compatível sob seus cuidados.

Lembra-se daquelas folhinhas povoadas de santos e provérbios moralizantes que as farmácias distribuíam? Ungidas todas pelo suor popular? Eram elas sábias, não excluíam as agruras do cotidiano, as receitas de bolo e os modestos atos humanos. Previam a poupança e, claro está, o receituário farmacológico. Humanas, jamais antagonizaram o ano que decorria, assim como o terço nas mãos dos que choravam. A tranquilidade destes calendários é que busco, como se recuasse no tempo. Jamais empunharei de novo uma espada, mesmo quando o seu uso obedeça à urgência de vingar um povo ultrajado. Não tenho inimigos, ou melhor, eles não têm nomes e rostos. Solidarizo-me com a miséria nas telas do Cinema I. Passarei pela fome brasileira com o orgulho ferido, mas sob a tutela do meu automóvel de prata. O próximo comove-me, sem dúvida, mas meu destino não se comprometerá em sua defesa. Despojado da fraternidade, instigam-me a aplaudir as famílias poderosas, que se expandem segundo o número de suas fábricas e o volume dos créditos fornecidos pelo Banco do Brasil. Não quero descendência, mas um esperma seco e apático. A memória dos ancestrais não me diz respeito. Os retratos amarelos falam-me sim de mortos, logo os queimarei. O mesmo faço com as cartas, a memória, com o meu rosto pálido. Só vale a história forjada, só tem valor o homem de palha.

Sou um animal que ao lado das derrotas contabiliza o medo. Quem me educou foi este país onde vivo, amo, sou o que me permitem ser. Nada peço além da minha extraordinária felicidade. Em seu nome, abdico da consciência social. Feita de levedo e farinha rala. Estou livre, Zé. Livre como um polvo embaralhado nas próprias pernas. Livre como um cordeiro sacrificado e o pão ázimo perseguido. Renunciei ao destino do homem pelas moedas de bem-aventurança que hoje arrasto e bem atadas aos pés.

Nasci pelas mãos de minha mãe, mas morrerei sem o socorro da sua vagina. Tenho a vida determinada por um começo e o fim. E, embora sujeito e objeto da história, este começo conheceu data, ano, local, horas precisas. A carteira de identidade facilita, aliás, meu trânsito pela Terra.

O meu fim será canalha. Sujeita-me a critérios e circunstâncias que não elegi e de que não posso escapar. Logo confirmado este final, a consciência será automaticamente expulsa de mim para mergulhar na merda. Unicamente a história, testemunha do lado de fora do corpo, registrará a cena da qual sou protagonista e que porá término à minha biografia. Então se sucederão o vazio e o esquecimento, eventualmente as especulações históricas.

A nossa morte, Zé, pertence a quem a assiste e aos que a descrevem. Não somos a nossa morte. Mas uma prolongada agonia a que faltam palavras com que explicá-la perante nós mesmos. E este fim é o medo, o fim justifica a dignidade precária. E as palavras que definem este estado me são emprestadas por uma coletividade igualmente acuada. Razão pela qual tenho o direito de subscrever qualquer documento que estejas agora escrevendo. Do mesmo modo que todo texto de minha lavra pertence ao vizinho que também escreve em meu nome a história da minha miséria. Mas que maldita aliança é esta que mistura os nossos sangues e forma um só destino? E que me obriga a acompanhar o desterro de um homem próximo a enfrentar o pelotão de fuzilamento, ainda que não cuide da sua sorte. E sentir-me a futura vítima quando acorrentem quem ousou transgredir e protestar. Saiba, pois, que a minha covardia pertence-lhe enquanto não tiver a coragem de proteger-me, de expulsá-la da minha vida para sempre.

Uma vez que não posso arbitrar sobre a minha vida, pois encontro-me sob a tutela da violência e do absolutismo, passo a vivê-la pela metade. Assim, quem sabe do meu destino não sou eu. É o outro. Quem me assalta na esquina é dono da minha vida. Me faz suicidar-me. Me faz desaparecer, apaga a minha memória, escasseia os dados que me registram. O outro é o que sou enquanto sou o que ele destrói em mim sem me consultar. E seguramente me perdoarei, quando me queiras salvar. Minha salvação restringe-se a prazos curtos. A morte me convoca segundo arbítrio próprio. Sou uma zona sobre a qual o poder e a guerra se exercitam. Quem quiser, mata-me sem perguntas ou desculpas. Nascemos iguais, mas cada máscara humana tem um desígnio cruel. A morte e o medo e o dinheiro e o poder desigualam o mundo. O homem não é a própria sombra, mas a sombra que o deixam projetar.

Saberias descrever o rosto do carrasco que sequestrou dor, prerrogativas, e inundou a vida com preço sem valia e serventia? Ou antecipar a palidez do teu corpo na agônica ascensão para a morte? Não devia escrever-lhe, Zé, mas há muito o medo me libera para estas tristes incursões. E, embora não me iluda a falsa abundância do amor, entrego-me a este estranho arrebato que ergue a vida e o pau ao mesmo tempo enquanto apago os dias na brasa do cigarro. Nas mãos deste teu amigo sobram o esplendor do prato e a suculência da cama. Bem diferente do velho que mora no apartamento ao lado. Sitiado pela própria velhice, raramente deixa a casa. A luz do sol debilita a sua pigmentação já estragada. Algumas vezes escuto-o esbarrando contra as paredes, seguramente buscando sôfrego os objetos que lhe escapam quanto mais se cansa.

Encontrei-o hoje a abrir a porta. Não distinguia a fechadura da maçaneta, talvez os olhos remelentos. Ajudei-o a encontrar o caminho da casa, seu túmulo, os embrulhos deixei na cozinha. Mal respirava, os olhos apagados, agradeceu com breve aceno. No sofá, esqueceu-se de mim, ocupado com a vida modesta, com as horas que lhe sobram, as rugas envenenando o seu rosto. Seguramente, ele ainda está lá, do outro lado da minha parede. Crucificado com os pregos de cada dia. O porteiro talvez me anuncie amanhã a sua morte. Mas não chorarei por ele, que diferença faz que viva. Há muito que vimos fugindo de suas carnes fenecidas, há muito que o matamos. E não é verdade? Alguma vez o aquecemos no regaço humano, algum de nós enfeitou-lhe a vida para que eventualmente sorrisse?

Talvez o seu coração seja rijo e amoroso e sonhe com beijos e murmure palavras ardentes com cor de cobre. E seu olhar disperso é a grave acusação que pousa em nós com o peso de uma pena manchada de sangue. Percebe o quanto o desdenhamos, que não lhe catamos os dentes imolados pela cárie dos anos, e que seu corpo, incapaz de controlar o suor, o esfíncter, a urina, jamais mereceu nossa defesa.

Ah, Zé, a velhice me intimida, esta esponja de triste sabedoria que bebe vinagre, solidão e desespero num só trago. Também eu um dia soçobrarei na mesma espécie de torpor. Não me restando como defesa senão as moedas amealhadas que substituam a perda da luxúria, as moedas que justamente protegem a vida quando lhe decretam o banimento. Bendito ouro que outorga ao homem a última piedade e impede que o enterrem vivo só porque lhe apodreceram as juntas. Zé, como será quando o olhar jovem não mais pouse em nós. Quem me vai pentear os cabelos?

O segredo do avô foi amealhar pão e dinheiro a fim de que o respeitassem. Até a morte mastigou com os próprios dentes, cuspiu ordens, devolveu afrontas, a ninguém pediu emprestado, ou contraiu dívidas e humilhações. Das suas mãos tombavam as moedas que seguiam diretamente para os pratos dos filhos. A comida vinha dele, assim como os sonhos. Havia comprado as ilusões dos netos com o suor.

Enfrentou o futuro com o dinheiro no bolso. E de tal modo o ouro e ele viveram lado a lado, que passaram a dividir a mesma respiração, a consumirem igual tempo de vida. Ele e o dinheiro morreram juntos, no mesmo sábado. No seu enterro, sofri mais por mim que por ele. O avô havia governado bem a vida, seu triunfo era o cortejo que o seguia. Eu me perguntava quem arrastaria a alça do meu caixão cumprindo um dever de afeto, assegurando-me uma dignidade que o dinheiro não tivesse previamente comprado.

Como confiar na sua amizade, Zé. Ou na generosidade da sua casa. Se lhe chego sujo, rasgado, fedendo, certamente me fecharás a porta. Os aparatos do seu cotidiano me honram enquanto as penugens das boas maneiras, do bem-vestir e da linguagem me adornam. Seus amigos cobram a cada instante palavras perfumadas. Habituaram-se a dizer quem somos, até onde chegaremos, ao simples anúncio da primeira frase. Também meu destino se tece através desta tirânica linguagem que diariamente inventaria um legado cultural polido junto à prata inglesa. Entre nós, não se perdoa a incompetência verbal.

Conheço a indulgência que fiscaliza o padrão linguístico implantado entre nós como uma dentadura e determina os que ficam na sala e os que devem regressar à fábrica, ao trem da Central, à estrebaria, ao seio do povo em nome do qual se travam batalhas e redigem manifestos. Merda para as palavras sem sangue, merda para os que explicam a vida com polidez fria e correção gramatical. A tua sala é tão covarde quanto a minha alma, embora as tuas palavras licitem bravatas e idealismo. Como crer em ti se ainda estás vivo, Zé?

Sou um pastor com sobrevida comprada a queijo, ervas, leite roubados. E minha astúcia é parte da astúcia coletiva, acuada e defensiva. Assim, o que em mim se manifesta reflete origens que não alcanço, mas que sempre foram arrastadas pela lama, a sangrarem. Nasci do medo que se devotava aos sacerdotes e aos temporais que apodreciam as colheitas. Como então ser digno se tenho as mãos contaminadas pela covardia popular e por uma história que não escrevemos e não nos deixaram viver? Unicamente o poder dispõe do heroísmo e da narrativa. No meu universo de lágrimas, sobra apegar-me às artimanhas que salvem a vida. Tenho a vida endividada antes mesmo do meu nascimento. Sei que minhas palavras te agastam, mas vêm do meu coração ingrato, amargo, amigo. E o que mais queres? Aplausos, triunfo, temor pelo teu olhar em chamas? Até Luíza refere-se a você com desconfiança. Um homem que domina a linguagem e não se comove. Embora eu lhe garanta o contrário, ela não acredita. Rejeita o brilho metálico deste olhar onde a consciência crítica instalou-se implacável. É uma muralha que Luíza não vence. Confessou-me, quem olha assim, ama assim também? Quase lhe disse, e quem ama mole, levanta o pau? Eu a teria perdido com tais palavras. Diariamente lustra a existência com óleo santo. Na cama, porém, esvai-se em atos perigosos, as palavras sempre acorrentadas pelo pudor. Onde esteja, sua linguagem é impecável. Sua ordem mental alija a paixão. Não sei onde se abriga o coração daquela mulher.

Acusa-o igualmente de solitário e servo da paixão ideológica, enjaulado entre feras e ideias fixas. Luíza despreza os que proclamam a infelicidade, bafejada que foi pela sorte, a beleza e os perfumes raros. Procura convencer-me de que você inveja a vida em geral e o nosso amor em particular. "E que amor", digo-lhe em desespero de causa, para que se defina. Ela sorri, "que amor senão o nosso".

Facilmente perde-se em suspeitas. Mas, envergonhada desta descrença pelo humano, o desconforto a assalta, mal sabe guardar as mãos belíssimas. Propus-lhe que jantássemos todos juntos na próxima semana. Luíza aceitou, mas não se iluda, jamais abdicarei da vida que defendo em troca das ideias do Zé. Assim, amigo, não faça exigências que Luíza não possa atender. Temo as pequenas farpas que tão naturalmente você deixa escapar, elas custam tanto a abandonar uma pele ferida. Não me chame de idiota, nem quero a sua compreensão. Esvazio-me a cada noite bem vivida, estou vivo na desastrosa piedade do amor.

E o que há além desta exaltação? Do outro lado existem sombras, aqueles olhos sinistros que também sabem rir. Riram de mim, na minha presença. E me seguem por toda parte, ainda quando não os quero encarar. Não me deixam apagar o medo, que tenho enunciado na pele como amigo e irmão. Eu que não soube dosar as palavras. A confissão me chegou como um vômito.

Nada lhes bastava. Quem oferecesse a perna, ficava a dever-lhes um olho. A vida, mesmo que se desse, não chegava. O que esses homens vorazes ainda reclamavam? A alma, o futuro, o eterno ranger das juntas? Como deuses, ambicionavam traçar o destino, ainda que aos gritos eu jurasse "nada mais tenho a dizer". Esbofeteavam o meu rosto, a descarga elétrica vinha nos testículos, no círculo do ânus. Eu balançava, perdia os sentidos. Voltava à vida não querendo achegar-me a ela. O que tinha a vida a prometer-me para eu defendê-la com bravura? O chefe exercitava os dedos afiando a navalha contra o meu sexo. "Vamos, trema que eu te capo." Eu tremia, babava, fechava os olhos, rezava. Como será o retrato de uma carne mutilada, saberiam fotografar a minha dor, a última vibração do nervo abatido? Os algozes me arrastavam como escravo, me amavam, tocavam no meu corpo, iam às minhas partes. Aos prantos, supliquei muitas vezes, "não sei de nada, já lhes disse tudo". Como um porco, eu fornecia carne e alegria aos homens. Permitia que esculpissem em mim outra criatura, me parissem entre a placenta da suspeita e da covardia.

Ah, Zé, certas experiências varrem a vida para distâncias aonde não se pode ir para reclamar, pedi-la de volta. Sinto cada ato traduzido em senhas que me chegam sussurradas, impossibilitando qualquer leitura. Não sei das minhas transformações. Nada sei da matéria viva que me alimenta. Terei realmente escolhido? Com que direito tomaram eles da minha indivisível vida e dela fizeram um cristal devassável e quebradiço. E se deram de presente o meu corpo, a minha honra, a minha dor, a minha lágrima?

Por favor, não espere muito de mim. Meu único compromisso é com este feixe de nervos que é a minha vida. Especialmente depois que eles grudaram o medo no meu peito, debaixo da minha camisa. E o medo vem à mesa comigo. É farto e fiel. Quem o desconhece não experimentou a vida pulsar entre as falanges. Ele é agora o único a registrar o tempo por mim. Envelheço aos seus cuidados. Assim, cabe-me cuidar de sua aparência, dou-lhe banho, ensaboo-o pelas manhãs.

Você fala-me com orgulho da posta viva de heroísmo que é Antônio, sempre presente na nossa cama. Assassinado para assumir o papel que seguramente faltava na história. Mas eu não estava ao seu lado quando nos deixou. Ninguém ali esteve para dizer-nos se morreu calado, ou praguejou porque, simples mortal, a vida lhe fugia. Terá escolhido a morte com honra, ou a violência dos algozes decidiu por ele, roubando-lhe assim o direito de escolher legitimamente entre a vida e a morte. Nunca saberemos, Zé, sabemos sim que lhes devemos o herói trazido na bandeja para que assim tivéssemos um retrato na cabeceira e outro na memória. Lembra-se da gargalhada de Antônio? Antônio riu na cara deles, ou suplicou que o levassem de volta à cela escura, ao lençol fedendo a urina, onde ouviria a própria respiração, o coração a latejar no peito, que é a mais intensa volúpia sentida pela carne? Terá Antônio morrido unicamente para ocupar nossos sonhos? Mas de que servem sonhos que se transferem para os netos sem jamais se cumprirem?

Para você, apalpar a desgraça do povo, ou dela falar a distância, fortalece a consciência. Deste modo, vigia temeroso a própria luxúria, não se permite o festim individualista, que tem os sentidos como modelo. O seu código alveja ao mesmo tempo inimigos e acomodados. Você odeia o morno, quer a justiça. Mas saberá mesmo escolher os inimigos, serão realmente culpados os que morrem sob os seus cuidados?

A consciência que prega o sangue assusta-me tanto quanto as mãos dos carrascos exalando a carne humana. Assim, a política da sua vida é esquecer a própria vida para reivindicá-la melhor e soberana. Enquanto a minha é celebrar a vida de modo a não esquecê-la. Por isso, sou covarde enquanto o mundo te celebra. Ampara-me o corpo de uma mulher, contrário à sua solidão alimentada por um bairro comovido com semelhante disciplina ideológica. Mas sou-lhe grato pela paciência com que me escuta. Algumas vezes corrigindo os movimentos pendulares que me levam a voos rasteiros e sem perspectiva. Seguramente porque empinamos juntos a mesma pipa. Meu Deus, onde estou que o peito me cresce e o destino da Terra afasta-se de mim, deixa-me sempre mais só.

Tenho Luíza nos braços. Uma mulher em luta contra os sentimentos. Não se educou para a paixão. Condena a vida intramuros, sem delicadas celebrações. Junto a ela aplico-me aos tijolos do poder e à exaltação da carne. Você nada sabe deste estado ígneo. Ou estarei sendo injusto? Acaso frequentou o território da paixão que expulsa o lar e a ideologia ao mesmo tempo? Ah, Zé, nada perdura além dos sentidos. Não se pensa na redenção da pátria, da miséria, do partido, quando se naufraga na água tépida, doce, macia da boceta amada. Não avalizo o sentimento humano que não emerja dos signos poderosos da carne.

Zé, ela tem hábitos de princesa, e o mundo excede à sua sensibilidade. Tanto refinamento leva-me às lágrimas. E quem não se enterneceria com o trajeto da perfeição, os gestos todos harmoniosamente comandados, a displicência com que abandona a comida no prato, sabedora que outros alimentos se sucederão sem que o seu coração deva inquietar-se com a fome.

Sou grato à Luíza. Através dela descobri que o amor é um lodaçal onde se afundam a ética, a generosidade, o livre-arbítrio. E que é da sua batalha, e da sua fome, dizimar famílias, devastar a terra, arrecadar tesouros, a pretexto de enriquecer o ser amado, assegurar-lhe a felicidade. Sempre a serviço de si mesmo, e daqueles a quem quer bem, o egoísmo do amor é perverso e ilimitado, e não conhece castigo nem críticas sociais. Em seu nome, ao contrário, tudo é justificado. Tem desculpas nobres, inventa princípios que a sociedade consagra constantemente numa roda-viva sangrenta e predatória. Para alimentar meu filho, estimulam-me a matar o do vizinho. E para que o amor me sorria e devolva eu ao mundo um sorriso, devoto-me às pilhagens e aos espólios. Os meus interesses concentram-se no objeto amado. Nas moedas que necessito arrastar para a alcova. Amar, pois, é o desastre da coletividade. Mas a coletividade sem o amor é a fria superfície sobre a qual a tirania estabelece para sempre os seus domínios. E, então, Zé?

O amor por Luíza não me aprimora. Dispersa-me até, torna-me ainda mais insensível e medroso. Não me arrisco a perder o que arrecadei nestes nove anos. Ela é a única a conhecer o limite máximo da sensibilidade da minha pele, o grau de temperatura em fogo do meu corpo, a gentileza que não deixo deslizar por debaixo da porta para o mundo conhecer os seus atributos. O que somos no quarto trancado a chaves só a nós beneficia, expulsa a humanidade. Saindo dali, visto a armadura diariamente trocada e sou grosseiro. Praguejo em vez de solidarizar-me com o outro, de abandonar os bens terrestres, esquecer os ressentimentos, perdoar.

O amor não me ensina a transferir o excesso do seu arrebato para a casa do vizinho. Não me ajuda a dar rosto a uma humanidade hoje abstrata para mim. Assim, esta abstração do humano e o meu amor, somados, indicam-me a desesperada solidão do ato de amar. Indicam-me que grudado à cama, agarrado ao corpo do próximo, nada mais faço que amá-lo para poder amar a mim mesmo, amá-lo para ser menos só, para assim alcançar-me e ao mesmo tempo oferecer ao outro a falsa ilusão de que contamos com a nossa mútua companhia, com o nosso recíproco arrebato. Amar é um ato solitário e sem repercussão ideológica.

Mas, náufrago que sou, resta-me ofertar à Luíza o meu coração. Dar-lhe o meu futuro, e que o salgue a seu gosto. Ela ri, acusa-me de ser uma máscara sem passado. Ou um passado com invenções, uma biografia a que se acrescentam dados móveis e falsos. Asseguro-lhe, então, que na Terra já não tenho espaço. Não sei onde me localizo. O giro do planeta projeta-me a uma extremidade sempre em rotação. Pergunto e respondo, e ignoro quando a resposta não passa da armadilha da pergunta. Onde estão Cristo e Marx? Dentro de uma empanada de carne exalando a pimentão. Dispersos e contumazes, querendo vítimas. Meus inimigos sempre que hostilizo seus interesses. Vejo-os marchando em triunfo através dos estilhaços humanos. Eu sou um estilhaço, Zé. Estou proibido de pensar, o que penso é inconsistente. Não sou livre para decidir. Luíza projeta o meu retrato. A cada dia pareço-me mais a ela, com suas evasivas de joias, de maquilagem, sempre poderosamente bela. Tenho desejo de lamber o *riesling* frio nos seus seios quentes. E qual será a vontade real desta mulher?

Ah, irmão, o que seria de mim sem o teu sorriso discreto. Pronto a arrancar do meu rosto a máscara de covarde e delator. Sou um réu confesso que após ter negligenciado a vida não se protege senão através de omissões diárias. E será covarde quem se submete à tortura, ao poderoso, às sólidas garras do inimigo? O que vocês queriam, que continuasse a dar-lhes o rabo para irem eles dentro e escavacarem? Urrei de dor, vergonha, pavor. A carne sofrida irradia estímulo a quem a tatua com fogo. Por isso não esmoreciam jamais. Borrei as pernas, a alma, tenho o fedor como indelével marca sacerdotal. Quis gritar "seus putos", mas o limiar da dor me assaltava. Eu não quero mais o orgulho de volta ao preço da minha vida.

Não voltarei a pagar o que não leve para casa em forma de prazer, de utilidade. De tudo agora exijo um valor concreto e úmido, que eu encoste na pele e sinta e não duvide. Quero o pão na minha boca, não no meu sonho. Às vezes, você quer me esbofetear, como se sua ação corretiva se equivalesse à do carrasco movido pelas promessas do fanatismo. Unicamente controla-se porque de um humanista aguarda-se a defesa do humanismo. O estranho adestramento de analisar e classificar os sentimentos e os direitos humanos à sombra.

Eu, porém, vivo ao sabor da certeza de que a minha vida será cobrada a qualquer instante, segundo os interesses do Estado. Mas você também é parte da mentira e da hipocrisia que constroem e vendem um código cego em que a dor e o medo não entram, a vida do homem e seus escassos recursos não contam, apenas se contabiliza a sublime loucura que leva ao martírio e à morte. Com que direito pedem vocês a minha morte, que eu não volte a olhar o sol, nunca mais sorva a cerveja gelada e a noite insone?

Talvez o cheque de um sonho que você nunca teve coragem de viver até o fim esteja no meu bolso, na minha consciência dolorida. Estou a gastá-lo em seu lugar. Queimo-me para que você durma tranquilo, a tecer planos que a semana seguinte desfará. Não serei acaso a soma do teu fracasso, dos nossos companheiros, dos que se foram, e dos que ainda vivem? Cada moeda que consumo mal respirando é o preço da sua ilusão. É a vida de um homem como eu que se escorrega entre os seus dedos e você não salva.

Não quero mais feri-lo, Zé. Trago o punhal de volta para a minha cintura. De que me serve passar-lhe a dor que precisa ser minha. Em troca, fico com a vida. Ainda que uma vida medrosa e acuada. Não sei se aceitas o meu abraço.

(*O calor das coisas*, 1980)

SÉRGIO SANT'ANNA (1941)

Carioca, com passagem por Belo Horizonte, autor de uma das mais originais obras da literatura brasileira, desdobrada em romances, como *Confissões de Ralfo* (1975) e *Um crime delicado* (1997), e coletâneas de contos como *O concerto de João Gilberto no Rio de Janeiro* (1982) e *O voo da madrugada* (2003), entre muitos outros livros.

Almoço de confraternização

Sérgio Sant'Anna

A Taverna Ouro se situa — em algum momento deste século — na confluência da avenida dos Revoltosos com a praça do Repúdio. Agora, ali naquela mesa, dois homens estão sentados para o almoço. Um deles veste uma farda cheia de condecorações e usa o cabelo à escovinha. Embora aparentando uns sessenta anos, seu físico é aprumado e seu rosto, de queixo quadrado, denota aquilo que os analistas de tipos humanos comumente chamam de "determinação". Já seu companheiro de mesa é quase inteiramente calvo e seu físico, de um gordo que andou emagrecendo. Ele veste um terno azul-marinho, discreto, embora mal adaptado ao corpo. Como se fosse um terno emprestado de outra pessoa.

São eles, com certeza, homens bem conhecidos na cidade, pois dos vários pontos do restaurante lançam-lhes olhares curiosos. Das mesas mais próximas aos dois, principalmente, alguns homens — vestidos com azul-marinho idêntico ao do homem mais gordo e calvo — passeiam seus olhos desde a porta da Taverna, passando fixamente pelos demais fregueses, até pousarem, abrandados, na figura do homem de farda.

Sim, homens bem conhecidos na cidade, agora que, colocando meus óculos, identifico um deles pelas fotografias dos jornais. Nada menos que o marechal Rosalvo, vice-presidente do Conselho Provisório e que, em pessoa, não me parece assim tão impressionante. O outro é o senador Arcângelo, líder da oposição no Congresso recentemente dissolvido. Talvez não o tenha reconhecido logo por causa da sua palidez, o terno deselegante e porque emagreceu.

Quanto aos vigilantes senhores, com seus ternos e bigodes, não há como disfarçar sua condição de polícia civil, guarda-costas. Só os policiais ainda usam grandes bigodes e ternos azul-marinho neste país quente e que moderniza, progressivamente, seu vestuário. Por isso mesmo é de se estranhar a roupa idêntica e mal ajustada do senador.

Mas agora é preciso prestar atenção à entrada de um fotógrafo que, ao caminhar rumo àquela mesa, foi barrado por um dos guarda-costas. Enquanto isso, eu, que estou próximo, escuto (ou imagino escutar) o marechal dizer suavemente ao seu companheiro de mesa:

— Sorria.

E efetivamente o senador esboça um fraco sorriso.

— Mais. Sorria mais — teria insistido o marechal.

O senador arreganha a boca, deixando entrever dois dentes partidos.

— Pode diminuir — parece ter dito o marechal. — Antes estava bem.

E logo depois faz um ligeiro sinal para o homem que segura o braço do fotógrafo. O homem solta o fotógrafo e diz:

— Pode bater.

O fotógrafo, aproximando-se da mesa e depois passeando pela Taverna, bate fotos de vários ângulos. E logo se dirige ao fundo do restaurante, onde pousa sua máquina sobre o balcão.

Agora é Antônio, o garçom espanhol que todos têm em alta consideração, quem traz, com um sorriso, aperitivos para o marechal e o senador. É Cintilla, aguardente popular típica deste país. O que todos os circunstantes não deixam de notar, com sorriso de simpatia para os dois homens públicos. De uma das mesas de fundo, escuta-se alguém falar deliberadamente em voz alta uma frase relativa "à paz político-social que retorna a esta ilha". Quando, então, seu companheiro de mesa anota depressa num bloquinho a frase patriótica que se acaba de pronunciar. É sem dúvida um jornalista. Talvez de um matutino que se fundou nestes novos dias e que se intitula precisamente assim: *Novos Dias*. Quanto ao autor da frase, todos já o reconheceram. É o deputado Manoel Olivares, em vias de sair de um certo ostracismo para prestar seus "inestimáveis serviços ao Poder Executivo".

Mas não percamos de vista o marechal Rosalvo e o senador Arcângelo, principais protagonistas deste episódio a que assistimos. Eles acabam de brindar à saúde de ambos e ao "glorioso destino de nossa nação". Gesto que, devidamente registrado pelo fotógrafo, é repetido nos quatro cantos da Taverna. Assim é o nosso povo: sempre disposto a celebrações entusiásticas.

E o marechal, num gesto tipicamente de macho, emborca seu cálice de um só gole, como costumam fazer os homens mais bravos desta ilha. Já o senador bebe aos pouquinhos. De repente ele para e leva o guardanapo à boca, como se sentisse náuseas.

O marechal parece preocupado:

— Não beba, se não estiver com vontade — é o que leio nos lábios do Marechal.

— Obrigado — diz o senador, pousando seu copo na mesa.

— Agora fale alguma coisa e de vez em quando sorria. Principalmente procure ficar relaxado.

— Falar o quê?

— Qualquer coisa, o importante é que nos vejam conversando.

Sim, talvez tenha sido precisamente este o diálogo, pois o senador se põe a falar. É evidente que a presença do outro o intimida. E o senador fala muito baixo. Talvez alguma reclamação. Algo, quem sabe, relativo a lençóis, alimentação, banhos de sol.

O marechal parece achar muita graça em suas próprias palavras e ri espalhafatosamente, o que o fotógrafo não deixa de registrar. E neste exato momento, quando o marechal ri e o garçom se aproxima com travessas fumegantes, percebo que o pé do militar pisa o pé do senador. Um detalhe insignificante, um pequeno descuido, talvez.

O que interessa é que o garçom serve aos dois grandes porções de porco selvagem que, com feijões, formam o prato típico da nossa ilha. E, pela primeira vez, observa-se algo que o senador faz com evidente vontade: comer. A tal ponto que o marechal tem de intervir, constrangido.

— Coma devagar — talvez ele tenha dito, um pouco antes de olhar para os lados e sorrir, disfarçando.

O senador, com a boca cheia, parece agredir o outro com os olhos, mas não deixa de comer, embora com mais moderação. Faz uma pausa, bebe um gole de água mineral e depois recomeça a falar, baixinho. E mesmo para quem está acostumado a ler lábios ou ouvir atrás de portas (um dos vícios mais recentes de nosso povo), não é fácil registrar uma conversação corrente, principalmente de quem também mastiga. Mas sempre se pode apelar para a imaginação. A imaginação que sempre contém um pouco da realidade ou vice-versa. E eu, afinal, vivo disso: da minha imaginação.

— Está quente este verão — estará dizendo o marechal, com a entonação irônica de quem dá às palavras um sentido ambíguo.

— Mas isso é bom para o turismo. Ou estarão vindo menos turistas nesta temporada, marechal?

— Eles terminarão por vir. Se não for no verão, será no outono.

— Sim, nossa terra tem belas praias. Os turistas gostam de nossas belas praias.

— E de nossas mulheres — falou o marechal, piscando maliciosamente.

— E de nossas mulheres — repetiu o senador, melancólico.

— E de porco com feijões — disse o marechal, ao examinar um bom bocado e enfiá-lo na boca.

— Sim, de porco e feijões.

— E de Cintilla — acrescentou o marechal, enquanto bebia mais um gole.

— Sim, de Cintilla.

— E de nossa música — prosseguiu o marechal, conhecido por sua presença ao olhar para o estrado da orquestra, neste momento em que os músicos tomam seus lugares. Eles certamente foram chamados às pressas para alegrar a refeição dos dois homens públicos, o que se estende, por feliz coincidência, a todos aqueles que hoje vieram aqui almoçar. Normalmente, eles só tocam durante as noites, fazendo da Taverna Ouro um dos lugares mais divertidos da capital. Aqui, durante as noites, há efusões de todos os tipos: danças, brigas, comércios clandestinos, apostas e, por vezes, discute-se em voz baixa os acontecimentos políticos.

E estes músicos fazem soar, agora, os primeiros acordes de *Deus guarde a nossa farta mesa*, uma de nossas canções mais populares e tradicionais. Esta canção que tanto nos emociona e também entusiasma aos gringos bêbados que, no entanto, não a compreendem. Ela fala das coisas boas que nunca deveriam faltar a um homem, mas, no entanto, faltam. E dificilmente um gringo pode compreender isso como o nosso povo.

Uma das características desta canção é sempre trazer lágrimas aos olhos daqueles que a escutam. Eu não constituo exceção, o marechal não constitui exceção, o senador não constitui exceção. E nossos olhos estão úmidos, como os olhos de todos. Só que dos olhos do senador rolam mais lágrimas do que permite, nos homens, o bom-tom.

— Não seja tão sentimental — poderia estar dizendo, baixinho, o marechal ao senador.

Porém, nós outros, mais sensíveis, poderíamos justificar pela imensa nostalgia o sentimentalismo excessivo do senador. Pois o senador pode muito bem estar se recordando das noites envolventes de nossa ilha. "Nossa ilha tem noites de veludo", escreveu um dia certo poeta e cronista, aliás este vosso modesto servo. Noites que talvez tenham terminado para o senador. Talvez por algum tempo, talvez para sempre. Quem pode ter certeza do destino de um homem nesses dias? Talvez o senador aspire melancolicamente a passear apenas mais uma vez, durante a noite, por nossas estreitas ruas coloniais. Talvez se tenham redespertado nos sentidos do senador o cheiro de maresia, o ruído das canções entoadas em tavernas malditas, a lembrança das mulheres sussurrando do fundo dos becos, o odor dos peixes, o bater contínuo do oceano Atlântico, indiferente à sorte dos homens.

Mas não devemos nos perder em divagações. Afinal, o que interessa para um cronista são os fatos. E um destes fatos é que, durante os últimos acordes de *Deus guarde a nossa farta mesa*, o marechal estende um lenço branco e rendado ao senador. O senador pega o lenço e enxuga os olhos. E o povo aplaude. Não sabemos se o povo aplaude a canção belissimamente executada ou o gesto do marechal. O nosso povo, em certas ocasiões, costuma ser alegre e generoso: ama os desafios, a boa mesa, a boa música, as belas mulheres, os gestos galantes. Assim é a nossa gente, embora, nesta hora de almoço, a Taverna seja frequentada, sobretudo, por comerciantes, altos funcionários, jornalistas, políticos. E eles começam agora a se dispersar, rumo ao trabalho de todos os dias. Mais tarde, certamente, voltarão para um último cálice antes de ir para casa. E serão substituídos pela massa mais ruidosa e irreverente, o verdadeiro povo desta ilha.

E também na mesa do senador e do marechal, quando agora o garçom retira pratos e talheres, há bocejos que não se escondem, palitar de dentes. E o marechal olha impaciente o seu relógio. Lá fora já estacionou um automóvel negro, luxuoso, com a bandeirinha do país tremulando na antena do rádio e o motorista segurando respeitosamente uma porta aberta.

— O senhor não faz questão da sobremesa, não é mesmo, senador? — eu tenho quase certeza de que foi esta a pergunta do marechal.

— Não, não faço.

Mas eu também tenho quase certeza de que o senador apreciaria perdidamente comer um pouco de doce com queijo e depois tomar um café, antes de deliciar-se com um dos grandes charutos que faziam parte de seus hábitos característicos. Os grandes charutos que sempre apareciam nos retratos do senador. E, muitas vezes, quando viam uma brasa queimando numa mesa de fundo de um cabaré, os boêmios cochichavam entre si: "Lá está o senador Arcângelo com uma bela mulher".

Porém, não haverá charutos, sobremesa ou café. O marechal, todos sabem, é um homem excessivamente ocupado. Talvez nem tanto, agora, o senador. Os dois se levantam simultaneamente e se dirigem para a porta, acompanhados pelos homens de terno azul-marinho. Julgar-se-ia, à primeira vista, que os dois fossem até entrar no mesmo carro. Mas não.

Já na calçada, sob os olhares dos pedestres e a câmera atenta ao fotógrafo, o marechal e o senador se abraçam e se apertam as mãos.

— Até a vista, senador — são as palavras que caberiam muito bem como despedida na boca do marechal que, entrando no carro, acena para o povo, sem esperar resposta. E o carro parte em velocidade, precedido pela sirene dos batedores, em direção à praça do Palácio.

Já o senador, em outro carro, também negro, senta-se no banco traseiro, entre dois homens de terno azul-marinho e vastos bigodes. Este é um carro que não chama a atenção. Apenas um carro negro, com vários homens de terno, a percorrer silenciosamente a avenida dos Revoltosos que, partindo da praça do Repúdio, vai terminar, depois de vários quilômetros, no presídio municipal.

A Taverna Ouro, como já foi dito, se situa nesta confluência da avenida dos Revoltosos com a praça do Repúdio. Agora, ali dentro, há poucas mesas ocupadas e os músicos recolheram seus instrumentos para voltarem a um sono interrompido. Numa dessas poucas mesas estou sentado eu, poeta e cronista desta ilha, como costumava chamar-me nossa gente no tempo que ainda se apreciavam os belos poemas e as maliciosas crônicas boêmias nos jornais.

Então eu, poeta e cronista, como todos aqueles que sabem preservar suas amizades e fontes de informação, deixo uma boa gorjeta para o garçom, trocando com ele algumas palavras. E pego meu guardanapo, onde estão rabiscadas várias frases numa caligrafia incompreensível que só mesmo eu poderei decifrar.

E agora levanto-me para voltar para casa, a pouca distância daqui. Um lobo solitário como eu — e ainda mais em minha profissão — deve morar perto do centro nervoso dos acontecimentos. E a Taverna Ouro faz parte do centro nervoso dos acontecimentos.

Andando os cinco quarteirões que me separam de casa, aqueço por um instante estas anotações e aquilo que ficou registrado em meu cérebro. Esqueço-me de tudo para sentir mais uma vez a atmosfera de nossas estreitas ruas coloniais, o cheiro da maresia e de peixe. Para escutar de novo o sussurro das mulheres que chamam do fundo dos becos e o bater contínuo do oceano Atlântico, indiferente à sorte dos homens.

Mas é curioso que, desta vez, não percebo essas coisas em si mesmas a me penetrarem; e sim como se fosse o senador Arcângelo percebendo essas mesmas coisas. Como se fosse o senador em seu último passeio por nossas ruas.

E penso também que, ao chegar em casa, antes de dormir um pouco, guardarei sob o colchão as anotações escritas no guardanapo amarrotado. Estas anotações que, somadas aos registros da memória e aos informes de Antônio, o velho garçom espanhol, servirão para montar as peças de uma pequena estória que, somada a outras pequenas estórias, poderão montar uma história maior.

Uma estória que escreverei sem pressa (por que haverão de ter pressa velhos escribas solitários?) e depois guardarei num canto qualquer desta casa empoeirada. Se não for possível torná-la pública um dia, sempre se pode passar algumas cópias a amigos de confiança. Não me esquecendo dos detalhes que ainda estão por vir. Que, por exemplo, no noticiário da noite, o locutor dirá que reina a calma em toda a ilha, o que não será de todo inverídico.

E que, no dia seguinte, haverá nos jornais manchetes relativas à União Nacional, além, é claro, de algumas fotos tiradas em certo almoço de confraternização. Talvez no momento exato em que o marechal e o senador, juntamente com todos — quase todos — os fregueses da Taverna Ouro, brindavam com cálices de Cintilla.

E quem sabe, com um pouco de sorte, aparecerá também na foto do brinde minha modesta pessoa? Eu, logo ali atrás, com meu cálice de Cintilla pousado na mesa, enquanto palito nos dentes restos de porco selvagem. Um pouco de sorte, digo, porque poderei provar que estava mesmo ali, naquele instante, presenciando os acontecimentos históricos.

(*O concerto de João Gilberto no Rio de Janeiro*, 1941)

FLÁVIO MOREIRA DA COSTA (1942)

Gaúcho de Porto Alegre, responsável pela organização de inúmeras antologias, é autor de livros como *As armas e os barões* (1975) e *O país dos ponteiros desencontrados* (2004), romances, *Nem todo canário é belga* (1998) e *Malvadeza Durão* (2006), coletâneas de contos.

Manobras de um soldado

Flávio Moreira da Costa

Para Chico Octávio Rudge

31 de março de 1954? Me lembro sim. Eu era soldado, tava servindo no batalhão lá de Petrópolis. Deixa ver... Como era dia de dispensa, eu tinha ficado em casa. Mas de manhã me telefonaram lá do quartel — aquele papo de sargento: "o mais tardar", "venha imediatamente para cá", e tal e coisa. Enfim, uma chamada de urgência. Meio chateado, desci, fui pra rua, ver se conseguia comprar alguma coisa, estava um pouco sem dinheiro porque o meu pessoal tinha viajado e havia dois dias que eu tava sozinho em casa. Mas mal chego na cidade, já encontro a soldalhada no jipe e vou direto pro quartel. Não consigo comprar nada, nem pedir dinheiro emprestado, coisa nenhuma. No quartel era a maior complicação, ninguém se entendia, todo mundo procurando as armas, o material, aquela coisa toda, e o papo dos soldados — "é greve na Petrobras", "tá quebrando o pau num laticínio da Baixada" — gente dizendo que era manobra, treinamento, mas como nós íamos pegar um ônibus, logo sacamos que não era simples manobra nem treinamento, pois manobra no conforto a gente nunca tinha feito — ônibus de poltrona reclinável e tudo o mais. Partimos, um pelotão em cada ônibus, em direção a Três Rios. Lá em Três Rios um coronel

veio falar com o comandante do nosso batalhão que em seguida encaminhou nosso ônibus para Paraibuna. Ninguém sabia de nada, a única coisa que nos disseram era que a gente tinha de tomar conta da ponte. E ficamos esperando. Só lá pela meia-noite é que apareceram as primeiras notícias: um sargento chegou e disse que achava que o estado de Minas Gerais tinha se revoltado; aliás, ele disse que Minas estava querendo se separar do Brasil. Meia hora depois apareceu um tenente procurando um mensageiro, o mensageiro da tropa. E o mensageiro era eu. Ele queria que eu fosse até Serraria, dois quilômetros pra trás, procurar um coronel e dizer a ele que o general Maroussi, que vinha comandando a vanguarda das tropas mineiras, queria parlamentar; que possuía um gráfico do terreno em que a gente estava e um regimento de obuses apontando pra lá; no caso de recusa do coronel, dizer que às duas horas ele ia bombardear aquilo tudo. Eu saí, fui pra estrada, meio apavorado, em direção à Serraria. No caminho, peguei um caminhão com um tenente que me deu carona até lá. Encontrei o tal coronel num bar tomando cerveja — ele até me ofereceu um copo — e disse a ele que precisava parlamentar, caso contrário a gente seria bombardeado. Ele respondeu que não, que parlamentar para o general Maroussi era aderir, e que ele não ia, que era para os pelotões continuarem naquelas posições, que ele não acreditava que eles fossem bombardear coisa nenhuma. Mandou então um capitão me levar de volta, de jipe. Voltava com ordens de continuar nas mesmas posições. Todo mundo apavorado. O tenente Luas, comandante de um pelotão, tremia de medo, dizia que não tinha jipe, não tinha rádio, não tinha maneira de sair dali. Uma sargento de um outro pelotão já havia até cavado uma trincheira com a baioneta — de tão apavorado. O primeiro pelotão que viera conosco já atravessara pro outro lado do rio, aderindo às tropas mineiras, porque o comandante abandonara o pelotão passando pro outro lado e como a soldalhada ficou sem saber o que fazer, foi atrás. Nós ficamos acordados a noite toda, só aguardando. Às duas horas da manhã todo mundo esperava o bombardeio. Eu já tinha até visto um lugar pra me esconder, debaixo da ponte, pois sabia que eles não iam bombardear a ponte, iam precisar atravessá--la depois. Mas às duas da madrugada não houve bombardeio. Às três horas mais ou menos apareceu um cidadão à paisana, com mala na mão, vindo a pé pela estrada. Um soldado ao meu lado, que tava com fome, cansado, chateado, ficou a fim de dar um tiro no tal sujeito. Mas finalmente alguém gritou "alto!" — o cidadão parou, jogou a mala pra longe e ficou com as mãos pra cima, gritando que era o sargento Ferreira, que era o sargento Ferreira. Depois ficamos sabendo: era um sargento de uma companhia do Rio de Janeiro que estava vindo da Bahia; conseguiu passar contando uma história, que era do Rio, que precisavam dele lá, que era pai de família — e conseguiu vir de carona e a pé. Procurava agora sua companhia para se incorporar. Finalmente, deixaram ele passar. Até de manhã cedo não aconteceu mais nada. Às seis começamos a ouvir barulho de lagartas de tanque no asfalto da estrada lá embaixo. Com a claridade do dia, fomos notar que tinham desaparecido algumas pessoas do nosso pelotão. Três soldados e um sargento: eles saíram para fazer patrulha e aderiram. Outros dois oficiais tentaram aderir e foram presos por um major (um sargento do nosso pelotão avisou que eles iam atravessar o rio). Sem oficiais, nosso pelotão estava isolado. Aquele barulho de lagartas dos tanques nos deixou sem saber o que fazer. Alguns soldados começaram a apostar, tentar descobrir o nome dos tanques, das máquinas etc. — cada um dizia um nome, até o sargento entrou na brincadeira. Mas os tanques se aproximavam — um deles parou na encosta bem perto de nós, saiu um cara da torre e disse "puxa um pouquinho pra direita", e apontou lá pra cima os canos do canhão 81mm e suas metralhadoras ponto-50, e falou pra todo mundo descer senão ele ia mandar atirar. O sujeito estava bem ali na nossa vista, no topo do tanque, e a gente com aquela dúvida se atirava ou não. O pessoal mais à frente ficou assim, indeciso; por fim levantaram os braços e começaram a descer. Mas com a gente, na parte mais alta do morro, foi diferente: era só pular pra trás, tinha um barranquinho atrás e pulamos e saímos correndo. Deixei tudo ali, saco embornal, perdi inclusive minha roupa e o pouco dinheiro que tinha, cigarros, e saímos só com a metralhadora pelo meio do mato — um sargento e dez ou doze soldados. Nossa ideia era voltar e pegar aquele caminho que levava à Serraria e dizer que tinha sido impossível continuar na frente, e ver se a gente se unia ao pessoal que estava atrás. Encontramos mais uns gatos pingados, mas não vimos os pelotões que deveriam estar atrás da gente, não víamos coisa nenhuma. E eu me lembro que pela estrada continuava o barulho das lagartas, os tanques vindos pela estrada. E o sargento que estava comandando o grupo gritava comigo que vinha à testa da pessoa para abrir mais o passo — o homem vinha apavorado: "Abre mais o passo, abre o passo, vamos apressar esse negócio". Quando chegamos a Serraria, exaustos, a primeira coisa que a gente viu foi os dois oficiais que deveriam estar presos circulando livremente. Não deu pra entender o que estava acontecendo. Mas logo se ficou sabendo: as tropas do I Exército, que deveriam reforçar nosso batalhão — uma unidade isolada lá na frente — já tinham chegado. Só que em vez de reforçar o nosso lado, se comunicaram com as tropas mineiras pelo rádio e resolveram entrar em acordo. Enfim, só tinha sobrado a gente mesmo, pois o comandante do nosso batalhão, quando sentiu o que estava acontecendo, conseguiu botar quase todo mundo dentro do ônibus e recuar até Areal, onde pensava encontrar ainda algumas unidades de Niterói que estavam com o governo. A gente descobriu que não passávamos de uns trinta soldados. E só ali naquela cidadezinha havia 10 mil soldados deles, e do outro lado do rio devia haver mais 10 mil das tropas mineiras: nós estávamos cercados por 20 mil soldados, sem nenhuma condição, muito menos intenção, de reagir nem coisa nenhuma. E assim que a gente chegou, fomos logo sendo presos, porque um oficial viu e sabia que nós éramos do batalhão e assim nos prenderam. Chegaram uns soldados da PE, prepararam uma área pra gente ficar isolado e nos desarmaram. Presos em Serraria, presos e sem comida, com área delimitada, sem dinheiro, sujos, chateados, sem dormir. Aí então apareceu um major pra falar conosco — nós não tínhamos nenhum oficial, só um sargento e uns vinte soldados — para explicar a revolução; e o major foi dizendo que aquilo tudo era pra defender a unidade das Forças Armadas, a disciplina das Forças Armadas, e salvar o país do perigo comunista e tal — era por isso que eles tinham feito aquela revolução e queriam que a gente aderisse, pois as tropas mineiras precisavam de pessoal, nós estávamos quase na época da baixa e os soldados que vinham com eles eram recém-incorporados, sem a menor prática de armas etc. Eles não tinham quem manejasse morteiros, canhões de 81mm, metralhadoras — e precisavam de nós. Falou que a gente deveria aderir porque eles não pretendiam mudar a ordem do país, nem nada, tinham apenas uma lista de exigências a fazer ao presidente João Goulart, não iam derrubá-lo, mas só exigir que cortasse do governo elementos perigosos que estavam provocando a desarmonia entre as Forças Armadas, a questão da greve dos sargentos, por exemplo — queriam, em suma, apenas defender o país do perigo vermelho. O major falou e foi vaiado. Os soldados estavam cansados e danados da vida, resolveram não aderir — não foi patriotismo, não, a turma estava com fome e com raiva e achou melhor ficar de fora. A posição de prisioneiro ali ainda era a mais confortável. Então ficamos assim, isolados. Lá pelas onze da manhã começou a chegar mais gente, um grupo de combate que estava perdido pelo mato. Eles chegaram querendo saber o que tinha acontecido, apareceram ali em Serraria procurando por um coronel e o batalhão lá deles e acabaram encontrando não sei quantos regimentos do I Exército. Estavam completamente por fora, perdidos no meio daquilo tudo, querendo saber quem tinha ganhado a guerra. E foram imediatamente presos. Depois apareceu mais um oficial com quatro soldados e um segundo-tenente. Era o único oficial ali conosco. Ele então conseguiu que devolvessem nossas armas, pois aquela não era bem uma posição de prisioneiro, nós apenas não iríamos interferir, íamos ficar ali, parados, vendo o pessoal passar, sem nos meter. Foi o general

Massouri quem falou, explicou a situação. Em compensação nós ficamos sem comida e o pessoal estava com fome mesmo, havia vinte e quatro horas que a gente não sabia o que era comida. Aí nós combinamos, enquanto eles tomavam conta da gente, três ou quatro escapavam e tentavam resolver o problema da alimentação. Alguns ficaram nas filas de rancho das outras unidades; cheio de gente desconhecida, não era difícil conseguir comida, mas era horrível, comida de quartel e ainda por cima feita na estrada. Quando chegou a nossa vez de escapulir, encontramos um repórter, acho que da *Fatos & Fotos*, e ele estava querendo fazer cobertura e não conseguia ninguém pra lhe dizer alguma coisa — aquele papo de militar, tudo é segredo, não se pode contar nada pra civil. Então ele queria que a gente respondesse umas perguntinhas — respondíamos, sim, mas só se ele pagasse comida. Ele então nos levou para um bar, nos sentamos e pedimos sanduíches de pernil, ele mandou vir dois pra cada um, o pessoal reclamou, queria quatro pra cada um, e mais cerveja, ele acabou concordando — nós botamos os sanduíches que sobraram nos bolsos da japona. Enquanto isso, fomos contando uma série de mentiras. (Mais tarde eu li a revista, e a reportagem saiu com todas as nossas mentirinhas.) No bar, outros três soldados que estavam sem dinheiro resolveram não pagar — além do mais o pessoal do bar estava explorando. Aí quando o dono reclamou, eles mandaram botar tudo na conta do Exército. Depois, já na rua, um do nosso grupo bateu palmas na porta de uma casa e explicou a situação e a senhora que atendeu arranjou um prato de comida pra turma. Outro galho que a gente tinha que quebrar era ver se conseguia nos comunicar com o pessoal de casa, pois todos os pais e mães tavam completamente sem notícias, possivelmente preocupados. Fomos então até a Telefônica, onde já havia uma fila enorme. Esperamos uma porção de tempo, pois tinha aquela questão de hierarquia, os oficiais falavam antes, e eram dezenas de oficiais pra falar — nunca chegava a nossa vez. Aí aconteceu um negócio engraçado: quando tava quase na minha vez de falar, chegou um major, acho do I R.I., e pediu uma ligação pra casa. Era um major enorme de gordo, devia pesar uns cem quilos mais ou menos, usando uma calça de instrução larguíssima. Ele foi entrando se espremendo na cabine telefônica. Quando conseguiu a ligação, ouvimos a conversa: ele falava com a mãe — ele, um sujeito já de quase cinquenta anos, começa com um "mamãe!" bem alto, pois a ligação estava ruim — e todo mundo ali escutando "mamãe, que tá falando aqui é o Dudu", ele dizia, "a senhora não precisa mais se preocupar. Diz pro fulano que essa questão de greve vai acabar"; depois falou que já estavam indo pro Rio e aí então, sempre gritando, perguntou pelos peixinhos do aquário, se tinham sido bem tratados, se tinham dado alpiste pros passarinhos... Tudo isso quase berrando: foi uma gargalhada geral na Telefônica. O tal major saiu de lá na maior bronca. Depois cada um de nós conseguiu falar pra casa e sossegar o pessoal. A gente tava lá numa situação até cômoda, detidos, calmamente instalados e na volta pra nossa "área" resolvemos dar o golpe que tínhamos visto: entramos num bar, pedimos cerveja e mandamos botar na conta do Exército. Depois descobrimos um pomar de pitangas, com uma porção de soldados comendo as frutinhas. Outra diversão era mexer com os soldados de Minas: perguntar se eles tavam indo pro Rio pra comprar bonde, tentar irritar alguns deles pra ver se a gente resolvia no tapa o que não tinha sido resolvido no tiro lá em Paraibuna. Aí pelas seis horas da tarde, começaram a se movimentar em direção ao Rio de Janeiro. Nós seguíamos atrás, numa viatura que ficara à nossa disposição. No caminho, vi cenas de morrer de rir. Logo na saída de Serraria, em direção a Três Rios, passamos por um posto de gasolina, onde um soldado de uma unidade mineira qualquer tinha feito um ninho de metralhadora justamente em cima do posto. Quer dizer, tava ali pedindo a Deus pra que jogassem uma grana naquilo pra ver o que ia acontecer...

Petrópolis,1968

(*Malvadeza Durão*, Ed. Record, 1981)

FREI BETTO (1944)

Frade dominicano, mineiro de Belo Horizonte, autor de dezenas de títulos, entre obras de teologia, ensaios, memórias, romances, contos e literatura infantil e juvenil. Preso durante a ditadura militar, sempre se destacou por seu compromisso com valores humanitários. Entre outros, publicou *Batismo de sangue* (1983) e *Minas do ouro* (2011).

O homem que ensinava a fazer sofrer

FREI BETTO

Para Arthur Vianna e Helena Greco (in memoriam)

Anne estava inconsolável. Como seu marido, dedicado funcionário do governo dos Estados Unidos, tinha sido assassinado daquele jeito! Os terroristas não tinham alma, filhos, um mínimo de compaixão! Por que matar a sangue-frio um homem leal à sua pátria, cristão, defensor da liberdade e da democracia?

Julie, a copeira, alertou-a para que se apressasse e terminasse o quanto antes a maquiagem. Em poucos minutos viriam buscá-la e a seus nove filhos. Anne assentiu com a cabeça sem tirar os olhos do espelho e, em seguida, contemplou a foto do marido sobre a penteadeira e suspirou. A emoção apertou-lhe o peito. Os olhos claros inundaram-se de lágrimas. Com um lenço de papel evitou que borrassem as sombras riscadas junto aos cílios.

O telefone soou. Anne atendeu, e o que escutou deixou-a paralisada:

— O ex-presidente Eisenhower estará presente ao funeral de seu marido, senhora — informou o diretor da agência funerária encarregada da cerimônia.

Anne não quis acreditar que Dan fosse uma pessoa tão importante. Aliás, em família ele raramente falava do trabalho. Homem de poucas palavras e hábitos discretos, evitava recepções, solenidades, festas. Embora não chegasse a ser tímido, preferia trafegar à sombra.

Anne recordou os tempos de namoro na universidade. Dan já havia sido admitido como estagiário na delegacia do FBI em Richmond, Indiana. E se distinguia por proceder quase como um monge: abstêmio, disciplinado, imbuído de uma devoção irrefreável aos ideais que haviam feito de seu país a mais poderosa nação do mundo.

— Também comparecerá ao funeral — acrescentou o diretor — o secretário de Estado, William Rogers, que traz em mãos condolências enviadas pelo presidente Nixon.

Anne jamais havia imaginado que seu marido tivesse alguma importância para tantas autoridades. Dan jamais se metera em política, era avesso à esfera do poder e cultivava hábitos simples como fazer longas caminhadas, praticar natação e divertir-se com seus filhos no pequeno jardim à entrada da casa. Pai afetuoso, não admitia que houvesse brigas entre eles, e quando os surpreendia discutindo, obrigava-os a fazer as pazes imediatamente, seladas por abraços e beijos.

Do outro lado da linha, o diretor concluiu:

— Já reservamos lugares também para os senhores Frank Sinatra e Jerry Lewis. Após assistirem ao funeral, eles atuarão num concerto beneficente em prol da senhora e de seus filhos.

Anne não queria acreditar. Como o nome de seu marido, um policial que nunca bajulou superiores em busca de promoções, um homem que aceitava, sem se queixar, missões no exterior, podia agora atrair tantas celebridades? Tudo aquilo parecia um milagre. Deus havia recompensado a família, abalada por perda tão trágica, com o reconhecimento do patriotismo de Dan por figuras proeminentes dos Estados Unidos.

Consolada pelo telefonema, Anne, acompanhada dos filhos, caminhou lentamente, porém altiva, rumo às limusines que, à porta, contrastavam com a modesta casa de madeira, dividida em quatro quartos, sala, banheiro e cozinha, que o marido lograra pagar ao longo de muitos anos de trabalho. Ela ocupou o primeiro carro, ao lado dos filhos mais novos, enquanto os mais velhos se acomodaram no veículo de trás.

Anne sabia que, a partir de agora, o marido viveria apenas em sua memória, nas lembranças acumuladas em tantos anos de... "Não, a palavra convivência", pensou, "não cabia naquela situação". Resignada, ela vivera como esposa de marinheiro... Dan dedicara a maior parte de sua vida a missões no exterior, quem sabe à caça de narcotraficantes que abasteciam o mercado estadunidense. Nos curtos períodos que passava em casa — suficientes para, mais uma vez, se despedir de uma mulher grávida, como se a gravidez lhe assegurasse a fidelidade dela — ele nada comentava sobre o que fazia, exceto que se sentia orgulhoso de se arriscar para defender a liberdade e a democracia.

O secretário de Segurança Pública do governador Israel Pinheiro compareceu ao aeroporto da Pampulha na manhã em que o voo da Varig, procedente do Rio, aterrissou em Belo Horizonte. Trazia um especialista estrangeiro que, segundo as autoridades militares, haveria de qualificar a polícia de Minas no combate à subversão.

O secretário se surpreendeu ao dar as boas-vindas ao homem que em nada lembrava um policial. Mais parecia um pastor presbiteriano ou um desses acadêmicos especializados em pesquisas eruditas. Os olhos claros e vivos sob os óculos lhe davam o aspecto de uma pessoa apaziguada, sem conflitos ou dúvidas. Um monge de terno e gravata, que sabia pôr a sua missão acima de interesses ou ambições pessoais.

— Bem-vindo, professor — saudou o secretário. — Como devo chamá-lo?

— Pelo meu nome — retrucou o visitante num português atrapalhado, com forte sotaque estrangeiro. — John. Trate-me por John.

O secretário ficou com uma ponta de inveja quando, no *check-in* do hotel Normandy, viu Dan se registrar com um passaporte australiano em nome de John Mills. Admirou os requintes dos serviços secretos dos Estados Unidos.

Na manhã seguinte, o secretário, diante de uma plateia de 200 policiais criteriosamente selecionados, apresentou o professor John Mills. Todos haviam assinado um termo no qual se comprometiam a manter absoluto sigilo quanto às aulas que lhes seriam ministradas. Nada poderia ser anotado ou gravado.

O agente Rubens V., do DOPS, ficou intrigado ao ver dois policiais arrastarem ao centro do palco uma estranha cadeira cujos braços e pernas exibiam correias metálicas. Devoto da igreja Batista, Rubens V. se destacara entre os colegas por seu faro investigativo, embora destoasse por jamais admitir torturas. Como havia sido ele, com sua mineirice plena de bonomia, que prendera o mais procurado contrabandista de Minas, todos o respeitavam. Agora, no DOPS, ele participava das investigações, nunca dos interrogatórios. Seus superiores o haviam inscrito no curso especial convencidos de que o professor estrangeiro haveria de persuadi-lo de que inimigos da democracia não devem ser tratados com pães de queijo...

Um homem maltrapilho, com um pano fortemente amarrado entre suas arcadas dentárias, veio arrastado do fundo do palco. Parecia bêbado. Tinha os olhos arregalados e seu corpo tremia como se tomado por um frio intenso. Os guardas o despiram e o forçaram a se sentar na estranha cadeira. Prenderam as correias de metal em torno de suas pernas, de seus braços, de seu dorso. Uma espécie de coleira de aço fixou-lhe o pescoço de tal modo que ele não podia movê-lo nem para um lado nem para outro.

Dan se aproximou e retirou a mordaça da boca do homem que, assustado, dirigiu-lhe um olhar de súplica. Tentou acalmá-lo:

— O que você faz?

— Sou morador de rua.

— E por que mora na rua? Não tem casa, não tem família? — indagou aos gritos.

— Tenho sim, doutor, mas minha família me expulsou de casa, por causa da minha bebedeira.

— Você bebe muito?

— Bebo quando ganho alguns trocados. Bebo cachaça.

— E sua família não permite que você beba cachaça?

— Não é isso, doutor. É que fico agressivo quando bebo muito.

— Fica agressivo e faz o quê?

— Bato na minha mulher e nos meus filhos.

— Bate?! Você bate em mulher?! Bate em criança?! Então agora, seu filho da puta, vai ver como é bom pagar pelo que fez.

— Dout...

O mendigo engoliu o fim do vocábulo. Os guardas o amordaçaram novamente. A primeira descarga elétrica fez estremecer todo o seu corpo. O rosto crispou de tal modo — e, da boca, uma baba viscosa derramou-se.

Em seguida, explicou que o primeiro passo ao interrogar comunistas era deixá-los com sentimento de culpa, convencê-los de que são responsáveis pela desgraça alheia e, assim, levá-los ao extremo da dor para obrigá-los a confessar tudo que sabem e delatar seus comparsas.

— Desnudar o preso — explicou *mister* Mills — é despojá-lo de sua autoestima. Durante o período de interrogatórios, ele deve ser mantido em isolamento, onde não possa perceber se é dia ou noite. Sua rotina de alimentação e sono deve ser drasticamente alterada. As salas de interrogatório devem ser à prova de som, sem janelas, escuras e sem banheiros.

Muitos policiais desviaram o olhar ao ver o horror gravado na cara daquele pobre coitado que fora apanhado na rua para servir de cobaia na aula de "tortura científica" ministrada por um especialista australiano. Rubens V. sabia que seus colegas desviavam o olhar não por asco à tortura. A maioria ali a praticava, sem piedade, em presos comuns e políticos, a ponto de levar muitos deles à morte. A diferença é que encapuzavam previamente o preso, para não verem suas expressões de dor, e não obedeciam a "métodos científicos". Recorriam ao alicate, à torquês, ao pau-de-arara, ao "telefone", à palmatória. Recursos que provocavam dores insuportáveis, mas que, segundo *mister* Mills, tinham a desvantagem de deixarem marcas no preso, o que poderia, eventualmente, incriminar a autoridade policial.

Mister Mills voltou a aplicar novos choques elétricos no homem que lhe servia de cobaia e concluiu, de olho na plateia:

— Antes de tudo, você deve ser eficiente. Causar o sofrimento estritamente necessário. Em qualquer situação, devemos saber controlar nosso temperamento. Agir com a precisão e a limpeza de um cirurgião e a perfeição de um artista. Esta é uma guerra até a morte. Esses subversivos são nossos inimigos. Este é um trabalho duro e alguém tem que fazê-lo. Procuro realizá-lo com perfeição. Se eu lutasse boxe, iria querer ser o campeão do mundo. Não sei lutar boxe, mas nesta minha profissão sou o melhor.

Rubens V., no intervalo para o café (ele nem chegou a provar as aromáticas broas de milho, tamanho o embrulho em seu estômago), viu o delegado geral do Estado ser abordado por um velho delegado, instrutor da academia de polícia, conhecido por ser o único na corporação a pronunciar dois vocábulos execrados por seus pares — direitos humanos:

— Afonso, como você aceita que um mendigo seja usado para ensinar um criminoso a falar? Não percebe que esse gringo age como nazista?

— Ora, Vicente — reagiu o delegado geral —, nós, mineiros, somos muito sensíveis a métodos mais eficazes. É por isso que, aqui, muitos crimes permanecem envoltos em nuvens de mistério. Ou se usa a truculência, e o suspeito morre, carregando seus segredos para a cova, ou o tratamos com uma benevolência que o crime agradece. Por isso, os militares nos trouxeram este especialista, sobretudo agora que somos obrigados a lidar, não apenas com bandidos comuns, mas também com terroristas, agentes da subversão internacional, muitos deles treinados em Cuba, na China ou na União Soviética.

Rubens V. engoliu, com dificuldade, um copo d'água e não retornou ao salão no qual Dan, ou melhor, *mister* Mills, prosseguiu sua aula de como seviciar sem deixar marcas. Se Rubens V. houvesse permanecido no salão nobre da Secretaria de Segurança Pública, em plena praça da Liberdade, teria visto *mister* Mills ensinar como aplicar choques elétricos, afogamentos, usar insetos peçonhentos, cobras e crocodilos para arrancar confissões de inimigos da liberdade e da democracia.

Rubens V. já se encontrava no restaurante do Minas Tênis Clube, à rua da Bahia, quando Dan, ou melhor, *mister* Mills, encerrou seu primeiro dia de aula. Se estivesse na praça da Liberdade, teria visto o agente usamericano deixar o prédio *art nouveau* da Secretaria de Segurança — uma mistura eclética de clássico e barroco —, pela porta da frente, acompanhado do secretário de Segurança Pública e do delegado geral do Estado. Se seu olho arguto mirasse a porta traseira, por onde era retirado o lixo, teria visto sair o rabecão que conduzia o cadáver macerado de um mendigo que servira de cobaia e cujo nome ninguém se preocupou em saber.

Rubens V. ainda sentia engulhos ao ocupar uma mesa do restaurante do Minas Tênis Clube. Não tinha o menor apetite, mas suas convicções exigiam que estivesse ali para contatar o comandante Z, da Organização Latino-Americana de Libertação, a OLAL, através do garçom Pepe, velho catalão anarquista que fugira da ditadura de Franco e, há décadas, encontrara em Belo Horizonte uma cidade tão arborizada quanto a sua saudosa Barcelona. Desde que os militares deram o golpe de Estado, em abril de 1964, Pepe passara a colaborar com a resistência democrática e, assim, se tornara único contato do companheiro V. (como era conhecido Rubens pelo comando da OLAL) com o comandante Z.

Entre um prato de salada, que mal tocou, e uma goiabada com queijo de sobremesa, o companheiro V. repassou a Pepe as informações sobre a presença, em Belo Horizonte, do professor John Mills, hospedado no hotel Normandy. Através de outro garçom do hotel, Pepe obteve as informações que interessavam ao comandante Z: o hóspede John Mills, instrutor australiano, era na realidade um norte-americano cujos verdadeiros documentos haviam sido examinados, no apartamento, pela camareira Ercília, namorada do garçom do mesmo hotel: tratava-se de um policial do FBI e seu nome era Daniel A. Mitrione, nascido na Itália e naturalizado norte-americano. No fundo da mala ela descobriu que ele portava uma passagem Rio-Montevidéu.

No mês seguinte, o agente Dan Mitrione ou *mister* John Mills, agora com passaporte estadunidense e o nome de Richard Bennet, ministrava aulas de tortura em Montevidéu para policiais uruguaios empenhados no combate aos guerrilheiros tupamaros. Como não havia mendigos no país, utilizavam como cobaias prisioneiros políticos oficialmente dados como mortos. Como pretexto legal, *mister* Bennet exercia a função de encarregado de negócios da embaixada dos Estados Unidos no Uruguai.

Na manhã do dia 31 de julho de 1970, *mister* Bennet se mirou no espelho pela última vez. Conferiu o rosto bem barbeado, borrifou uma dose de perfume, cujo aroma de menta imprimiu-lhe sensação de bem-estar.

Ao dirigir seu Mercedes rumo ao quartel no qual 120 alunos o aguardavam, seu carro foi interceptado por uma patrulha policial. Tranquilo, enfiou a mão no bolso do paletó para tirar os documentos, quando sentiu o cano de uma arma apertar-lhe a face bem escanhoada:

— Se não quer morrer — disse a voz de comando —, ponha as mãos na cabeça e entre em nosso carro.

Rubens V. almoçava no Minas Tênis Clube com o delegado geral do Estado, tentando explicar por que se ausentara do curso (evocou suas convicções religiosas), quando os dois foram atraídos pelo noticiário da TV no aparelho erguido sobre o bar: o agente norte-americano Dan Mitrione, que estivera em Belo Horizonte para adestrar a polícia mineira, havia sido sequestrado no Uruguai por guerrilheiros tupamaros e, naquela manhã, seu corpo fora encontrado numa esquina de Montevidéu com duas perfurações de balas na cabeça. Ao lado, um cartaz: "Venceremos!".

PS: Este conto é dedicado a Arthur Vianna e Helena Greco que, quando vereadores em Belo Horizonte, em 1983, mudaram o nome da rua Dan Mitrione para rua José Carlos Mata Machado (1946--1973), assassinado sob tortura ao combater a ditadura militar.

JOÃO GILBERTO NOLL (1946)

Gaúcho de Porto Alegre, romancista, contista e autor de literatura juvenil, sua obra chega a quase duas dezenas de títulos. Destacam-se *A fúria do corpo* (1981), *Rastros do verão* (1986), *Harmada* (1993), *A solidão continental* (2012) e as coletâneas *O cego e a dançarina* (1980) e *A máquina de ser* (2006).

Alguma coisa urgentemente

João Gilberto Noll

Os primeiros anos de vida suscitaram em mim o gosto da aventura. O meu pai dizia não saber bem o porquê da existência e vivia mudando de trabalho, de mulher e de cidade. A característica mais marcante do meu pai era a sua rotatividade. Dizia-se filósofo sem livros, com uma única fortuna: o pensamento. Eu, no começo, achava meu pai tão-só um homem amargurado por ter sido abandonado por minha mãe quando eu era de colo. Morávamos então no alto da rua Ramiro Barcelos, em Porto Alegre, meu pai me levava a passear todas as manhãs na praça Júlio de Castilhos e me ensinava os nomes das árvores, eu não gostava de ficar só nos nomes, gostava de saber as características de cada vegetal, a região de origem. Ele me dizia que o mundo não era só aquelas plantas, era também as pessoas que passavam e as que ficavam e que cada um tem o seu drama. Eu lhe pedia colo. Ele me dava e assobiava uma canção medieval que afirmava ser a sua preferida. No colo dele eu balbuciava uns pensamentos perigosos:

— Quando é que você vai morrer?

— Não vou te deixar sozinho, filho!

Falava-me com o olhar visivelmente emocionado e contava que antes me ensinaria a ler e escrever. Ele fazia questão de esquecer que eu sabia de tudo o que se passava com ele. "Pra que ler?", eu lhe perguntava. "Pra descrever a forma desta árvore", respondia-me, um pouco irritado com minha pergunta. Mas logo se apaziguava.

— Quando você aprender a ler vai possuir de alguma forma todas as coisas, inclusive você mesmo.

No final de 1969 meu pai foi preso no interior do Paraná. (Dizem que passava armas a um grupo não sei de que espécie.) Tinha na época uma casa de caça e pesca em Ponta Grossa e já não me levava a passear.

No dia em que ele foi preso, eu fui arrastado para fora da loja por uma vizinha de pele muito clara, que me disse que eu ficaria uns dias na casa dela, que o meu pai iria viajar. Não acreditei em nada, mas me fiz de crédulo como convinha a uma criança. Pois o que aconteceria se eu lhe dissesse que tudo aquilo era mentira? Como lidar com uma criança que sabe?

Puseram-me num colégio interno no interior de São Paulo. O padre diretor me olhou e afirmou que lá eu seria feliz.

— Eu não gosto daqui.

— Você vai se acostumar e até gostar.

Os colegas me ensinaram a jogar futebol, a me masturbar e a roubar a comida dos padres. Eu ficava de pau duro e mostrava aos colegas. Mostrava as maçãs e os doces do roubo. Contava do meu pai. Um deles me odiava. "O meu pai foi assassinado", me dizia ele com ódio nos olhos. "O meu pai era bandido", ele contava, espumando o coração.

Eu me calava. Pois me referir ao meu pai presumia um conhecimento que eu não tinha. Uma carta chegou dele. Mas o padre diretor não me deixou lê-la, chamou-me no seu gabinete e contou que o meu pai ia bem.

— Ele vai bem.

Eu agradeci como normalmente fazia em qualquer contato com o padre diretor e saí dizendo no mais silencioso de mim:

— Ele vai bem.

O menino que me odiava aproximou-se e falou que o pai dele tinha levado dezessete tiros.

Nas aulas de religião o padre Amâncio nos ensinava a rezar o terço e a repetir jaculatórias.

— Salve Maria! — ele exclamava, a cada início de aula.

— Salve Maria! — os meninos respondiam, em uníssono.

Quando cresci, meu pai veio me buscar e ele estava sem um braço. O padre diretor me perguntou:

— Você quer ir?

Olhei para meu pai e disse que eu já sabia ler e escrever.

— Então você saberá de tudo um dia — ele falou.

O menino que me odiava ficou na porta do colégio quando da nossa partida. Ele estava com o seu uniforme bem lavado e passado.

Na estrada para São Paulo paramos num restaurante. Eu pedi um conhaque e meu pai não se espantou. Lia um jornal.

Em São Paulo fomos para um quarto de pensão onde não recebíamos visitas.

— Vamos para o Rio — ele me comunicou, sentado na cama e com o braço que lhe restava sobre as pernas.

No Rio fomos para um apartamento na avenida Atlântica. De amigos, ele comentou. Mas embora o apartamento fosse bem mobiliado, ele vivia vazio.

— Eu quero saber — eu disse para o meu pai.

— Pode ser perigoso — ele respondeu.

E desliguei a televisão como se pronto para ouvir. Ele disse "não. Ainda é cedo". E eu já tinha perdido a capacidade de chorar.

Eu procurei esquecer. Meu pai me pôs num colégio em Copacabana e comecei a crescer como tantos adolescentes do Rio. Comia a empregada do Alfredinho, um amigo do colégio, e, na praia, precisava sentar às vezes rapidamente porque era comum ficar de pau duro à passagem de alguém. Fingia então que observava o mar, a *performance* de algum surfista.

Não gostava de constatar o quanto me atormentavam algumas coisas. Até meu pai desaparecer novamente. Fiquei sozinho no apartamento da avenida Atlântica sem que ninguém tomasse conhecimento. E eu já tinha me acostumado com o mistério daquele apartamento. Já não queria saber a quem pertencia, porque vivia vazio. O segredo alimentava o meu silêncio. E eu precisava desse silêncio para continuar ali. Ah, me esqueci de dizer que meu pai tinha deixado algum dinheiro no cofre. Esse dinheiro foi suficiente para sete meses. Gastava pouco e procurava não pensar no que aconteceria quando ele acabasse. Sabia que estava sozinho, com o único dinheiro acabando, mas era preciso preservar aquele ar folgado dos garotos da minha idade, falsificar a assinatura do meu pai sem remorsos a cada exigência do colégio.

Eu não dava bola para a limpeza do apartamento. Ele estava bem sujo. Mas eu ficava tão pouco em casa que não dava importância à sujeira, aos lençóis encardidos. Tinha bons amigos no colégio, duas ou três amigas que me deixavam a mão livre para passá-la onde eu bem entendesse.

Mas o dinheiro tinha acabado e eu estava caminhando pela avenida Nossa Senhora de Copacabana, tarde da noite, quando notei um grupo de garotões parados na esquina da Barão de Ipanema, encostados num carro e enrolando um baseado. Quando passei, eles me ofereceram. "Um tapinha?" Eu aceitei. Um deles me disse: "Olha ali, não perde essa, cara!". Olhei para onde ele tinha apontado e vi um Mercedes parado na esquina com um homem de uns trinta anos dentro. Vai lá, eles me empurraram. E eu fui.

— Quer entrar? — o homem me disse.

Eu manjei tudo e pensei que estava sem dinheiro.

— Trezentas pratas — falei.

Ele abriu a porta e disse "entra", o carro subiu a Niemeyer, não havia ninguém no morro em que o homem parou. Uma fita tocava acho que uma música clássica e o homem me disse que era de São Paulo. Me ofereceu cigarro, chiclete e começou a tirar a minha roupa. Eu pedi antes o dinheiro. Ele me deu as três notas de cem abertas, novinhas. E eu nu e o homem começando a pegar em mim, me mordia de ficar marca, quase me tira um pedaço da boca. Eu tinha um bom físico e isso excitava ele, deixava o homem louco. A fita tinha terminado e só se ouvia um grilo.

— Vamos — disse o homem ligando o carro.

Eu tinha gozado e precisei me limpar com a sunga.

No dia seguinte meu pai voltou, apareceu na porta muito magro, sem dois dentes. Resolvi contar:

— Eu ontem me prostituí, fui com um homem em troca de trezentas pratas.

Meu pai me olhou sem surpresas e disse que eu procurasse fazer outra história da minha vida. Ele então sentou-se e foi incisivo:

— Eu vim para morrer. A minha morte vai ser um pouco badalada pelos jornais, a polícia me odeia, há anos me procura. Vão te descobrir, mas não dê uma única declaração, diga que não sabe de nada. O que é verdade.

— E se me torturarem? — perguntei.

— Você é menor e eles estão precisando evitar escândalos.

Eu fui para a janela pensando que ia chorar, mas só consegui ficar olhando o mar e sentir que precisava fazer alguma coisa urgentemente. Virei a cabeça e vi que meu pai dormia. Aliás, não foi bem isso o que pensei, pensei que ele já estivesse morto e fui correndo segurar o seu único pulso.

O pulso ainda tinha vida. "Eu preciso fazer alguma coisa urgentemente", a minha cabeça martelava. É que eu não tinha gostado de ir com aquele homem na noite anterior, meu pai ia morrer e eu não tinha um puto centavo. De onde sairia a minha sobrevivência? Então pensei em denunciar meu pai para a polícia para ser recebido pelos jornais e ganhar casa e comida em algum orfanato, ou na casa de alguma família. Mas não, isso eu não fiz porque gostava do meu pai e não estava interessado em morar em orfanato ou com alguma família, e eu tinha pena do meu pai deitado ali no sofá, dormindo de tão fraco. Mas precisava me comunicar com alguém, contar o que estava acontecendo. Mas quem?

Comecei a faltar às aulas e ficava andando pela praia, pensando o que fazer com meu pai que ficava em casa dormindo, feio e velho. E eu não tinha arranjado mais um puto centavo. Ainda bem que tinha um amigo vendedor daquelas carrocinhas da Geneal que me quebrava o galho com um cachorro-quente. Eu dizia "bota bastante mostarda, esquenta bem esse pão, mete molho". Ele obedecia como se me quisesse bem. Mas eu não conseguia contar para ele o que estava acontecendo comigo. Eu apenas comentava com ele a bunda das mulheres ou alguma cicatriz numa barriga. É cesariana, ele ensinava. E eu fingia que nunca tinha ouvido falar em cesariana, e aguçava seu prazer de ensinar o que era cesariana. Um dia ele me perguntou:

— Você tem quantos irmãos?

Eu respondi "sete".

— O teu pai manda brasa, hein?

Fiquei pensando no que responder, talvez fosse a ocasião de contar tudo pra ele, admitir que eu precisava de ajuda. Mas o que um vendedor da Geneal poderia fazer por mim senão contar para a polícia? Então me calei e fui embora.

Quando cheguei em casa entendi de vez que meu pai era um moribundo. Ele já não acordava, tinha certos espasmos, engrolava a língua e eu assistia. O apartamento nessa época tinha um cheiro ruim, de coisa estragada. Mas dessa vez eu não fiquei assistindo e procurei ajudar o velho. Levantei a cabeça dele, botei um travesseiro embaixo e tentei conversar com ele.

— O que você está sentindo? — perguntei.

— Já não sinto nada — ele respondeu, com uma dificuldade que metia medo.

— Dói?

— Já não sinto dor nenhuma.

De vez em quando lhe trazia um cachorro-quente que meu amigo da Geneal me dava, mas meu pai repelia qualquer coisa e expulsava os pedaços de pão e salsicha para o canto da boca. Numa dessas ocasiões em que eu limpava os restos de pão e salsicha da sua boca com um pano de prato a campainha tocou. Fui abrir a porta com muito medo, com o pano de prato ainda na mão. Era o Alfredinho.

— A diretora quer saber por que você nunca mais apareceu no colégio — ele perguntou.

Falei pra ele entrar e disse que eu estava doente, com a garganta inflamada, mas que eu voltaria pro colégio no dia seguinte porque já estava quase bom. Alfredinho sentiu o cheiro ruim da casa, tenho certeza, mas fez questão de não demonstrar nada.

Quando ele sentou no sofá é que eu notei como o sofá estava puído e que Alfredinho sentava nele com certo cuidado, como se o sofá fosse despencar debaixo da bunda, mas ele disfarçava e fazia que não notava nada de anormal, nem a barata que descia a parede à direita, nem os ruídos do meu pai que às vezes se debatia e gemia no quarto ao lado. Eu sentei na poltrona e fiquei falando tudo que me vinha à cabeça para distraí-lo dos ruídos do meu pai, da barata na parede, do puído do sofá, da sujeira e do cheiro do apartamento, falei que nos dias da doença eu lia na cama o dia inteiro umas revistinhas de sacanagem, eram dinamarquesas as tais revistinhas, e sabe como é que eu consegui essas revistinhas?, roubei no escritório do meu pai, estavam escondidas na gaveta da mesa dele, não te mostro porque emprestei pra um amigo meu, um sacana que trabalha numa carrocinha da Geneal aqui na praia, ele mostrou pra um amigo dele que bateu uma punheta com a revistinha na mão, tem uma mulher com as pernas assim e a câmera pega a foto bem daqui, bem daqui cara, ó como os caras tiraram a foto da mulher, ela assim e a câmera pega bem desse ângulo aqui, não é de bater uma punheta mesmo?, a câmera pertinho assim e a mulher nua e com as pernas desse jeito, não tou mentindo não cara, você vai ver, um dia você vai ver, só que agora a revistinha não tá comigo, por isso que eu digo que ficar doente de vez em quando é uma boa, eu o dia inteiro deitado na cama lendo revistinha de sacanagem, sem ninguém pra me aporrinhar com aula e trabalho de grupo, só eu e as minhas revistinhas, você precisava ver, cara, você também ia curtir ficar doente nessa de revistinha de sacanagem, ninguém pra me encher o saco, ninguém, cara, ninguém.

Aí eu parei de falar e o Alfredinho me olhava como se eu estivesse falando coisas que assustassem ele, ficou me olhando com uma cara de babaca, meio assim desconfiado, nem sei bem o que passou pela cabeça dele quando meu pai lá no quarto me chamou, era a primeira vez que meu pai me chamava pelo nome, eu mesmo levei um susto de ouvir meu pai me chamar pelo meu nome, e me levantei meio apavorado porque não queria que ninguém soubesse do meu pai, do meu segredo, da minha vida, eu queria que o Alfredinho fosse embora e que não voltasse nunca mais, então eu me levantei e disse que tinha que fazer uns negócios, e ele foi caminhando de costas em direção à porta, como se estivesse com medo de mim, e eu dizendo que amanhã eu vou aparecer no colégio, pode dizer pra diretora que amanhã eu converso com ela, e o meu pai me chamou de novo com sua voz de agonizante, o meu pai me chamava pela primeira vez pelo meu nome, e eu disse tchau até amanhã, e o Alfredinho disse tchau até amanhã, e eu continuava com o pano de prato na mão e fechei a porta bem ligeiro porque não aguentava mais o Alfredinho ali na minha frente não dizendo nem uma palavra, e fui correndo pro quarto e vi que o meu pai estava com os olhos duros olhando pra mim, e eu fiquei parado na porta do quarto pensando que eu precisava fazer alguma coisa urgentemente.

(*O cego e a dançarina*, 1980)

########## MARIA JOSÉ SILVEIRA (1947) ##########

Goiana de Jaraguá, entra para a clandestinidade em 1972, exilando-se dois anos depois no Peru. Volta ao Brasil apenas em 1976. Estreou com o romance A *mãe da mãe de sua mãe e suas filhas* (2002), a que seguiram outros cinco títulos, entre eles *Pauliceia de mil dentes* (2013). É também autora de literatura infantil e juvenil.

Felizes poucos

MARIA JOSÉ SILVEIRA

Para Sérgio Ferro, Alípio Freire e Felipe Lindoso

We few, we happy few, we band of brothers
(Nós poucos, felizes poucos, bando de irmãos)
W. Shakespeare, Henrique V

TALVEZ VOCÊ SEJA DAQUELE tipo de pessoa que não está particularmente interessada no que vou contar aqui.

Ou porque acha que isso aconteceu há muito tempo e não lhe diz respeito — aliás, nunca lhe disse respeito. Ou porque acha que isso aconteceu há demasiado pouco tempo e ainda não dá para falar do assunto com distanciamento. Ou porque nada disso nunca lhe interessou nem na época que estava acontecendo; ou então porque lhe interessou tanto que você fez parte dela e por isso mesmo sabe perfeitamente como foi, e sente um cansaço — um cansaço grande de falar a respeito.

Claro, esse é um direito seu, e qualquer uma dessas alternativas é perfeitamente aceitável. Embora eu prefira que você seja daquele tipo de pessoa que se interessa, sim, pelo assunto, e quer saber mais, ou se lembrar, ou entender. Daquele tipo de pessoa que, como eu, acha que essa pequena ou grande história ainda não foi, nem de longe, totalmente contada.

O curioso, no entanto, é que, por contraditório que seja, e embora esteja entre esse segundo tipo de pessoa, na verdade não gosto de relembrar aquela época, muito menos falar sobre ela. Mas tenho um motivo para isso, sei exatamente por que não gosto, e posso até lhe explicar meu motivo no final — se você chegar ao final.

E hoje, aqui, agora, é essa a história que tenho para contar.

Uma história pequena. Que acontece em apenas um dia. Uma sexta-feira.

Uma sexta-feira como incontáveis outras daqueles anos — hoje quase inimagináveis e, no entanto, tão próximos — em que por desconcertante que pareça — até para quem esteve no coração perturbador daquela época — esta cidade, São Paulo, tinha bombas que explodiam em suas ruas, tinha bancos sendo assaltados, *blitz* parando as filas de carro a qualquer hora do dia ou da madrugada, soldados espalhados a qualquer momento pela cidade, e o mero passante, sem querer, se via de repente respirando um ar contaminado de pura adrenalina e medo.

Eram os anos da ditadura. Os tempos de Garrastazu Médici.

Muitas coisas aconteceriam naquela sexta-feira.

A primeira delas seria uma coisa boa: uma pequena ação de panfletagem realizada com sucesso enquanto o dia despontava na manhãzinha que começara nublada e triste, e era agora clareada pelo sol que tornava o ar levemente dourado, dando-lhe a transparência cristalina das manhãs de final de maio em São Paulo.

Mara puxa a gola do casaco e sorri consigo mesma, "Que bela manhã!".

Acabara de sair, segura e tranquila, da estação da Luz aonde chegara, um pouco antes, com mais três companheiros, dentro da garoa das cinco da Pauliceia gelada e ainda escura. Enquanto dois do grupo ficavam de segurança, um em cada porta da entrada principal, ela e Clarice fizeram uma panfletagem relâmpago no corredor que dava para as escadas que subiam das plataformas do trem.

Entregavam, nas mãos dos trabalhadores que passavam sonolentos e mal se davam conta do que estava acontecendo, panfletos denunciando a situação do país.

Alguns, poucos — os que percebiam o que faziam ali aquelas mocinhas conspícuas de calças Lee, uma de casaco preto, a outra de japona azul-marinho —, paravam um segundo e, no susto, tiravam as mãos geladas dos casacos, pegavam rápido o panfleto estendido, colocando-o imediatamente no bolso, sem sequer olhar para o lado. Outros passavam direto, mal levantando a cabeça enfiada na gola do casaco, apressados, atrasados ou apenas temerosos. Nem olhavam. Outros, ainda, alheados — a maioria — estendiam a mão e pegavam o pedaço de papel sem ter noção do que era aquilo. Na primeira oportunidade, provavelmente jogariam fora a folha amassada, sem ter lido.

Em poucos minutos, estavam distribuídos os panfletos que as meninas levavam no fundo das bolsas de couro a tiracolo. Cada uma segue para um lado, como se não se conhecessem. Ao longe, um carro da polícia, sirene desligada e luz apagada, aproxima-se devagar, como um besouro.

Mara suspira aliviada. Tem medo, sempre teve medo, ainda que uma ação como aquela de panfletagem quase não oferecesse risco nenhum, se feita com cuidado, respeitando as normas de segurança. Era o que ela cansara de fazer como estudante e, de certa maneira, tinha a manha, sabia mais ou menos como atuar. Só que agora já não era estudante e a repressão tampouco era a mesma. Caso fosse pega, seria presa não como uma jovenzinha qualquer, mas como membro de uma organização de guerrilha urbana. Sentia medo; como não sentir? Não era brincadeira, aquilo. E quando tudo dava certo e terminava, o alívio era enorme.

Sobe correndo no ônibus que vai pela Duque de Caxias.

Encontrariam-se dali a uma hora, na floricultura do largo do Arouche.

Mara teria tempo de tomar o café da manhã em uma padaria perto da São João e é onde está agora, sentada no banco do balcão. Olha sem pressa a vida ao redor se preparar para mais um dia. Sente um calorzinho bom que vem de dentro e lhe é familiar: a tarefa cumprida sem incidentes, a luz da manhã, a manteiga amarela se desfazendo no calor do pãozinho crocante saído do forno, e o gosto da média queimando a língua de leve.

Pensa em Alfredo, que ficou dormindo quando ela saiu. No friozinho, antes de se levantar da cama, enroscou-se um pouco no corpo quente dele que, ainda meio dormindo, passou o braço sobre ela, puxando-a para mais perto.

Como se fosse possível chegar mais perto.

O despertador tocou pela segunda vez e Mara pulou da cama. Se não pulasse imediatamente, correria o risco de se render ao sono, à preguiça e voltar a dormir na quentura do corpo que amava.

Não teve tempo de tomar café. Mal teve tempo de se vestir e sair correndo para tomar o ônibus até o "ponto" onde encontraria o companheiro encarregado de levar os panfletos.

Só agora, na padaria, toma sua média com pão e manteiga.

Adora esse movimento calmo do dia que começa. Se não fosse tão sonolenta como é, gostaria de todos os dias despertar bem cedo e ver tranquila o sol novo das manhãs.

Sente-se feliz.

Às vezes basta muito pouco para que alguma química ocorra e alguém, por um instante, sinta-se assim, como ela se sente agora — esse bem-estar pleno, ela e o sol nascendo na manhã da cidade.

Depois do breve encontro com o grupo da panfletagem no largo do Arouche — tudo certo, todos bem —, eles comentam a reação do sujeito, só podia ser um louco manso, que pegou o panfleto na mão de Mara e o entregou a Clarice, e depois voltou e pegou um panfleto de Clarice e o entregou a Mara, e os companheiros da segurança já vinham lhes avisar para acabar com a panfletagem e abandonar a área, quando o sujeito parou um segundo, parecendo considerar se voltava e recomeçava a mesma operação, mas acabou decidindo descer para a plataforma e tomar o trem — com sua mansa alienação.

É cada uma que acontece!

Entre risadas, confirmam o ponto do dia seguinte, às 19 horas, na porta do cine Belas Artes.

Quando estava se despedindo, Clarice diz:

— Mara, adoro este seu casaco. Vamos trocar até segunda-feira? Você fica com minha japona.

— Claro, toma.

Trocam — como viviam trocando de blusas e vestidos — o casaco preto, benfeito, de corte fino e caimento perfeito, presente da mãe, pela japona azul-marinho comum, com botões prateados de Clarice —, e Mara segue para o jornal onde trabalha, no centro. Ainda é cedo, o grande elevador do velho prédio está vazio; nos corredores desertos o silêncio é precioso e acolhedor, antes do começo do dia, quando os espaços abertos se estendem para reter ao máximo as sombras noturnas, enquanto se preparam para receber outra vez o cotidiano de sempre — movimentos, calor e ruídos, siameses da luz que começa a passar, obstinada, pelas persianas.

Mara tira a japona de Clarice. Já não está de calça *jeans* nem de tênis — trocou-os no banheiro do jornal, assim que entrou, colocando-os numa sacola e depois dentro da gaveta inferior de sua mesa, na redação. Soltou os cabelos pretos que estavam presos em um rabo e passou um leve delineador nos olhos e um pouquinho de rímel. Veste agora meia-calça preta, minissaia vinho, sapatos pretos de saltinho, a mesma blusa branca que usava com o *jeans*. Está pronta para o dia de trabalho.

Ajeita um pouco a meia que ficou mal colocada, senta-se e lê a edição do dia.

"Médici inaugura uma hidrelétrica no Nordeste."

"O SNI entrega medalhas a civis."

"Zagalo afirma que não vamos parar no Tri."

Ao meio-dia e meia, ela está na porta do Almanara, onde tem outro ponto para combinar a entrega do estêncil de um artigo que deve sair no próximo boletim interno da organização. As publicações para discussão entre militantes são feitas em mimeógrafos; a moderna *offset* recém-adquirida é usada para os panfletos e publicações para a massa.

O encontro é rápido.

O sol do meio-dia esquentou as ruas; as pessoas passam carregando os agasalhos no breve calor do começo da tarde.

O dia continua lindo.

Mara tem almoço marcado com duas amigas, mas as três preferem comer apenas um sanduíche ligeiro e aproveitar o restante do tempo livre para andar pelas livrarias do centro: a livraria Francesa, a Ciências Humanas, a Brasiliense.

Na Brasiliense, uma delas abre um livro de Nietzsche. Conta que assistiu a uma aula sobre o filósofo e a alegria. Se entendeu bem o que dissera o professor, para Nietzsche, a metafísica e a moral cristã — graves, soturnas e sombrias — não comportavam o riso e a espontaneidade da alegria. Que a alegria, a felicidade, a vida estão aqui na Terra e não em um mundo transcendente.

"Fiquei curiosa", continuou a amiga e, enquanto falava animada, com um movimento perceptível só pelas duas que estavam, uma a seu lado, outra à sua frente, colocou com naturalidade o livro do filósofo dentro da sua grande bolsa a tiracolo.

Saíram as três da livraria como se nada tivesse acontecido, felizes discutindo a felicidade em Nietzsche.

A seguir, entraram na livraria Francesa. Mara encontra o novo número de Les Temps Modernes, com artigos de Frantz Fanon e Sartre.

Abre a revista, lê alguns parágrafos, quer ler mais.

A revista, no formato brochura, está colocada em uma prateleira nos fundos da loja, parecendo pedir com discrição para ser expropriada. Atrás do biombo humano improvisado pelas amigas — que entenderam perfeitamente o gesto sutil que Mara fez —, ela estica o braço com rapidez e abriga a brochura entre o peito e o casaco.

Uma delas, então, olha o relógio de pulso, finge se dar conta da hora, "estamos atrasadas", diz, e as três saem conversando interessadas, inocentes.

Vão comemorar o resultado do passeio do almoço tomando um café expresso na galeria da Barão de Itapetininga. Riem alto, contentes: são jovens de vinte e poucos anos, acabaram de viver com sucesso duas aventurazinhas de "expropriação" cultural, e acham muita graça nisso.

As livrarias da cidade são excelentes. O café expresso é saboroso. Ter vinte anos é alegria em estado puro.

E, além de tudo, o dia está perfeito.

O que mais é preciso para sentir essa pequena euforia — efêmera, é verdade, mas não é da própria essência da euforia ser efêmera?

O que disse Nietzsche sobre isso?

À tarde, Mara tem uma pequena reunião de pauta.

Às vezes, ela se espanta: como pode ter essa vida dupla? Militante de uma organização clandestina e repórter de um jornal burguês. Dois polos de uma contradição arriscada. Mas um emprego legalizado é fundamental para manter a fachada da vida clandestina. Boa parte dos militantes tem emprego e carteira assinada, e os apartamentos são importantes como "aparelhos" destinados a determinadas tarefas da organização. O apartamento de Mara é um aparelho assim, e ela tem um trabalho no qual vê duas grandes vantagens: o que faz é razoavelmente interessante e o salário dá para arcar com as despesas do casal — Alfredo é "profissional" da organização, dedica-se exclusivamente à militância. De vez em quando, ela tem sorte de trabalhar em matérias importantes. Dá para viver essa contradição sem se alucinar, sem esquizofrenias. Gosta do trabalho; gosta dos colegas. Sente-se bem no clima tenso da redação.

De tardezinha, volta de ônibus para casa.
 É nesses momentos que pode examinar, reparar as caras das pessoas, as caras da multidão. A falta de expectativas, a exaustão, o desânimo. A pobreza triste. É isso o que ela vê ali, todo final de tarde, no ônibus superlotado.
 No entanto, também vê outra coisa, talvez meio escondida entre tanta gente, mas, se olha bem, consegue ver no meio daqueles rostos outra coisa: um futuro. Algo que todos eles, exatamente como ela, têm o direito de ter. Um futuro bem diferente — e ela fará o que puder para que chegue o mais rápido possível.
 Em que momento decidiu participar de tudo isso?, às vezes se faz essa pergunta. E sabe que a resposta é que não houve um momento preciso: uma decisão assim leva tempo para ser tomada, anos. No seu caso, levou os anos do colegial e da universidade. Tempo em que se faziam determinadas perguntas para entender o que se passava à sua volta e encontrava, coletiva e individualmente, respostas satisfatórias em determinada maneira de pensar. Em vários livros, em muitíssimas discussões, nos filmes, músicas, teatro, conversas, muitíssimas conversas. Ela é parte de um tempo em ebulição, de transformações em processo, basta olhar — ver o que está acontecendo em Paris, Londres, Pequim e sua revolução cultural, Praga, Berlim. E o Brasil impedido de viver esse tempo de mudanças pela repressão de uma ditadura.

Mara sente uma espécie de reação quase física só de pensar nessa palavra: ditadura. A palavra mais repulsiva da língua portuguesa.

Mara é romântica, está se vendo. É romântica naquele sentido preciso do indivíduo que acha possível ir além das condições colocadas pelo momento em que vive, que acredita ser da natureza humana não aceitar o que lhe é imposto, e ter o impulso de ir adiante, superar isso, transcender. É romântica assim, é dessa estirpe.

No aparelho onde mora com Alfredo, um apezinho de quarto e sala, na Lapa, Mauro, camarada da direção, está passando uma temporada. O apê tem poucos móveis, comprados de segunda mão: na sala, mesa e cadeiras de fórmica azul, uma pequena estante de madeira e, fazendo as vezes de sofá, uma cama Patente com dois colchões e almofadas, para noites com hóspedes como aquela. No quarto, um armário simples e outra cama simples de casal. Na cozinha, o fogão de quatro bocas, a geladeira nova e um armário pequeno. No banheiro, o armarinho e o cesto de roupa suja. Na pequena área, uma máquina de lavar de segunda mão.

Esse tipo de "decoração padrão de aparelho" não admitia sequer um pôster nas paredes; só de paisagem ou algo neutro. Se vizinhos ou pessoas estranhas entrassem no apartamento, nada veriam que insinuasse alguma simpatia pela esquerda. Por esse motivo, também os livros de Marx, Engels, Lênin, Mao, Sérgio Buarque, Caio Prado, tinham que ficar escondidos. Aparentes, só os romances, e mesmo assim nem todos. Em uma estante de madeira no quarto fica guardada a máquina de datilografia, daquelas pesadas, capaz de furar estêncil.

Nas prateleiras, junto com os livros, umas conchas recolhidas quando foram passar um feriado na praia do Tenório, em Ubatuba; uma caricatura que um colega da redação fez de Mara, presente que despertava certo ciúme em Alfredo, embora ele nunca lhe tenha dito nada; um leque de palha colorida comprado na feira da praça da República; um tabuleiro de xadrez com uma folha onde está escrito "Campeonato Mensal", com duas colunas de marcações — um EU em maiúsculas, no alto de uma, e um ELE, no alto da outra. No fundo do armário do quarto, e debaixo da cama, os documentos da organização e os livros dos autores de esquerda.

Em cima, em uma caixa branca de sapato, as armas — dois .38, uma pistola 765 e alguma munição.

Mara, decididamente, não era boa com armas. Não se acostumava com a sensação da arma na mão: fazia-a se sentir irreal. O próprio peso da arma era algo que nunca soube calcular bem e sempre a surpreendia. Em todos os treinamentos de que participara, desde que entrou para a organização, não conseguia acertar nem os alvos maiores. Antes que alguém zombasse de sua imperícia, era a primeira a rir e se autodenominar Pacifista Renitente. Não se importava muito com isso, no entanto: sabia que seu trabalho seria na retaguarda, não na linha de frente.

Ao lado das armas, em outra caixa branca de sapatos, algumas fotos de família, e cartas. Também uma pequena caderneta de anotações — não um diário, seria uma irresponsabilidade manter um diário naquelas circunstâncias — mas uma caderneta de anotações onde escreve poesias, pequenas crônicas, textos sem princípio nem fim.

É uma das raras coisas realmente pessoais do apartamento. Fora suas poucas roupas e as de Alfredo, alguns colares, pulseiras, anéis indianos e os brincos, que não sabe viver sem eles.

Tem também um tapete de corda trançada no chão, na frente do guarda-roupa. E um pedaço de papel escrito com caneta *Pilot* e letras caprichadas à cabeceira da cama:

"É preciso sonhar, mas à condição de fazer os sonhos se realizarem. Lênin"

Sempre gostei muito desse cartaz. Gostaria de ter sido como Mara: ter esse romantismo, essa coisa boa de acreditar que uma frase escrita em um papel pregado na parede pode dar algum tipo de força ou inspiração. Gostaria de ter sido assim. Gostaria, sobretudo, de ainda ser assim. Ainda ter essa leveza.

Era esse o apartamento. Essa a decoração.
E só.

E no entanto — naquele aparelho de decoração tão pouco acolhedora, existia uma outra coisa, e era o que dominava e os unia e fazia deles o que eram. O sentimento indefinível que nascia de uma energia que se concentrava ali, no entusiasmo, no sentimento de autorrealização e de conquista. A união que vem da luta por algo em que acreditavam, com todo o entusiasmo de jovens — contra a injustiça, contra a exploração. A luta pela construção de uma sociedade diferente.

Um fim e um começo.
Isso que fazia deles um bando de irmãos.

Nessa noite de sexta-feira, depois de ficar o dia em reunião ali mesmo, dentro do apartamento, Mauro preparou o jantar. É excelente cozinheiro: fez carne assada com cebolas douradas, acompanhada de arroz soltinho e feijão temperado. Explica a Mara como se faz o assado, é simples: basta passar o sal na peça de lagarto, fritá-la em um pouco de óleo bem quente até dourar dos dois lados e depois colocar no forno, entre as cebolas inteiras, descascadas.

A carne chia enquanto ele a corta em fatias, o óleo ainda fervendo. O cheiro tentador se espalha pela pequena sala.

Forram a mesa com páginas de jornais e servem direto da panela, estilo acampamento. Comem a carne assada em cima das manchetes abomináveis do dia.

Pretendiam os três pegar um cinema, *Yellow Submarine*. Mas Alfredo apareceu com os olhos avermelhados, ardendo devido às lentes de contato que está começando a usar. As lentes são novidade no mercado, e são duras, incômodas, de adaptação difícil. Na última ação de que participou — a "expropriação temporária" de um carro que seria usado para "expropriar" um banco —, por um triz seus óculos não caíram no chão. A partir daí, resolveu experimentar as lentes. Agora, os olhos estão ardendo e vermelhos, melhor não forçá-los.

Além disso, fora Mauro, eles têm um hóspede especial — e este não poderia acompanhá-los ao cinema. Está obrigado a ficar de molho por uns tempos: sua foto está nos cartazes de "procurados" espalhados pela cidade. Passara a semana ali, sem sair, e tem um ponto, mais tarde, para tirá-lo da cidade.

Ficarão para lhe fazer companhia e uma pequena despedida.

Mara não o conhecia antes. Na estação da Luz, naquela manhã, viu seu rosto no cartaz de "procurados", na foto antiga: cabelo preto volumoso, barba, óculos, mais gordo. Ele havia lhe pedido que comprasse tinta para clarear seu cabelo, e quando ela chegou do trabalho, naquele final de tarde, a primeira coisa que fez foi sentá-lo num banquinho no banheiro de azulejos brancos. Pôs a toalha de rosto em volta dos seus ombros e começou a aplicar nos cabelos dele os produtos de descolorir e depois colorir, seguindo as instruções. Antes, cortou-os. Era habilidosa nessas coisas e gostou do resultado: o cabelo desbastado, descolorido e pintado de castanho claro não tinha aspecto de falso. Parecia ter brotado naturalmente naquela cabeça do jovem de pele levemente morena e olhos castanhos se abrindo frente a um destino de repente tão fora de seu controle.

E ali estão, conversando na pequena sala, naquela noite de sexta-feira. Estão tranquilos, têm um rumo. Sentem-se bem.

O perigo está lá fora — no cheiro, no frio, na luz fragmentada da noite — mas não está dentro deles.

A noite é fria, sem lua.

Alfredo desce até o bar da esquina para comprar uma garrafa de vinho e conhaque para a despedida. O vinho é de garrafão,

Sangue de Boi, mas eles têm idade para curtir bebidas de segunda. O conhaque é Dreher.

Contam casos, riem.

Mara chega mais perto de Alfredo e o abraça apertado. Como ela o ama! Estão juntos desde o último ano da faculdade e espera passar a vida toda assim, a seu lado, juntos em algo maior do que eles.

Pergunta, baixinho:

— Você é feliz?

— Você sabe que sim — ele sorri.

Ela provoca:

— Sabia que Nietzsche escreveu sobre a felicidade?

— Nietzsche? Não, não sabia. Mas faz sentido. Todo grande pensador tem que lidar com isso, o fundo da grande questão humana: para que estamos aqui, afinal? Para sofrer ou para ser feliz?

Eles escutam Joan Baez, Peter Seeger, Chico, Caetano; repetem alto o belo refrão, *el nombre del hombre es pueblo*.

O hóspede tem uma boa voz e batuca um samba da Mangueira na mesa. Mauro acompanha na caixa de fósforos. O samba fala de folhas mortas, de folhas mortas pisadas. Sua voz vai até o fundo de algum fundo e de lá traz um acento doce, uma saudade, um sentimento cálido de alguma coisa boa.

O hóspede ainda não sabe, mas nessa madrugada será preso.

Será torturado. Em uma trave, vão pendurar sua cabeça de cabelos oxigenados para baixo e lhe dar choques no ânus, nariz, ouvidos. Vão enfiar sua cara no tanque cheio de água e deixá-lo pensar que morreu. Esse jovem de olhos generosos será dilacerado. Vão tentar dobrá-lo e vencê-lo. Vão marcar para sempre sua juventude e sua memória. Escurecer a luz inaceitável em seus olhos.

No ponto da meia-noite, ele cairá numa emboscada da polícia.

Mauro o deixará a dois quarteirões do local do encontro com o companheiro encarregado de tirá-lo da cidade. Ele dará uma volta pelo quarteirão, esperando os dez minutos permitidos para atrasos.

Ninguém.

Ficará na dúvida: será que entendera mal e o ponto estava marcado para meia-noite e meia? As ruas estão tranquilas e, depois de vários dias trancado no aparelho, o ar puro da noite embriaga mais do que o vinho que tomou.

Não volta ao local onde Mauro o aguardará por dez minutos. Desrespeitando as normas de segurança, resolve esperar.

É quando a polícia chega.

E depois, não muito depois, poucos dias depois, Mauro, Alfredo, todos eles, um a um, serão presos.

E Mara estará morta.

Policiais armados, fortes, grosseiros, na noite do domingo depois daquela sexta-feira, uma noite também fria e sem lua, invadirão o aparelho de Mara e Alfredo. Jogarão fora a caixa de sapatos com suas coisas pessoais. Um deles levará seus colares, brincos e pulseiras para a namorada, a esposa ou amante. O oustro puxará com indiferença o pequeno cartaz à cabeceira da cama, rasgando-o, e dizendo, debochado: "Esses deviam sofrer de insônia". Outro dará um pontapé na cama, fazendo o estrado de madeira se partir em dois.

Os livros da estante vão para o chão, e também serão pisados. A mesa de fórmica, os móveis, virados de cabeça para baixo, como se para simbolizar alguma coisa. As panelas e pratos e talheres examinados — se prestassem, iriam para a casa de alguém.

A caricatura de Mara feita pelo colega da redação será pisada várias vezes no chão.

Eles tinham entrado atirando. Mara sequer tentou pegar a caixa de sapatos no alto do guarda-roupa. Para quê? Jamais acertou um alvo, mesmo grande, lembra? Nem o peso de uma arma sabia calcular direito. Era verdadeiramente imperita nisso. E mesmo que fosse a maior campeã de tiro ao alvo de todos os tempos, não teria conseguido. Eles chegaram sabendo que encontrariam Mauro no apê, e vieram com fúria e também medo — queriam Mauro ferido, pronto para falar.

Mas era Mara quem estava sentada na cadeira que dava bem de frente para a porta. E, ao se levantar no susto, transformou-se no alvo perfeito.

E acho que esse é o momento de contar o que disse, no começo, que contaria.

Sou a amiga com quem Mara fez a panfletagem naquela sexta-feira, a que estudava filosofia. Sou a Clarice. Naquela mesma noite de sexta-feira, fui presa, distante dali, e — agora vou falar bem rápido — fui torturada. Não demais, não a ponto de morrer nem perder a razão, mas o suficiente, eu diria. Bastante suficiente.

Queria, tentei, gostaria — que esta história ficasse bonita e só tivesse aquela primeira parte, a da felicidade. Mas sei que não dá para ser parcial assim. A contragosto me vejo obrigada a usar essa locução verbal da língua portuguesa em primeira pessoa, com sua feiura obscena.

Uma noite, numa praia, depois que saí da cadeia, ali no meio da água do mar que batia, e vinha e voltava e vinha outra vez, a praia deserta, o espelho do mar escuro em noite sem lua nem estrelas e, mesmo assim, com algo de prata iridescente no espelho das águas, algo de um brilho eriçado, um brilho de petróleo e cinza, só eu na praia àquela hora, pensei "vou dizer em voz alta, vou falar", e disse e falei e gritei, berrei a locução verbal em primeira pessoa várias e várias vezes, até ficar rouca, até me sentir esgotada e tola, muito tola. Eu tinha visto um filme — não me lembro o título — em que a mocinha fica ao lado de uma via férrea, esperando o trem passar para soltar um berro e aliviar a dor que sente. E também alguém me havia dito que berrar com toda força faz com que parte do problema vá para fora e perca um pouco do peso que tem lá dentro, trancado em você.

Em mim, não perdeu.

Continuo evitando ao máximo sequer pensar na hedionda locução e quando, por algum motivo, tenho que me lembrar dela como agora, e dizê-la, então a digo o mais baixo e o mais rápido possível, mas sempre com um tremor que pode ser um pouco fraco, quase imperceptível, ou muito muito forte, e nunca, nunca me abandonou.

É que a tortura divide a pessoa torturada em duas: põe seu corpo contra a sua cabeça. Usa seu corpo para que ela traia suas ideias, seus companheiros, sua crença. Dilacera a pessoa: de um lado, a cabeça pensante ameaçada, de outro, o corpo ferido com a dor. E essa pessoa, a vítima, pode tentar se curar depois, se emendar, se costurar, mas o remendo, a costura permanece. Não há como passar uma borracha e fingir que essa divisão nunca existiu.

O remendo, para sempre, fica lá.

Tive sorte — de certa maneira, muita sorte — porque, em certo momento, sofri uma espécie de crise epiléptica, desmaiei. Eles se assustaram e tiveram que parar antes que eu chegasse a meu limite — o limite em que eu começaria a me trair.

Antes disso, no entanto, antes desse desmaio, antes sequer de começarem a me fazer as primeiras perguntas, a me darem os primeiros socos, choques e pontapés, eles tiraram o casaco preto de Mara que eu estava vestindo. No fundo de um dos bolsos do casaco benfeito e de caimento perfeito que a mãe lhe dera, encontraram um papel: a última prestação — paga alguns dias antes — de uma geladeira nova.

Depois disso, encontrar seu endereço completo foi como tabuada de cinco.

Lá ficaram de tocaia umas horas. Viram Mauro, procurado em vários estados, entrando; viram Alfredo, que eles ainda não sabiam quem era mas tinham sérias desconfianças, descendo para comprar o pão.

Chegaram atirando.

Agora você sabe por que não gosto de falar daquela época.

Mas se você me perguntar sobre aquele tempo, se fizer a pergunta que talvez queira fazer depois de ler a história daquela sexta-feira como tantas outras na vida de Mara e seus companheiros, uma pergunta simples — "Você era feliz naquele tempo?" —, eu diria clara e sinceramente e sem vacilações que sim. Como Mara, Alfredo, Mauro e o hóspede, eu diria que sim. Foi uma época de amizade, solidariedade e pequenas alegrias que talvez só seja possível em tempos assim.

E, no entanto, quase todos eles, quase todos nós, um a um, fomos presos ou mortos ou seguimos para o exílio.

Fomos vencidos?

Quem vai saber.

Só a vida dirá se, ao perder a batalha, perdemos nela a esperança e a alegria de ser quem fomos e quem somos.

Esse bando de irmãos.

(*Publicado originalmente na antologia* Mais 30 mulheres que estão fazendo a nova literatura brasileira, *organizada por Luiz Ruffato, em 2005. Esta nova versão traz algumas pequenas modificações.*)

RONIWALTER JATOBÁ (1949)

Mineiro de Campanário, jornalista, cronista, contista, romancista e autor de literatura juvenil. Publicou, entre outros, as coletâneas de contos *Sabor de química* (1977), *Crônicas da vida operária* (1978), *Cheiro de chocolate e outras histórias* (2012), além de *Paragens* (2004), reunião de três novelas.

A mão esquerda

Roniwalter Jatobá

Ruas, todas no Brás, cheias de vaivém no fim da tarde: Rangel Pestana, Joaquim Nabuco, Gomes Cardim e a Cavalheiro cheia, também, de ônibus que vão cruzar estradas, estados, e gente nas ruas, aqui, bestando, correndo pra estação do trem da Central procurando rumo de São Miguel Paulista, Guaianases, Mogi, passando homens, mulheres, crianças, todos com seus sonhos, sem sonhos e sonolentos, que partem, que chegam, que trazem esperanças, que voltam vazios de fé, bem-vestidos de roupas coloridas, jaquetas compradas a prestações, já liquidadas na rua Oriente, Maria Marcolina, que apreciam violeiros no largo da Concórdia e discos ouvidos nas portas das lojas, que compram elixir milagroso de um homem apregoando o remédio para todos os males do corpo.

Você, parado, olhando as rodas de gente, observa os passos dos homens neste começo de noite e o movimento da rua, lhe xingam por atrapalhar o rebuliço na calçada apertada, você nem liga e só chega mais pra perto do meio-fio, dando passagem. Continua olhando o motorista de um ônibus quando ele começa a receber as passagens, depois, quando coloca as malas no bagageiro. Pra você tudo aquilo por ora é importante, parece ser, depois você descobre que existe na calçada do outro lado da rua um homem parado, calado, que olha o ônibus, aí ele vai se aproximando devagar, devagarinho no rumo do ônibus, vai se esforçando em carregar a mala com a mão direita. A mão esquerda, você vê, aparece dentro das suas vistas como uma volumosa mancha branca. A mancha, agora, cresce dentro destes olhos seus.

No homem: existe uma história, uma linguagem que é parecida com a sua, uma magreza na face que é a magreza sua, e você se sente como se fosse ele. E assim é.

Não há dúvida que o ônibus é aquele. Nada mudou: o azul tomando toda a lataria, faixas brancas correndo pelo azul, o cavalo empinando e querendo galopar desenhado na porta, o motorista outro, nestes anos. Hoje, assim como o motorista mudou, não há na calçada da rua Cavalheiro aquele menino que chorava medroso agarrado às calças brancas do homem, deixando as marcas de suas mãos meladas de doce, que havia na vinda, quatro anos contados nos dedos firmes, bem assim cheguei. Havia o medo da rua que eu olhei, conferi um lado da rua, o outro, e senti tudo estranho no que eu via, esse mundo de São Paulo, de sonhos sonhados nas beiras do rio me empapuçando de jaca mole ou rezando com o pensamento nessa terra, lá, nas novenas de janeiro com o olho gordo nas formas das moças: Deolinda, Mila, Tonha, todas.

Tento me esforçando segurar a mala com a mão direita, a mão canhota me dói, me arde, queima como se brasa corresse a pele, desisto, confiro a passagem. Não sinto os dedos ou restos de dedos da mão esquerda que estão escondidos nesta faixa de pano branco, agora, pardo sujo de poeira que balança ao menor movimento do meu corpo, o braço procurando apoio, doendo. Levanto a mala e saio arrastando o peso no rumo dos ônibus, pessoas passando apressadas, como um coro barulhento de vozes, deles, e se perdem, os vultos, nas ruas atrás dos postes e das cores dos carros. Agora, volto no acompanhamento das notícias que já foram, há dias, avisando.

Fico lembrando a mesa da prensa pintada de tinta recente, azul, o molejo dela no sobe e desce e minha mão que ficou parada como mão de morto, mão de morto pois nem veio no pensamento da cabeça aquela vontade e ligeireza de puxar a mão, fiquei na frieza de um homem morto, a mão recebeu a força das toneladas de peso, ainda vi a cor do sangue, os dedos esmagados, esfolados numa cor só, e fui vendo a morte, o medo de morrer que se fez sentir com os gritos que soltei, gritei, gritei de dor, raiva de acontecer aquilo, o grito ecoando nas outras prensas, homens correndo, vi, homens me segurando nos braços, segurando, agarrando minha cabeça que começava a pender de banda, vi, o assoalho lavado de sangue, fui vendo, vendo, sumindo, se apagando os homens, neblinando nas vistas os dedos sujos, nada mais vi. Depois, vi a roupa branca do enfermeiro, o olhar dele de dó, a minha mão parada, quieta ao lado do corpo, sem dor na hora agora, só pesada sem se bulir, um frio em todo o corpo de vento gelado. E foi passando na cabeça o meu choro, o sangue melando a máquina, o azul dela, fui sentindo vergonha, não me veio um tico de nada de ódio da prensa, da prensa que me deixou com tocos de dedos, um homem aleijado, inutilizado como dizem por aí, não, não senti raiva cega da máquina, só da minha fraqueza, do meu medo, do descuido, do choro, essa mão, agora, pois vê, pesada e quieta como se não parecesse minha.

Natanael Martins, filho de Elias e Marta Martins, solteiro, vinte e três anos... Assim preenchi a ficha na fábrica, rabiscando, desenhando as letras bem como dona Zilda tinha ensinado. Empregado, fichado, carimbo estampado em azul nas páginas da profissional, na primeira semana de serviço na fábrica, beirada de linha Santos-Jundiaí, na Lapa. De pouco tempo aqui, ficava achando impossível escutar, pois escutava, o barulho da bigorna na ferraria do meu pai, aquele barulho de lá, zunindo, se indo pelas frestas da casa, os ouvidos de mãe acostumados, nem ligando mais, o zunir de ferro contra ferro, ferro saindo em labaredas, se queimando, vermelho em brasa, e aquele toque se pondo em choque na rua, se escutando ao longe, eu na ajuda, repicando, aprendendo.

"Uma semana", "duas semanas", "três semanas", fui dizendo isso pra casa, informando a família que nesse tempo, agora passado, já tinha a carteira profissional fichada, no primeiro pagamento, que não é muito, mando alguma coisa, um adjutório. Uma carta que queimava a mão, que me suava entre os dedos, que foi seguindo por mão própria e daqui a três dias mãe ia sair pela noite, ia cruzar a rua com um candeeiro em cima da cabeça alumiando os seus passos, o vento ia zunir de leve no tempo morno fazendo tremular a labareda e ia aí alguém ler pra ela essas linhas que escrevo neste quarto.

Terceira semana aqui em São Paulo é o começo de tudo. Segunda-feira me levantando no chegante da manhã e me indo como todo mundo vai no rumo da Lapa. Tudo em volta, a viagem de trem que me atrai sempre, atraindo mais, desço do trem, caminho pela rua da fábrica, confiro a profissional no bolso da calça, pergunto as horas ao primeiro passante, seis e quinze, o homem me responde assustado e caminha apressado pela rua coberta de fumaça branca de neblina, encosto na parede esburacada da fábrica e fico esperando o horário das sete que vai fazer acordar o movimento do prédio que, agora, parece tão morto, tão triste e silencioso.

Você vai indo sentado de olhos parados e encostado ao vidro da janela do ônibus e vê a rua. Nada pra você é estranho: a rua, a fábrica que você vê todo dia, o mendigo encolhido tremendo de frio coberto de jornal naquela esquina, o vento que sopra dos trilhos como soprado pelas locomotivas que passam pegando velocidade e você passa dentro do ônibus olhando a rua, quem sabe até me vê caminhando nessa hora da manhã no rumo da fábrica nesse primeiro dia de trabalho ou me vê já parado quieto aqui na frente esperando a hora, sete horas. Não lhe aceno nem você também, somos estranhos e desconhecidos.

Às sete horas, faça sol ou chuva, a fábrica começa a se movimentar, vou caminhando entre as máquinas, muitas máquinas que tomam os cantos, o meio e os lados do grande terreno construído há muito tempo. Pouco converso, logo não conheço ninguém, faço só o que me mandam. Gostaria de falar de pai, do trabalho dele na ferraria de sol a sol com dias entrando na noite, sei, aqui ninguém conhece ele. Nem o lugar de onde vim, como é mesmo o nome?, isso quando pude falar, repeti, não conheço não, dizem. Quem iria conhecer o Elias Ferreiro?, fico me achando bobo por achar que esses homens que trabalham nessas máquinas tão cheias de vida, tão ligeiras que sobem e descem no simples apertar do botão, depois no pedal, sobem e descem com as peças saindo de lado, prontas, certinhas como se Elias Ferreiro tivesse trabalhado, suado na forjaria, suando na bigorna três semanas pra fazer uma, uma só peça tal e qual, tivessem ciência da vida dele.

Dias, sempre, ficava, entre uma labuta e outra, olhando as chapas de aço fino seguras nas mãos de seu Ismael, vendo seu Ismael apertar nos botões, o pé no pedal, botar a chapa uma por uma na mesa da prensa e a prensa descer, subir, descer, consumindo as chapas e fazendo delas peças e mais peças. Eu ficava como dormindo, esquecia o outro serviço, depois me lembrava, corria fazendo a obrigação, voltava e me postava junto da prensa com o corpo parado, quieto, quase não se movendo, as vistas descendo e subindo como o movimento da máquina, no acompanhamento dela. Seu Ismael me olhava com cara de pai, sorria do meu interesse e dizia que olhando se aprende, ele tinha aprendido assim, vai vendo, vai gravando na cabeça os botões, o pedal, quem sabe um dia precisem de alguém pra ficar no meu lugar, não lhe aconselho esse serviço de doido, completava. Não gosto de falar nesse homem, o caso do seu Ismael como falam por aí, que me ensinou, me fez ver as artimanhas da prensa, resumia os perigos dela. — Cuidado!, depois, a máquina alcançou a sabedoria dele, alguns dizem que ele já era velho, não achava, foi descuido, cochilo na hora que a prensa desceu e encontrou a mão dele, os dedos no caminho, cortou fora só um, muita sorte, disseram.

Todos os dias, o movimento das máquinas que batem e rebatem, as peças ficando prontas, o barulho das prensas fazendo com que a gente pouco converse dentro da fábrica, pouco se fale, a zoada escondendo as nossas vozes ou fazendo entender as palavras muito mal. Pouco ligava pra conversa. Ficava era olhando querendo aprender. Queria aprender a apertar aquele botão verde na hora certa, ver a chapa fina se transformar naquela peça que se esconde em todos os carros.

E toda noite de domingo escrevia pra casa contando dessa vitória, que um prensista disse que ia me ensinar, estava quase aprendendo, ia me fazer prensista igual a ele. Querendo aprender a apertar aquele botão vermelho que segura a máquina, a prensa fica parada no ar esperando o outro botão, o pedal ser apertado, ficava só olhando, tudo aquilo ia entrar no juízo não ia demorar muito, contava imaginando.

Durante as noites ficava rabiscando no papel uma maneira de aprender mais ligeiro, que aquela ideia toda me entrasse na cabeça, que aqueles botões não se embaralhassem nesse juízo de pouco estudo e, quando eu novamente escrevesse pra casa e contasse pro pai que trabalho naquela máquina, o nome dela é prensa, diria o modelo, a tonelagem da força dela, aquela máquina que faz o serviço de um ano dele em poucas horas, ele não vai acreditar e vai pedir pra dona Zilda, que é quem escreve as cartas respondendo as minhas, pra sondar como é a máquina, se é grande, como ela trabalha, quantas pessoas lidam com ela. E de noite, quando estiver lá no quarto da pensão na Rangel Pestana, que rasgar o envelope, que começar a ler as palavras dele, sei que vou rir da pouca sabedoria dele, dele nem imaginar nada daquela máquina que tem lá na fábrica. Sei, sim, que vou rir.

E vou continuar a rir, amanhã no trem, no primeiro trem da manhã, me rindo e me perguntando por que todo mundo que anda ali no trem, encostado na porta, respirando o vento frio e molhado dessa hora, fica com a tristeza estampada no rosto, olhos pesados, sanados, pouco conversa. Como gostaria de contar pra alguém, dizer da máquina, da prensa pintada de azul com os botões azuis, vermelhos, verdes e que faz milhares de peças por dia. Mas todos dentro do trem parecem dormir.

No domingo, pego na caneta e escrevo pra casa. Vou contar que já tomo conta da máquina sozinho, vou dizer que a sorte me ajudou, não vou contar do acidente, do dedo de seu Ismael perdido, conto que seu Ismael adoeceu, assim não preocupo o juízo fraco de mãe, escrevo que faltou gente pra botar a máquina pra funcionar, me ofereci, ninguém, acho que nem eu acreditava, coloquei a máquina pra virar, no começo o movimento da prensa foi devagar, devagarinho, depois, já quase no final da tarde, ela descia e subia na ligeireza do meu pé que tocava o pedal de comando.

E no trem no fim da tarde aparecia a minha prensa, toda azul me aparecendo perfeita como era lá na fábrica, pelo vidro sujo da janela. Olhava para os lados, uma vontade crescente de pegar alguém pelo braço e pedir pra ele ver também na janela até a marca da máquina que aparecia completa no fosco do vidro. Ninguém acreditaria, mesmo, me chamariam de doido ou ririam da minha cara, achava. Quietava num canto. Ficava sozinho com esta minha visão que sabia não ser verdade, mas acreditava nela.

Não via a hora do domingo passar, escrevia a carta no fim da tarde ou ficava vendo as pessoas passarem em direção aos bares do Brás, no rumo do cine Piratininga, nada disso me animava, como ia dizendo, escrevia a carta que na segunda-feira iria para o correio, e ficava torcendo que o resto do domingo se fosse mais rápido, que o domingo desaparecesse logo, que o dia findasse, que a noite aparecesse e no sono da noite as horas corressem ligeiras. E chegasse a segunda-feira. Pulando da cama antes do toque alto do relógio despertador. Pegando o primeiro trem da manhã, descendo na estação e me indo devagar pela rua que já se movimenta de gente, chegando em frente à fábrica faltando meia hora pras máquinas começarem a funcionar no trabalho diário, não vendo a hora que os relógios apontassem o ponteiro nas sete horas. Aí, vendo a máquina, a prensa, como viva na minha frente, parecendo gente de corpo, de alma, a máquina que fazia o trabalho de mil Elias, meu pai, Ferreiro, parado e lento Elias, bem comparado.

O motorista do ônibus vê a minha mão enfaixada enrolada de pano e segura na mala me ajudando. Ele pega a passagem. Subo no ônibus. Parece que mudei nesses derradeiros dias, devo ter mudado. Quando comecei a trabalhar na prensa, na máquina de seu Ismael, esqueci do mundo e dele que tinha me ensinado, achava que aquilo era tudo que queria na vida. Sem os dedos não vai ser mais prensista, dizem, agora. E contei nas mesmas linhas da carta essa história toda pra Elias e Marta. E quando minha mãe subir a ruazinha de candeeiro na cabeça, carta amassando no escuro da noite, a luz apaga não apaga no rumo da casa de dona Zilda, quando dona Zilda começar a ler a carta, esta carta que escrevi há quatro dias, ela vai enrugar a testa, dar uma parada na leitura, olhar pra minha mãe, meu pai vai tossir forte naquela tosse forte dele limpando a garganta e vai lá fora pra dar uma cuspida no terreiro, enquanto isso dona Zilda vai ficar olhando pra minha mãe, vai dizer estranho, vai saltar as linhas em que eu falo da minha mão e dos dedos perdidos e, quando meu pai novamente entrar na casa limpando o nariz na manga da camisa curta, dona Zilda vai esperar ele sentar na cadeira, ela vai enrugar e desenrugar a testa e vai dizer que seu filho Natanael já vem quase chegando.

Mais tarde, não vai ter ninguém naquela hora acordado, mas o massacre daquela bigorna vai encher o silêncio da noite de um som alegre de chegada acordando meio mundo.

Mãe vai dizer: Elias, vai dormir!

Ele vai responder: não, o repique na bigorna, a brincadeira de repicar no ferro do homem aqui e Natanael, meu filho, logo vai recomeçar.

E parece que você sentado na poltrona do ônibus vai vendo o velho Elias forjar a ferradura vermelha em fogo sobre a bigorna e olha o ferro em brasa que esfria sobre a mesa, esperando o retoque final, o retoque final seu.

E você no pensamento pergunta respostando:

Ferreiro Natanael onde andou teu corpo?
Sei que andou andou;
Prensista Natanael onde andou tua mão?
Sei que andou andou;
Homem Natanael onde andou teu sonho?
Sei que andou andou;
Ferreiro, Prensista, Homem Natanael onde andou tua vida?
Desandou desandou

E Elias, teu pai, Elias Ferreiro, esperando, de longe, grita:

Filho Natanael, pois retoque e repique este ferro em brasa na bigorna tua.

(*Crônicas da vida operária*, 1978)

DOMINGOS PELLEGRINI (1949)

Paranaense, nascido em Londrina, jornalista e publicitário, é contista, romancista e autor de literatura infantil e juvenil. Estreou com a coletânea de contos O *homem vermelho* (1977), publicando em seguida mais de duas dezenas de livros, entre eles, *Terra vermelha* (1998) e O *caso da Chácara Chão* (2000).

A maior ponte do mundo

Domingos Pellegrini

Eu tinha um alicate que só vendo, encabado de plástico amarelo, na escuridão fosforescia; de aço alemão legítimo; usei oito anos quase todo dia, foi meu companheiro em Ibitinga, Acaraí, Salto Osório, Ilha Solteira e Salto Capivara. Se juntasse um metro de cada fio que cortei naquele alicate, tinha cobre pro resto da vida. Daí, quando você perde uma ferramenta que já usou muito, é o mesmo que perder um dedo.

Foi quando eu trabalhava em Salto Capivara; era solteiro, não pensava em nada, a vida era uma estrada sem começo nem fim, por onde eu passeava me divertindo, até o trabalho era uma diversão, eu achava que ser barrageiro era uma grande coisa. Só precisava assinar um contrato de trabalho, nunca esquecer de ter sempre um capacete na cabeça, bota de borracha no pé e o resto a Companhia dizia o que eu devia fazer. Terminando uma barragem, me mandavam pra outra e a vida continuava sendo uma estrada alegre.

Naquele dia eu tinha voltado da barragem, tinha acabado de tomar banho, e a gente ia se vestindo pra jantar, eu botando a camisa, 50 Volts penteando o cabelo fazia uns cinco minutos; passava na cabeça uma pasta fedida, que ele achava perfumada, e ficava meia hora no espelho, depois tirava os cabelos grudados no pente e jogava no chão. Alojamento de barrageiro é catinguento por isso: um joga cabelo no chão, outro cospe, outro deixa toalha úmida no beliche, janela sempre fechada porque sempre tem uma turma dormindo, outra saindo, outra chegando; a construção da barragem não para dia e noite; mas eu pelo menos nunca tive de dormir na mesma cama de outro em outro turno, cama-quente como dizem, é coisa de hoje em dia, parece que piorou.

Então, a gente ali se arrumando, faltando meia hora pra janta, entra um cara de macacão amarelo, perguntou se eu era eu e se 50 Volts era ele mesmo. Depois perguntou dos outros eletricistas, 50 Volts falou que não tinha filho grande. O cara não se conformou e perguntou se, antes de sair, não tinham falado aonde iam; 50 Volts repicou que eles saíam sem tomar a bênção, aí o cara ficou olhando, olhando, e falou tá certo, negão, tá certo, vou arrumar um jegue pra você gozar. 50 Volts foi repicar de novo, mas o cara falou que, quanto mais cedo encontrasse os outros, mais cedo a gente partia.

Aí 50 Volts perguntou onde ia ser a festa, o cara respondeu, sério: no Rio de Janeiro, engraçadinho. Eu olhei pela porta e vi uma caminhoneta amarela com chapa do Rio, virei pra 50 Volts e falei que não era brincadeira do homem. Então entrou outro cara de macacão amarelo com os três eletricistas que tinham saído, tirou um papel do bolso, falou meu nome e o do 50 Volts e perguntou pro outro: cadê esses dois?

Eu vi que era papel da Companhia, já fui tirando a roupa boa e botando a de serviço, mas 50 Volts ainda foi discutir com os homens: tinha saído de dois turnos seguidos, dezesseis horas trabalhando duro, não tinha jantado, e que pressa é essa, coisa e tal, mas os homens só falaram: se atrasar, peão, a gente te larga aí, você quem sabe da tua vida. 50 Volts disse que era isso mesmo, na sua vida quem mandava era ele, mas já começando a se trocar.

— Vai de roupa boa — um dos caras avisou; e o outro:
— No caminho a gente para pra pegar umas donas.

Aí 50 Volts arrumou a mala num minuto, trepamos os cinco na caminhoneta mais os dois caras na cabine. Paramos no escritório da Companhia, uma secretária gostosinha saiu com uns papéis pra gente assinar ali na caminhoneta mesmo, todo mundo assinou e quase nem deu tempo de devolver a caneta; arrancaram num poeirão e a gente foi descobrindo que era acolchoado ali na carroceria, mesma coisa que um colchão, com cobertura de lona — e num canto dois caixotes de isopor.

50 Volts destampou um dos caixotes, era só latinha de cerveja com gelo picado e no meio uma garrafa de conhaque; no outro caixote, mais cerveja e um litro de cachaça amarela. Aí um dos caras da cabine olhou pra trás, bateu no vidro pra todo mundo olhar, fez sinal enfiando o dedão na boca: a gente podia beber à vontade!

Dali a uma hora pararam numa churrascaria, cada um desceu como pôde, alguns já de pé redondo, e os homens já foram avisando:

— Podem comer à vontade que é por conta.

A gente sentou e começou a desabar uma chuva de espeto na mesa — de costela, de cupim, galeto, lombo, linguiça, maminha, alcatra, fraldinha, picanha, até que enjoei de comer. Lembrei de perguntar que diabo de ponte era aquela que a gente ia iluminar, mas o assunto geral era mulher e tornamos a embarcar bebendo cerveja com conhaque, naquele assanhamento de quem vai amassar saia e esticar sutiã, e não rodou cem metros a caminhoneta parou, 50 Volts falou Deus me proteja duma congestão.

A casa tinha cinco mulheres, na conta certa; pra 50 Volts sobrou uma gorda de cabelo vermelho, eu fiquei com uma moreninha de feição delicada, peito durinho, barriga enxuta, mas bastou um minuto pra ver que era uma pedra. Eu enfiava a mão nela, era o mesmo que enfiasse no sofá, dentro só tinha palha; e a gorda com 50 Volts ali do lado no maior fogo, a mulher parecia que tinha um braseiro dentro.

Bolero na vitrola, todo mundo naquela agarração, de vez em quando uma dona levantava pra buscar mais cerveja, trocar o disco; e os dois caras de macacão amarelo lá fora feito cachorros de guarda. Aí um casal procurou quarto, depois outro; e eu ali com aquela pedra, 50 Volts com a gorda sentada no colo, lambendo a orelha dele, o pescoço, o sofá parecia um bote na água, jogava pra cá, pra lá, eu não sabia como 50 Volts ainda não tinha rumado pro quarto. E a minha dona ali, com a mão no meu joelho como se fosse um cinzeiro; eu falava alguma coisa no ouvido dela, ela respondia pois é, é, não é.

Aí avancei o corpo pra encher o copo, vi a mão de 50 Volts no outro joelho da minha moreninha. Então passei o braço por trás e peguei na orelha da gorda sem ele perceber só ela; fiquei enfiando e rodando o dedo e ela me olhando, foguetada, mexendo a língua pra mim. Aí chamei 50 Volts pra urinar lá fora, mostrei pra ele como a noite estava estrelada e perguntei se não queria fazer uma troca, aí voltamos e já sentei com a gorda e ele com a moreninha, coitado. Pra mim, foi só o tempo de sentar, balançar o bote um minuto e rumar pro quarto.

A gorda foi tirando a roupa de pé na cama, eu com medo do estrado da cama quebrar e ela ali tirando tudo e dando uns pulinhos. Era gorda mas muito equilibrada, pra tirar a calcinha ficou num pé só, depois só no outro, e vi que tinha cabelo vermelho em cima e embaixo. Ficou de sutiã preto, um sutiã miudinho e apertado demais, tanto que, quando tirou, a peitaria pareceu pular pra fora. Aí ela deu uma volta completa, rodando o corpo, meio sem graça, querendo mostrar que era gorda mesmo e não tinha vergonha de ser gorda. Depois me encarou de novo, abriu as pernas e perguntou se eu a achava gorda demais, respondi que ela valia quanto pesava, e também fiquei de pé na cama, já quase sem roupa.

Então a dona me agarra e desaba comigo, o estrado rebentou e ela me apertando no meio das pernas e dizendo "magrelinho, magrelinho"; e eu perdido no meio daquela imensidão; até que ela sentou em cima de mim, no mesmo instante em que bateram na porta:

— Hora de zarpar, peão!

Eu era o último. Quando saí, 50 Volts e os outros já estavam na caminhoneta, foi montar e tocar. A gorda apareceu na janela enrolada numa toalha, abanou a mão e comecei a pensar. Os caras pagavam até mulher pra nós — a troco de quê? A caminhoneta entrava em curva a mais de cem por hora. De repente dava pressa nos homens, depois de perder tanto tempo.

Começou a chover grosso e a caminhoneta continuou furiosa, zunindo no asfalto molhado. Os outros dormiram, todo mundo embolado, joelho com cabeça, cotovelo com pescoço; eu varei a noite de olho estalado. Amanhecendo, comecei a cabecear, 50 Volts acorda e diz que eu devia ter dormido, se estavam com tanta pressa, decerto a gente já ia chegar trabalhando. Perguntei se ele já tinha comido minha mãe pra me dar conselho, mas ele continuou. Que eu devia ter dormido. Que a barra ia ser pesada. Os homens tinham ordem de entupir a gente de bebida, fazer cada um dar sua bombada, comer carne quente até quadrar, tudo aquilo, pra depois ninguém reclamar folga, só podia saber, claro:

— Já viu tanto agrado de graça?

Com aquele céu vermelho, amanhecendo, achei que ele estava exagerando, falei que ninguém morre de trabalhar num domingo. Aí ele falou não sei, acho que a gente não sai de cima dessa ponte até o serviço acabar ou acabarem com a gente...

Os homens pararam pra um café completo, com pão, queijo, manteiga, mel, leite e bolacha, 50 Volts fez careta mas continuei a achar que ele estava exagerando.

Quando vi o Cristo Redentor, dali a um minuto a caminhoneta parou. Era a ponte.

Aquilo é uma ponte que você, na cabeça dela, não enxerga o rabo. Me disseram depois que é a maior do mundo, mas eu adivinhei na hora que vi; só podia ser a maior ponte do mundo. Faltava um mês pra inauguração e aquilo fervia de peão pra cima e pra baixo, você andava esbarrando em engenheiro, serralheiro, peão bate-estaca, peão especializado igual eu, mestre de obras, contramestre, submestre, assistente de mestre e todos os tipos de mestre que já inventaram, guarda, fiscal, ajudante de fiscal, supervisor de segurança dando bronca em quem tirava o capacete — e visitante, volta e meia aparecia algum visitante de terno e gravata, capacete novinho na cabeça, tropeçando em tudo e perguntando bobagem. Um chegou pra mim um dia e perguntou se eu não estava orgulhoso de trabalhar na maior ponte do mundo. Respondi olha, nem sabia que é a maior ponte do mundo, pra mim é só uma ponte. Mas ele insistiu. Pois saiba que é a maior ponte do mundo, e trabalhar nela é um privilégio pra todos nós. Aí eu perguntei:

— Nós quem? O senhor trabalha no quê, aqui?

Deu aquele alvoroço, quem pegou meu angu, quem botou caroço, coisa e tal, mas ninguém veio me encher o saco porque um eletricista a menos, ali, ia fazer muita diferença. Tinha serviço pra fazer, deixar de fazer, fazer malfeito; sobrava serviço e faltava gente; mas se botassem mais gente ia faltar espaço naquela ponte. A parte elétrica, quando a gente chegou, estava crua de tudo; o pessoal trabalhava dia e noite com energia de emergência, um geradorzinho aqui, outro ali, bico de luz pra todo lado, fio descascado, emenda feita a tapa. Cada peão daqueles levava mais choque num dia do que um cidadão normal na vida toda.

E foi aquilo que deram pra gente arrumar, um monte de fio que entrava aqui, saía ali, ninguém entendia por que nem como; uma casa de força com ligação pra todo lado sem controle nenhum, parecia uma vaca com duzentas tetas, uma dando leite, outra dando café, outra café com leite... E dava sobrecarga toda hora; uma parte da energia a cento e dez, outra parte a duzentos e vinte, de um lado Niterói, do outro lado o Rio e no meio uns vinte eletricistas varando noite sem dormir pra botar aquilo em ordem.

Cada dia chegava um eletricista novo, e o serviço continuava sem render. Primeiro foi preciso montar uma central de força, as caixas de distribuição, cada seção da ponte com uma subcentral; e nisso a gente mais sapeou que ajudou, quem meteu a mão nessa parte foi um engenheiro loirão e o pessoal dele. Aí a gente entrou na parte de estender fiação, arrumar os conduítes, ligar os cabos, puxar luminária, montar a iluminação interna — porque a ponte tem alojamentos, postos de controle, laboratório, tudo embutido nela.

E era tudo na base do quilômetro. Tantos quilômetros de fio aqui, tantos quilômetros de cabo ali. E era dia e noite, noite e dia. Hora extra paga em triplo, todo mundo emendando direto, dezoito, vinte, vinte e quatro horas de alicate na mão, e os homens piando no teu ouvido:

— Mete a pua, moçada, mete a pua que só tem mais três semanas! Mete a pua que só tem mais um mês! Só mais quinze dias, mete a pua!

Um dos que foram comigo, o Arnaldo, no sétimo dia já caiu debruçado de sono, ficou dormindo com a boca quase no bocal de um cabo de alta tensão; saiu da ponte direto pro hospital, não voltou mais, acho que foi despedido, não sei. Um paraibano aprendiz, que trabalhava cantando, nem sei o nome que tinha, esse caiu de quatro metros em cima duma laje, uma ponta de ferro da concretagem entrou um palmo na coxa, foi levado sangrando demais. Mas voltou três dias antes da inauguração, coxo feito um galo velho e feliz de voltar a trabalhar.

E os homens no ouvido da gente:

— Mete a pua, pessoal, que só tem mais uma semana!

Um peão passou por cima de um cabo de alta tensão no chão, empurrando uma carrinhola de massa; passou uma, passou duas, na terceira vez passou a roda bem na emenda do cabo, ouvi aquele estouro e só deu tempo de ver o homem subindo no ar como quem leva uma pernada, caiu com a roupa torrada, a botina foi parar dez metros longe. Aí era aquele zum-zum-zum, quem é que tinha deixado um cabo ativado daquele jeito no chão, como é que pode, coisa e tal, enrolaram o defunto num cobertor e mete a pua, tem só mais uma semana, pessoal!

Um dia que eu subi num poste vi a ponte de cabo a rabo, calculei dois mil, três mil homens, sei lá quantos, mais que em qualquer barragem que conheci. Igual um formigueiro que você pisa e alvoroça. Todo mundo com raiva, peão dando patada em peão, um atropelando o outro porque os homens não paravam de gritar, falta uma semana, faltam seis dias!

Um frangote de macacão amarelo passava de duas em duas horas com café quente em copinho de papel, a gente bebia e cuspia saliva preta sem parar; falta de sono, quando junta muita, vai salivando a boca — já viu isso? Onde tinha no chão cuspida preta, tinha passado peão com vinte, vinte e quatro, trinta horas de serviço sem parar. Peão dormia embaixo de encerado, em cama de campanha no chão, um aqui dormindo e outro ali batendo martelo, serra elétrica comendo ferro noite adentro, betoneira girando, caminhão arriando caçamba. Tinha homem ali que era preciso acordar com balde d'água, o cara levantava piscando, sonambulava perguntando o que tinha pra fazer. Se alguém dissesse se apincha aí no mar, o cara obedecia. O mar rodeando lá embaixo tudo, o sol lá fora e a gente enfurnado, mesmo ao ar livre era como num túnel, ninguém tinha tempo pra erguer a cara, pra cuspir e ver a cuspida chegar no chão.

Você deitava mais morto que vivo mas o olho não fechava, até o corpo ir relaxando devagar, aí depois dumas duas horas a gente dormia, logo acordava ouvindo:

— Tem só mais cinco dias, gente, cinco dias!

E parecia que você tinha dormido cinco minutos, o corpo quebrado nas juntas, a cabeça estralando e afundando, olho seco, cheio duma areia que não adiantava lavar, e lá vinha o frangote do café. Você olhava o relógio; a folga era sempre de oito horas mas, descontando o tempo perdido até conseguir dormir, mais o tempo de tomar um banho antes, barbear, coisa e tal, dava menos de cinco horas de sono. Aí 50 Volts deixou crescer a barba.

Depois todo eletricista deixou de tomar banho, a gente catingava na última semana. Às vezes eu ouvia um tapa, era um de nós se batendo na cara pra acordar. Eu beliscava a orelha, ou então o bico do peito, pra segurança de estar vivo; certas horas tudo parecia meio sonho, a falta de sono tonteia o cabra até o osso.

A comida pra turma dos eletricistas vinha numas bandejas de alumínio com tampa de pressão, a gente destampava e comia onde estivesse. Na terceira vez que destampei e vi feijoada, fiquei sabendo que era sábado e no outro dia era domingo. Ia ser o terceiro domingo que trabalhava continuado. Então virei pro 50 Volts e falei:

— Quer saber duma coisa, negão? Pra mim chega.

O frangote do cafezinho veio passando, mandei ele enfiar o café no rabo, saí atrás do mestre da turma. 50 Volts foi junto. Nem precisei falar, o homem adivinhou que eu ia pedir a conta e sumir daquela ponte, me enfiar numa pensão e dormir, eu só via cama na minha frente. 50 Volts vivia economizando pra voltar pra terra dele e comprar um bar, então achei que só estava me acompanhando de curioso, mas na frente do mestre ele também pediu a conta. Não sou bicho pra trabalhar sem parada, ele falou, e o mestre concordou, mas disse que não podia fazer nada, ele mesmo estava até com pretume na vista mas não podia fazer nada, a gente tinha de falar com o encarregado do setor elétrico.

Fomos falar com o tal encarregado, depois com um engenheiro, depois com um supervisor que mandou chamar um engenheiro da nossa companhia.

— Esses homens são da sua companhia, engenheiro — ele falou —, estão pedindo a conta.

— A companhia está empenhada nessa ponte, gente — falou o engenheiro —, vocês não podem sair assim sem mais nem menos.

Tinha uma serra circular cortando uns caibros ali perto, então só dava pra falar quando a serra parava, e aquilo foi dando nos nervos.

Falei que a gente tinha o direito de sair quando quisesse, e pronto. Nisso encostou um sujeito de terno mas sem gravata, o engenheiro continuou falando e a serra cortando. Quando ele parou de falar, 50 Volts aproveitou uma parada da serra e falou que a gente não era bicho pra trabalhar daquele jeito; daí o supervisor falou que, se era falta de mulher, eles davam um jeito. O engenheiro falou que tinha mais de vinte companhias trabalhando na ponte, a maioria com prejuízo, porque era mais uma questão de honra, a gente tinha de acabar a ponte, a nossa companhia nunca ia esquecer nosso trabalho ali naquela ponte, um orgulho nacional.

O supervisor perguntou se a comida não andava boa, se a gente queria mais café no serviço, e eu só dizendo que não, que só queria a conta pra sumir dali, e 50 Volts repetindo que não era bicho pra trabalhar daquele jeito. O cara de terno botou a mão na cintura e o paletó abriu na frente, apareceu um .38 enfiado na cinta. A serra parou, esse cara do .38 olhou bem pra mim e falou olha aqui, peão, se você quer dinheiro na mão vai receber já, mas vai continuar no batente porque aqui dessa ponte você só sai morto. O engenheiro falou que a companhia tinha uma gratificação pra nós, então era melhor a gente continuar *por bem*, pra não desmerecer a confiança da companhia. Aí 50 Volts falou isso mesmo, a gente descansa um pouco e já volta mais animado; mas o cara do .38 achou que era melhor mostrar boa vontade voltando direto pro batente, então joguei um balde d'água na cabeça e voltei.

Um eletricista trabalhar molhado é o mesmo que um bombeiro trabalhar pelado; é pedir pra levar choque — mas era o jeito, era o fim do mundo, era peão que passava cambaleando, tropa de visitantes que passava perguntando se ia tudo bem, se estava tudo certo, se a gente andava animado; e agora visitante nem andava mais de capacete, faltava pouco pra inauguração. A gente só respondia sim senhor, sim senhor, tudo que perguntassem a resposta era sim senhor, feito bando de fantasmas. Se dissessem que aquela era a menor ponte do mundo a gente ia responder sim senhor, porque eu pelo menos não ouvia mais nada, a mão trabalhava com a cabeça dormindo. A mão começou a descascar nos calos, não dava tempo de formar pele nova. Eu olhava de noite o Rio e depois Niterói, ficava perguntando por que esse povo de lá precisa passar pra cá e o de cá passar pra lá?

Aí começou a aparecer pintor pra todo lado, a gente andava chutando latão de tinta, placa de sinalização, plaqueta, parafuso de pregar placa. Veio uma ordem de concentrar dez eletricistas na iluminação de fora da ponte, numa parte crua de tudo. Então botamos lá uma iluminação de emergência muito bem disfarçada, bonita, quem olhasse achava aquilo uma maravilha, parecia uma árvore de Natal, mas se batesse um vento mais forte ia tudo pro mar.

Um belo dia passou o aviso geral de que era véspera da inauguração, caí na cama com roupa e tudo, com coceira na cabeça, no corpo todo por falta de banho, e um calo na testa de tanto usar capacete. Nisso vem a contraordem de não parar o serviço, senão a ponte ia ficar com uma parte escura, não podia, era uma vergonha; vamos lá, pessoal, essa ponte é o orgulho do Brasil, coisa e tal, e a gente teve mesmo de subir pra montar as últimas luminárias; a noite inteira se equilibrando em altura de dez metros, o vento passando forte, a ponte lá embaixo e o mar escuro, dava até vontade de pular e ir afundando, afundando, dava zonzeira, dava remorso de ser eletricista e raiva de quem inventou a eletricidade.

Eu nunca tinha tomado comprimido contra sono; mas naquela noite todo mundo tomou, 50 Volts falou:

— Toma, engole isso que agora é o último estirão, amanhã a gente dorme até rachar o rabo.

Engoli umas três bolinhas com café, da mesma cor dos capacetes, amarelas, depois subi num poste e fiquei olhando os outros de capacete amarelo trepados na escuridão, cada um parecendo uma bolinha atolada no café da noite, lembro que fiquei tempo pasmado nisso, até que me cutucaram, aí toquei direto até as nove da manhã.

Tinha uma banda tocando não sei onde quando enfiaram a gente numas caminhonetas, dez horas da manhã, uns quarenta eletricistas de olho estalado, cada olheira de quem levou soco. 50 Volts enfiou o dedo na orelha, ficou admirado de tirar uma pelota preta; eu tirei a botina e ninguém aguentou o cheiro, tive de botar os pés pra tomar vento fora da janela. Apearam a gente numa praia, todo mundo caiu na água de calça arregaçada, de cueca, sabonete, cada um mais barbudo que o outro; e foi no tirar a roupa que dei pela falta do alicate no cinto.

Nunca tinha entrado no mar na minha vida, nem entrei. Fiquei fuçando a caminhoneta atrás do alicate, o pessoal voltou e se trocou, eu continuei fedendo.

Às onze da manhã a gente apeou num restaurante na beira duma praia. Feijoada. Não sei se era sábado, mas era feijoada — com pinga e limão, cerveja e mais feijoada. Quando a bebida bateu na cabeça, o cansaço virou uma alegria besta, deu uma zoeira que até esqueci do sono, do alicate, da sujeira. Tinha peão ali que não conhecia o nome dos outros, tinha um que cantava xaxado e baião, e o paraibano coxo acompanhava dançando corta-jaca, batendo os pés no ritmo certinho.

50 Volts fez um discurso dizendo que ia dar naquela ponte o maior curto-circuito do mundo, e eu também discursei mas nem lembro, só lembro que certa hora o dono do restaurante veio pedir pra gente parar de cantar *Cidade maravilhosa*; aí 50 Volts falou que só parava pra comer mais feijoada quentinha, e veio mais, cada tigela fumegando com carne-seca, pé de porco, orelha, paio, costeleta, tudo que uma feijoada decente tem de ter,

como couve, farinha e laranja que já vinha descascada, você chupava uma e empurrava mais feijoada pra baixo.

Aí deu aquela moleza, veio o café mas ninguém ali podia ver café na frente, quarenta eletricistas numa mesa comprida, na maior tristeza, arrotando sapo preto e palitando fiapo de laranja. Pra falar a verdade, nem sei onde deitei, acordei no outro dia às quatro da tarde, num alojamento com o chão alagado de vômito. Tomei banho, jantei num refeitório azulejado de amarelo, deitei de novo e no outro dia enfiaram a gente numa caminhoneta, só que não era acolchoada. Pensei em dar um pulo na ponte pra achar o alicate, 50 Volts perguntou se eu tinha ficado louco. Ele tinha ouvido no rádio que passavam não sei quantos mil carros por dia na ponte, e eu querendo achar um alicate.

50 Volts até hoje conta prosa de ter trabalhado lá, eu fico quieto. Ele até diz que um dia vai ao Rio só pra ver a ponte iluminada; mas isso eu vi outro dia, numa revista.

(O homem vermelho, 1977)

LUIZ FERNANDO EMEDIATO (1951)

Mineiro de Belo Vale, editor, jornalista, contista, cronista e autor de literatura infantil e juvenil. Estreou com *Não passarás o Jordão* (1977), a que se seguiram *Os lábios úmidos de Marilyn Monroe* (1978) e *A rebelião dos mortos* (1978). Os contos completos estão publicados sob o título *Trevas no paraíso* (2004).

A data magna do nosso calendário cívico

Luiz Fernando Emediato

Acordamos cedo e vestimos nossos uniformes. Nossos pais nos recomendaram prudência e ouvimos os seus conselhos. Penteamos os cabelos com cuidado e pegamos nossas bandeirinhas. Caminhamos até a praça e nos apresentamos aos nossos professores. Nossos professores nos recomendaram prudência e ouvimos seus conselhos. Formamo-nos em filas e aguardamos tudo em posição de sentido. Ouvimos o Hino Nacional e o Hino da Independência. Sentimos cansaço e fome e nossas pequenas pernas fraquejaram mais tarde, mas continuamos ali, porque nos disseram que era nosso dever. Esperamos os soldados, os ex-combatentes, os desportistas, os ginasianos, os universitários, os tenentes, os capitães e os coronéis. Esperamos o prefeito, o governador e o presidente. Ouvimos o discurso das autoridades eclesiásticas, civis e militares. Ouvimos a banda e admiramos os músicos que tocavam nela. Vimos as balizas, as bandeiras e as metralhadoras. Vimos os cavalos, as viaturas e os tanques de guerra. Agradecemos a Deus porque estávamos ali naquela hora, vivos e sadios, "porque o Brasil é grande e o futuro já chegou", segundo disse o general. Aplaudimos o povo que aplaudia o general. Marchamos com os soldados e com o resto dos marchadores. Ouvimos os conselhos dos nossos superiores e obedecemos... Gostamos disso.

Havia dois meses perambulando pela casa, não suportava mais o olhar ansioso da mulher doente, que mandava os filhos brincar na rua na hora do almoço para que não se sentassem à mesa e descobrissem que também naquele dia não haveria comida. Por isso saiu à rua, mesmo sendo feriado nacional, razão pela qual não encontraria aberto qualquer lugar onde pudesse mendigar emprego.

Estava cansado de tudo: de viver, de brincar com as crianças, de conversar com a mulher sobre o passado, o presente e o futuro, de se deitar com ela num leito frio, de possuí-la sem amor e sem desejo, de dormir sufocado pela incerteza, de padecer com o terror dos pesadelos, de acordar toda manhã sob o peso do sofrimento e da amargura. Estava cansado de ter sido, de ser, de continuar sendo ou de vir a ser alguma coisa sobre a face da Terra, e, no entanto, insistia em continuar vivo, à espera não sabia de quê, pois também estava cansado de esperar.

Andar pelas ruas ou pela avenida principal na data magna do nosso calendário cívico era inteiramente inútil, e ele sabia disso. Ficar em casa, entretanto, era para ele doloroso e quase insuportável. E foi por isso que quando chegou à avenida principal e viu o exército perfilado, as crianças enfileiradas obedientemente, as autoridades civis e militares no palanque, e toda aquela música e aqueles tambores e aquelas armas, foi então que descobriu — um pouco tarde demais, talvez — que jamais voltaria para casa.

Porque seu destino estava selado ali, naquela avenida, onde ele sabia que ficaria para sempre, tão logo pudesse colocar em prática o último plano de sua desgraçada vida. Com um sorriso maldoso no canto dos lábios, esquecido para sempre da mulher, dos filhos, dos seus poucos e velhos pertences, ele acercou-se do palanque, o mais próximo que lhe permitiram os policiais. E ali, retido pelo cordão de isolamento e pelo olhar desconfiado dos guardas, ficou durante muito tempo, a olhar com doentia insistência para a face imperturbável do presidente da República.

O menino gemeu no berço e a mulher correu para ele com o espanto nos olhos. O homem não se moveu de onde estava, junto à porta, e esperou. A mulher curvou-se e franziu a testa, preocupada. Pousou as costas da mão direita na testa do menino e disse:

— Está ardendo.

O homem murmurou qualquer coisa ininteligível e a mulher olhou para ele como se houvesse decidido alguma coisa.

— Agora? — Perguntou então o homem.

— Sim, agora. Não tem mais jeito — respondeu a mulher, tomando o menino nos braços.

— No feriado vai ser uma merda achar um hospital — previu o homem, contrariado.

A mulher pegou uma bolsa sobre o catre e, com o menino nos braços, procurou um xale para cobri-lo. Encontrou um pedaço de pano rasgado e olhou para o homem como se implorasse.

— Precisamos ir assim mesmo, não tem mais jeito de ficar aqui esperando. Olha só como está ardendo, olha só, não tem mais jeito.

O homem tocou na criança como se tivesse medo e assentiu. Pôs um paletó surrado e verificou se os documentos estavam em ordem. Estavam.

— Eu mato um se esses filhos da puta, se esses merdas, se esses...

Não terminou a frase. Olhou a criança uma última vez e, tocando o braço da mulher, empurrou-a levemente para fora do quarto.

Na data magna do nosso calendário cívico ele acordou às oito horas da manhã, olhou o sol entrando pela janela, considerou que viver não tem nenhum sentido e enterrou com força a agulha nas veias. Pressionou o êmbolo da seringa, e antes de afundar no delírio pensou que tudo poderia ser bem diferente se um dia não houvesse optado por trilhar tão inesperados caminhos. Achou um tanto absurdo chegar a essa conclusão logo no dia em que o Brasil comemorava sua independência e ele cumpria exatamente quarenta e cinco anos sobre a face da Terra. Quarenta e cinco anos é uma idade antiga, murmurou ele puxando a agulha, quarenta e cinco anos é uma coisa velha. E, jogando a seringa ao chão, caminhou com passos lentos até a cama, onde se deitou como se iniciasse ali uma longa cerimônia, porque tudo começava agora e o começo de tudo era tão somente o que restava. Porque viver, dizia ele, é uma coisa antiga, e na data magna do nosso calendário cívico ele comemorava com uma longa e lenta viagem quarenta e cinco anos de uma longa, lenta e amarga vida.

E ele viu dois aviões se entrechocando em pleno ar, e num deles viajava o marechal Humberto de Alencar Castelo Branco, o primeiro presidente militar ungido pelo golpe de 31 de março de 1964. E o marechal, transido de horror, afundava a cabeça nos ombros, e o fogo se espalhava nas quatro direções, e o marechal gemia se contorcendo todo, e tudo agora não era mais que um monte de ferragens e o marechal pouco menos de um montículo escuro de carvão e poeira e nada mais. O que restava agora do comandante militar da gloriosa revolução libertadora do povo brasileiro? Nada. E ele viu a Marcha dos Mortos contra Brasília, a distorção dos fatos e a ascensão da mentira, e nada daquilo lhe parecia estranho porque assim estava escrito nos livros do demônio. E viu agora o revolutear dos anjos negros sobre o céu de Brasília na mais sombria e trágica das noites, e ouviu os gritos dos torturados e um deles era seu jovem irmão estudante assassinado no cárcere, e cego, porque seus olhos foram vazados, e surdo, porque seus tímpanos foram perfurados, e impotente, porque seus testículos foram seccionados, e louco, porque seu cérebro foi vasculhado dias e noites seguidos pelos demônios servis ao império do terror. E viu também que os demônios do terror eram condecorados em virtude de seus atos de bravura em defesa das nobres instituições da pátria, em defesa da moral, da família, da tradição e da propriedade. E viu, então, que esses homens eram gordos e fortes e soberbos, homens que, quando riam, mostravam afiados e longos dentes — e esses dentes cresciam quando necessário, assim como cresciam suas unhas, suas garras, seus olhos injetados de sangue, seus cabelos; e eles se transformavam em animais nojentos, em dragões vorazes, em serpentes venenosas, em lagartos, escorpiões, aranhas, peçonhentos seres merecedores de medalhas.

A primeira coisa da qual se lembrou foi que jamais se acostumara com as alturas. Por isso, evitou olhar para baixo, enquanto o terror lhe invadia o corpo como a maior das pragas. O andaime, frágil e hesitante, parecia leve demais para suportar o peso do medo, mas ele insistiu. Praguejou, contrariado por estar trabalhando no feriado nacional e ainda por cima num serviço daqueles, e olhou para cima. A construção subia como se quisesse furar o céu, e lá no topo dezenas de homens de macacão e capacete olhavam para baixo com expressões espantadas.

Olhou para baixo e viu, na esquina da rua, na confluência com a avenida, o desfilar das tropas armadas. Lembrou-se da infância e sorriu. Naquele tempo queria ser soldado, porque achava bonito o uniforme verde-oliva e o fuzil que se carregava ao ombro durante as paradas militares.

— Puta que pariu — gritou alto. — Que idiota que eu era!

A altura causava-lhe vertigem e ele se indagou por que diabos aceitara um emprego daqueles. Apertou o cinto de segurança, as mãos trêmulas. Havia pouco deixara cair um martelo. Olhou novamente para cima e viu que os putos insistiam em dizer coisas que não ouvia. Teve a impressão de que tentavam lhe dizer alguma coisa, mas como não entendia nada, voltou ao trabalho.

Minutos depois, olhou para baixo e viu um grupo de pessoas acenando de forma estranha. O andaime balançou e ele começou a desconfiar de que algo estava errado. Um segundo arranque quase o jogou de encontro a uma viga do arcabouço gigantesco, e só então ele entendeu tudo. Gelou de pavor, e, num gesto desesperado, puxou a corda de comunicação pedindo para baixá-lo ao solo.

— Você tem duas escolhas — disse o Professor. — Ou faz uma literatura compromissada com as massas ou não faz. Se não faz, pode escolher vários caminhos, pois aí as opções até que não são poucas. Uma delas é discorrer sobre o próprio umbigo, o que não deixa de ser gratificante e confortador. Além do mais, quem não gosta de umbigos? Se você não quiser falar do próprio umbigo, então pode falar do umbigo daquela mocinha ali, não é? Olhe lá, é o umbigo mais bonito que eu já vi em toda a minha vida. Está vendo?

O Professor já estava bêbado. Insistia, porém, em continuar dissertando sobre os sagrados objetivos da literatura como arte capaz de representar o real, o irreal, o belo e o feio. O garçom passou com a bandeja de uísque e todos nós avançamos em direção a ele. Eu já estava nauseado daquilo tudo e o estômago se revolvia todo, mas, ainda assim, insistia em beber.

— Concordo que é gratificante — disse Hugo, cambaleando —, mas não é assim tão fácil.

— Ora, você é uma idiota — resmungou o Professor, vermelho e enrolando as palavras.

O pior nas reuniões desse tipo é quando alguém começa a conversar sobre o assunto que as motivou. Hugo escrevia contos e o Professor fora poeta. Afonso, que tinha amigos no poder e acesso a documentos e informações, pretendia escrever um livro sobre o golpe militar, as conspirações, a luta armada e a tortura, mas não o iniciara ainda por ter pavor da censura e da polícia. Enquanto a situação política do país não mudasse — argumentava —, continuaria a fazer pesquisas e a amadurecer ideias.

— Tenho de viver. Tenho de passar por mil experiências. Aí, então — avisava —, ninguém me segura.

Lúcia escrevia poesia panfletária, embora não acreditasse muito no que lhe servia de inspiração. Sentia-se orgulhosa, contudo, de mostrar-se, ainda que mulher, mais corajosa que nós todos, que tínhamos medo dos agentes do SNI e não falávamos ao telefone sem cuidadosas precauções com o teor e até com o tom das nossas conversas.

— Eu enfrento o poder constituído — dizia Lúcia —, embora saiba que é terrivelmente perigoso.

E arrepiava-se, com um prazer quase orgástico, enquanto sorvia lentamente mais uma dose de uísque. O idiota do Jaime, nosso companheiro, decidira lançar seu livro logo na data magna do nosso calendário cívico, ou físico, dizia ele, e enfeitara a galeria com bandeirinhas do Brasil e dos Estados Unidos. Tinha 26 anos e aquele era seu primeiro livro.

— Devemos ser, sobretudo, honestos — prosseguia o Professor. — Eu não condeno os enamorados do próprio umbigo, embora prefira, no meu caso, enamorar-me daquele umbigo ali, estão vendo? Vocês já imaginaram só passar a língua bem de leve naquele umbiguinho e depois ir descendo, ir descendo até a barriguinha, até o ventre, ui, meu Deus, e depois descer mais, e mais e mais... Mas, voltando ao assunto, há no mundo lugar para todos, não é? E como democrata, como amante da liberdade e dos bons costumes, não posso condenar qualquer manifestação artística, ainda que alienada e divorciada da realidade...

— Ai, saco! Calem esse homem — gritou Afonso.

— Deixe ele falar, pombas! — disse Lúcia. — E, olha, eu vou entrar no assunto. Eu não consigo entender como é possível a um artista voltar-se para dentro de si mesmo enquanto, ao seu redor, a massa faminta uiva marginalizada e reprimida!

— Puta que pariu! — disse Hugo. — Você falou isso aí que eu ouvi?

— Vocês estão obviamente embriagados — disse Afonso. — Querem saber de uma coisa? Eu, evidentemente, não faria esse tipo de arte alienada. Eu preparo minha crítica ao sistema, mas não posso externá-la agora em virtude da proximidade histórica, entenderam? Não posso escrever meu livro enquanto não estiver suficientemente distanciado no tempo e, talvez, quem sabe, até no espaço, para assumir uma atitude absolutamente isenta e imparcial. Se a ditadura cair, eu deixo a poeira assentar e escrevo meu livro. Se não cair, posso deixar o país e observar as coisas de fora. Mas eu pretendo...

— Ora, seu porra, você tem é medo! — berrou Lúcia.

— O medo é humano — sentenciou o Professor, tropeçando nas pernas. — Eu, por exemplo, sempre fui um sujeito corajoso, mas agora, vejam só, queria ir até ali para passar a mão no umbiguinho dela, estão vendo? Onde está minha coragem? Sou, provisoriamente, um covarde.

Olhamos todos para a frente e verificamos que a excitação do Professor tinha razão de ser. Ela estava num grupo de mulheres absurdamente pintadas que conversava alto sobre Goethe e Baudelaire, procurando chamar para si a atenção dos fotógrafos e cinegrafistas. O deputado estava próximo e preparava-se para fazer um discurso, para o que antes olhava ao redor certificando-se de que haveria plateia. Havia um bom número de ouvintes.

— Mas o que acontece — disse o Professor, olhando para o tapete — é que muitos se dedicam a explorar a miséria alheia sem que, verdadeiramente, tenham consciência do sentido dessa miséria. A miséria, meus jovens, sempre foi um bom assunto.

O deputado tirou um papelzinho do bolso e consultou-o demoradamente. Pressenti que ia vomitar e corri para o banheiro. Assim era a vida naquele tempo.

Saiu de casa decidido a começar uma pequena aventura, embora fosse o início da tarde do feriado nacional. "Na data magna do nosso calendário cívico", disse para si mesmo, "andarei pelas ruas, olharei as mulheres e me divertirei bastante, porque para isso Deus me criou e me pôs na face da Terra". A frase pareceu-lhe muito brilhante, e ele a repetiu várias vezes. Seria um gênio, se um dia resolvesse escrever.

Gostaria de ter acordado cedo, para esperar na praça ou na avenida o início da aglomeração, quando poderia escolher um bom lugar. A noite anterior, entretanto, fora terrivelmente cansativa, e só agora ele podia sair de casa, desperto, revigorado pela excitação de obter um bom resultado naquela tarde. Por isso saiu à rua sorridente, assobiando o Hino Nacional e marchando como se estivesse lá no meio daqueles idiotas... Viva o Brasil!

Na avenida, procurou se aproximar do cordão de isolamento e viu que a aglomeração superava todas as expectativas da noite anterior. Sorriu satisfeito e foi se aproximando. Ficou ali alguns minutos observando o movimento dos militares e dos colegiais e perguntou a uma mocinha de seios pontudos, a seu lado, o que significava aquilo.

— O quê? — fez ela, espantada.

— Isso aí, ó. O que é que esses indivíduos pretendem? Derrubar o presidente, entrar na guerra? Olha só como estão armados.

A mocinha fez uma careta irritada e afastou-se. Ele sorriu. Não tinha importância. "O Brasil é grande", disse para si mesmo. Marchemos.

Andou alguns metros e enfiou-se de novo entre as pessoas junto ao cordão. Minutos depois, sentiu que um corpo se comprimia de encontro ao seu e aspirou com força o suave perfume que exalava daqueles cabelos quase tocando seu queixo. Afastou-se um pouco e aguardou: ela deu um passo atrás e colou-se a ele de novo. "A vida", disse ele para si mesmo, "nos reserva grandes e inesquecíveis surpresas". Repetiu a frase mentalmente e murmurou: "Caramba! Que grande escritor eu não daria!".

— O quê? — perguntou ela, virando o rosto para ele.

— Eu disse — respondeu ele — que você tem os olhos mais bonitos que eu já vi em toda a minha vida, e o presidente da República, aquele idiota que está ali sentado com todas aquelas medalhas no peito, pode mandar cortar minha língua se eu estiver faltando com a verdade.

Ela sorriu satisfeita e olhou-o de alto a baixo. Fez um gesto de aprovação e ele também sorriu. Não era feia, tinha até certa graça. Os seios pequeninos, as pernas compridas, a bundinha redonda e arrebitada. "O Brasil é um país maravilhoso", disse ele para si mesmo, "e se eu fosse poeta seria maior que nosso finado e jamais assaz lembrado Olavo Brás Martins dos Guimarães Bilac".

E ele viu o anjo do Senhor anunciando a Maria que no sétimo dia do sétimo mês ela pariria o Enviado de Deus à terra dos homens, aquele que redimiria os humildes e lançaria os poderosos no fogo do inferno, onde haveriam de penar, pelos séculos dos séculos, milênios e milênios de martírios impostos a seus servos por ordem de deuses estranhos e desumanos. E ele abria os olhos e fechava os olhos, ouvia e deixava de ouvir um som longínquo, e o som longínquo era o barulho da banda militar tocando o Hino Nacional brasileiro, viva o Brasil, murmurava ele, e pouco a pouco se lembrava de que comemorava agora seus quarenta e cinco anos de martírio sobre a face da Terra. Mas logo logo ele viajava de novo nas asas do vento, e o anjo do Senhor brandia sua espada cheia de fogo e dizia: "O Enviado crescerá forte e orgulhoso de sua missão gigantesca e redentora, e aos vinte anos se armará de espadas e chuços e comandará exércitos contra os tiranos que oprimem o povo de Deus. E quando o Enviado do Senhor teu Deus cumprir trinta e três anos", dizia o anjo, "terá vencido todos os exércitos servis aos desígnios do demônio, e o povo do Senhor reinará então sobre a face da Terra". E Maria, com os olhos brilhando, abria as pernas languidamente, e cerrando então aqueles puros e brilhantes olhos inundados de azul e paz, gemia: "Faça-se em mim segundo a vossa palavra". E o anjo deitava sobre ela e ela recebia o anjo dentro de sua carne como se ali naquela noite cheia de luz o espírito de Deus se esparramasse inteiro sobre seu corpo trêmulo e murmurante.

E ele viu os exércitos caminhando de encontro ao povo. O povo eram garotos, quase meninos, que gritavam "morte ao tirano" e os homens daqueles exércitos explodiam bombas e soltavam os cães sobre aquelas crianças que corriam e se atropelavam — e, presas, seus braços eram feridos pelas algemas; confinadas no fundo dos calabouços, suas partes íntimas eram desvendadas e suas peles brancas, queimadas pela brasa dos cigarros. E, ainda assim, gritavam "morte ao tirano, viva a liberdade, abaixo a opressão" e outras frases desconexas que na data magna do nosso calendário cívico lhe acorriam à memória, enquanto se dirigia à janela, chamado pela necessidade de ar e pelas longínquas notas do Hino da Independência. E ele ouvia qualquer coisa assim como já podeis da pátria filhos e outras coisas mais, como amor gentil, ou ficar a pátria livre ou morrer pelo Brasil, e depois tudo sumia e ele voltava sobre os passos, e agora ouvia de novo que já raiou a liberdade no horizonte do Brasil, já raiou, já raiou a liberdade. "E que liberdade era aquela?", perguntava ele. Que liberdade era aquela que ali entre as quatro paredes daquele quarto ele rolava agora pelo chão, chorando de amargura e sofrimento, ele que na data magna do nosso calendário cívico cumpria, solitário, esquecido e mutilado quarenta e cinco anos sobre a face da Terra?

Vimos o presidente da República passar em revista as tropas e admiramos o garbo do exército brasileiro. Vimos o general fazer seu discurso e prestamos atenção nas palavras dele. Ouvimos o general dizer que o governo, neste dia da independência nacional, fazia questão de lembrar que a pátria e a nação haveriam de continuar independentes e não cederiam ao avanço do comunismo internacional. Ouvimos o general ser aplaudido pelo povo e aplaudimos o povo por nossa vez. Ouvimos o arcebispo dizer algumas palavras breves, como fez questão de esclarecer, e soubemos então que ele apoiava as palavras do general. Vimos o povo aplaudir o arcebispo e ele disse que o Brasil haveria de crescer eternamente com a graça de Jesus Cristo e de Nossa Senhora Aparecida, nossa honorável padroeira. Vimos o presidente sorrir muito e acenar para nós e para o povo com as duas mãos, como se regesse uma orquestra. Cantamos e marchamos e aplaudimos até cansar, mas não fraquejamos porque aprendemos as virtudes da resistência, conforme nos ensinaram nossos professores. Gostamos disso.

Haveria de ser aquele o último sorriso do presidente, prometeu ele a si mesmo acariciando o revólver sob a camisa, surpreendendo-se porque resolvera sair de casa armado no feriado nacional, quando o presidente estava no palanque e toda sua guarda de segurança esmerava-se em resguardar-lhe a vida. Acreditava, porém, nos golpes do destino, e se saíra armado sem que houvesse planejado qualquer coisa obscena, aquele era certamente um aviso da fatalidade. Por isso sorriu amargurado e, sem se lembrar da mulher e dos filhos esquecidos em casa, olhou bem firme no rosto daquele homem que dirigia a nação. Seria fácil atingi-lo de onde estava, pensou. Bastava que fosse rápido o suficiente para fazê-lo antes que alguém visse ou que um guarda de segurança atravessasse à sua frente. Porque ele bem sabia que nenhum daqueles homens hesitaria em arriscar a vida para salvar o chefe da nação. Embriagado pela audácia de sua decisão, mostrou os dentes num riso nervoso e ameaçador. A vida daquele homem poderoso estava em suas mãos. E ele era tão somente um cidadão miserável que deixara em casa uma mulher desesperada e um grupo de crianças famintas que certamente o aguardariam, à noite, confiantes e esperançosos, quem sabe imaginando até que ele entraria porta adentro com um embrulho enorme contendo qualquer coisa parecida com alimento. Voltou logo à realidade e olhou ao seu redor. O povo perfilava-se para cantar o Hino Nacional e ele, automaticamente, fez o mesmo, para logo depois descontrair-se rindo como um idiota, a mão direita acariciando levemente a coronha oculta do revólver.

A criança gemeu e a mulher olhou para o homem, espantada.
— Como é? — ela perguntou.
— Ele disse que não pode atender.

— Como é?

— É isso mesmo. Não pode atender, disse que é preciso uma guia. Você sabia disso?

— Não.

— Devia saber. E agora?

— Mas, mesmo numa emergência dessas, eles não...

— Espere aí. Vou ver.

O homem engoliu o ódio e voltou ao balcão.

— Olha aqui, moço, vou explicar de novo. O menino está ardendo de febre, se quiser conferir pode ir lá e pôr a mão na testa dele. Aqui tem todos os meus documentos, veja aí. Está tudo em ordem.

O atendente levantou os olhos do jornal e resmungou contrariado, interrompendo a explanação do outro:

— Eu já sei. O senhor já mostrou isso tudo aí. Mas sem guia é impossível. É como eu já disse. Tem de ter guia.

— Certo, tem de ter guia. O regulamento eu não discuto, se tem de ter guia, então tem de ter guia. Mas é uma emergência, e nesse caso eu acho que...

— Nem assim. Tem de ter guia.

— Está bem. Vou repetir tudo de novo. Eu já passei em três hospitais, aqui é o quarto. Entendeu? Já sei a história toda. Tem de ter guia. Isso eu não discuto, já disse. Mas o menino precisa ser atendido, não é? Tem lá alguma coisa e a mulher não sabe o que é.

— Eu obedeço a ordens, o senhor sabe. E a ordem é não atender.

— Certo, ordem é ordem. Mas, preste atenção: hoje é feriado. Amanhã é sábado. Depois é domingo. Guia eu só posso tirar segunda-feira. E o menino precisa ser atendido agora.

— Eu já disse: obedeço a ordens.

— E se o menino morrer?

O atendente dobrou lentamente o jornal e olhou firme para o homem. Ficou alguns segundos em silêncio e suspirou.

— Se morrer? Bem, se... Ora, não é coisa assim tão grave, é?
— Pode ser. O senhor querendo pode ir lá ver. Está ardendo...
— Uma gripezinha, passa logo. Por que não volta para casa? Hoje é feriado nacional, tem uma parada aí, aglomeração, isso não faz bem para quem está gripado.

O homem engoliu em seco. O filho da puta daquele sujeitinho não entendia nada. Estava perdendo a paciência, mas sentia-se impotente para continuar aquilo. Voltou para junto da mulher.

— Não tem jeito não. Também aqui não vão atender o menino.

O menino gemeu de novo e a mulher sacudiu-o levemente. Olhou para o homem outra vez e perguntou:

— E o que é que nós vamos fazer?

E ele subia à tona das águas e depois afundava de novo, via a luz e depois a escuridão, a coragem e logo depois o medo; e ele buscava então a seringa, e com as mãos trêmulas enfiava a agulha na veia, e arfava, e fechava os olhos, e respirava fundo, e abria os olhos, e se retesava todo, e relaxava; e agora, novamente cheio de coragem, ia até a janela, de onde olhava para baixo e via no fundo do abismo as pequenas figuras militares marchando debaixo de um sol multicolorido, e a banda seguida de colegiais e bandeirinhas marcava o compasso, e as vozes infantis subiam vinte andares e ele ouvia tudo e sentia-se novamente morrer. Se o penhor dessa igualdade conseguimos conquistar com braço forte, em teu seio, ó liberdade, desafia o nosso peito a própria morte. E era a Morte quem ele via agora, e não a Liberdade. E a Morte era feia e velha e negra, e ele esforçando-se para sorrir, dizia: "Olá, dona Morte, então vieste me visitar na data magna do nosso calendário cívico?". E a sombria figura negra voava diante dele como se fosse feita de pluma, e gargalhava, e o gargalhar que saía daquela garganta escura era como o grasnar de uma dezena de corvos, e ele gritava tomado de pavor: "Meu Deus!". E logo depois caía de bruços sobre a cama. A quem chamara? Que deus estranho e inexistente invocara do fundo do seu medo, da sua angústia, da sua fraqueza? E levantava-se então, cheio de coragem, e ria e ria sem parar, e a horrenda figura escura saía pela janela e descia para o fundo do abismo, e estatelava-se lá embaixo, onde o general abarrotado de medalhas gritava a plenos pulmões: "Jamais haveremos de permitir que um dia nossas mais sagradas instituições sejam destruídas infamemente pela horda comunista que se infiltra agora em todos os setores sociais da nossa pátria".

E, de repente, ele emergia do delírio e se tornava lúcido e gelado e frio, mas logo depois se afundava no passado e no presente e no futuro. E quando recordava o passado deixava que as lágrimas lhe escorressem pelo rosto se a lembrança era triste ou amarga ou qualquer coisa parecida com esquecidos sentimentos; ou então crispava o rosto de terror se a lembrança era dura ou trágica ou qualquer outra coisa parecida com jamais esquecidas recordações. Recordações nascidas no fundo de um cárcere frio, gelado e morto. E vinham-lhe à memória diálogos e cenas que só haveria de esquecer com a morte. E agora eis que lá estava amarrado a um poste, e à sua frente o irmão jovem encarava o coronel, e o coronel lhe ordenava: "Vire a cara, imbecil, não me olhe nos olhos que já lhe arranco a língua!". E o irmão estudante ria contorcendo a boca num esgar irônico, e recuava um pouco a cabeça, e apertava os lábios, e avançava rapidamente a cabeça, e cuspia com força na cara do coronel, e a saliva grossa escorria pela cara do coronel, e o coronel, com os olhos arregalados de espanto, gritava como se estivesse morrendo: "Eu já lhe mostro, seu filho de uma grande puta!".

Puxou a corda outra vez e ninguém respondeu ao apelo. Gritou aterrorizado e puxou-a pela última vez, com força. A corda desabou sobre seu corpo e ele descobriu, então, que nada havia no fim da corda, porque o fim da corda terminava agora em suas mãos. Nada o ligava ao solo ou ao alto do edifício. O vento lhe trouxe os acordes do Hino da Independência tocado por um grupo de bandas militares e ele olhou para baixo. Na confluência com a avenida, um grupo de pessoas aglomerava-se junto ao cordão de isolamento. Passou um pelotão militar armado de metralhadoras e logo atrás um tanque de guerra.

O andaime sacolejou novamente e ele olhou para cima: os companheiros gritavam qualquer coisa. Aterrorizado, olhou de novo para baixo e viu a multidão sem face que o fitava com alguma curiosidade. Sentiu o sangue fugindo do corpo e agarrou-se às cordas. O andaime balançou mais uma vez e foi a última vez que balançou. No longo caminho do céu para a terra esqueceu-se do medo, do terror e da fome. A multidão ouviu o grito e abriu-se num enorme leque, dando lugar para o corpo e para a teia de cordas que o acompanhava. A banda começou um novo hino e no mesmo instante em que o corpo atingia o chão espocou a primeira salva das vinte e uma que saudariam o presidente da República.

Descarreguei na privada todo o meu vômito. Escorei-me à porta, aliviado, e li a primeira frase na parede, logo acima do vaso, à esquerda: "Morte ao tirano". Logo abaixo, outra: "Dei a bunda e não doeu. E você, já deu?". Limpei-me da melhor maneira possível e voltei para o salão. O deputado não conseguira iniciar seu discurso e guardara o papelzinho. O Professor continuava bêbado:

— Suponhamos — dizia ele para Afonso — que você realmente deseje fazer uma literatura compromissada com a maioria reprimida e marginalizada, com essa massa de seres famintos e miseráveis que está logo ali na praça, aplaudindo nosso amado presidente. Você o faria por quê? Por essa massa de imbecis?

— Eu o farei — respondeu Afonso com a voz pastosa —, porque não posso aceitar a injustiça e a discriminação da maioria em favor da minoria. Porque a literatura, seu professor de bunda, tem de ser um retrato fiel da realidade, e a realidade é esta: a de que o homem cada vez mais massacra o homem como coletividade em prejuízo do homem como indivíduo. Ou seja: uma minoria se aglomera no topo da pirâmide enquanto, na base dela, a maioria é esmagada pela bota do exército.

— Puta que pariu! — disse o Professor, engasgando-se. — Quanta verborragia!

— Ora, pombas! — disse Hugo, caindo numa cadeira próxima. — E se essa maioria, com nosso apoio intelectual, tão precioso, se desloca um dia para o topo da pirâmide, o que ocorre com a minoria despojada das riquezas que acumulou? O que acontece, hein?

— É fuzilada — disse Lúcia. — E merece.

— Quer dizer, então — observou o Professor —, que as maiorias se instalam no poder e logo sobressaem, delas mesmo, novas minorias, que expulsam do topo os que lá haviam chegado. Entenderam? Ora, vocês já leram essa porra em algum lugar. Eu prefiro voltar ao meu umbigo. Mas, meu Deus, onde está ele, onde?

— A desgraça da humanidade foi ter sido criada — disse Hugo, levantando-se da cadeira. — E eu vou é procurar uma boceta para me enfiar nela, porque nada na vida tem sentido além do prazer. E vocês vão todos para a puta que os pariu.

— Meu pai é um homem rico — engrolou Afonso do fundo de sua semiconsciência. — O filho de uma vaca exporta café e joga na bolsa de valores. Mas nós já fomos pobres, ouvi dizer que ele passou fome na infância. Então, vejam vocês...

— Santa Mãe de Deus! — gritou Lúcia, horrorizada. — Ele vai começar a história de novo. Pelo amor de suas mães, deem um jeito nele! Amarrem-no, amordacem-no, façam alguma coisa!

— É uma grande história — discordou Hugo, desistindo de ir embora. — Afonso devia escrevê-la.

— Por que você não a escreve, Hugo? — implorou Afonso com as mãos estendidas. — Você é o único que entendeu a coisa, pelo amor de Deus, escreva essa merda pra mim.

— Dê-me uma mulher agora, nesse momento, e eu escrevo para você até uma nova versão da Bíblia, revista e ampliada!

Escrevo qualquer coisa, mas por amor de Deus, eu quero agora uma boceta!

O deputado sacou de novo seu papelzinho. Se lhe dessem oportunidade, faria seu discurso ali mesmo. Afonso silenciou subitamente e Lúcia apoiou-se no corpo de Hugo. O Professor havia desaparecido.

— Fique calmo, Hugo — disse Lúcia. — Depois eu lhe dou a minha.

— Você escreve? — perguntou Suzana.

— Não — respondeu ele, orgulhoso de si mesmo. — Como você se chama mesmo?

— Suzana. É que você tem umas tiradas de escritor, sabe? Fala cada coisa bonita! E você, como se chama?

— Pode me chamar de Olavo. Não é Bilac não, só Olavo. E chega.

— Chega o quê?

— Chega o Olavo só. O resto não importa. O que importa, minha bela, é que hoje é a data magna do nosso calendário cívico, e devemos por isso nos divertir em louvor do nosso querido Brasil.

Ela recostou-se nele mais um pouco e suspirou. Ele beijou-lhe a nuca e olhou para o desfile dos fuzileiros navais. Aquilo não tinha sentido.

— Nós não vamos esperar o final disso aqui, vamos? — perguntou ela.

— Suzana, meu amor, você está vendo aquele velhinho ali no palanque? É o presidente da República, um homem que tem seus deveres, seus inadiáveis compromissos. Está vendo aquele outro ao lado dele, aquele de farda?

— Aquele cheio de medalhas lá no canto?

— É, aquele mesmo, aquele ao lado do arcebispo. Pois tanto o presidente quanto aquele de farda, o general, como também o arcebispo, são homens ocupados, escravizados por seus compromissos. Entendeu? Eles sim, têm de ficar aqui. Nós, não. Eles bebem o sangue do povo, mas garanto que não têm tempo nem pra dar, você me desculpe, uma cagadinha. Nós, não.

— Nós o quê?

— Bem, nós... Nós nos divertimos, entendeu? É isso mesmo, nós temos é que nos divertir.

— Pois então vamos, ora!

— Suzana, meu amor! Que decisão majestosa! Um dia haveremos de retornar à monarquia, sagrar-me-ei monarca absoluto e a tornarei a rainha deste vasto império brasileiro. Puta que pariu! Nós nascemos com o cu virado para a lua!

— Mas que linguagem, meu Deus!

— Perdoe, meu amor! Mas isso tudo é demais para um pobre cristão.

Tomou-a pelo braço e puxou-a da multidão. Ela sorriu e abraçou-o. Beijou-a na boca, e, olhando para o céu, cruzado agora por uma esquadrilha de caças de guerra, soltou-a, correu três metros e saltou:

— Iupi-hurra! Viva o Brasil!

E agora ele já não ouvia música nem rufar de tambores, ouvia tão somente algumas vozes, talvez o general discursando, ou quem sabe o presidente, e ele se afastava da janela e caía de novo sobre a cama. E no fundo de sua memória o coronel esbofeteava com força o rosto de seu irmão estudante, e um homem de farda se aproximava e perguntava, submisso e visguento: "O que fazemos com o filho de uma cadela, coronel, damos logo um corretivo?". E ele ali amarrado vendo o coronel se imobilizar, e pensar um pouco, e coçar a cabeça, e olhar para o chão, e olhar para o estudante e dizer: "Sim, é isso mesmo, apliquem um corretivo no pirralho, mas vejam lá, não vão exagerar que precisamos desamarrar a língua do garoto e daquele grandalhão ali". E aí começou tudo e o coronel saiu da sala, e ele ali, amarrado, viu os homens sem farda esmurrarem o rosto do irmão. E viu os homens sem farda tirarem as roupas do garoto e o garoto reagir e levar um soco no rosto, e viu então que os homens se deitavam sobre o garoto nu, e ouviu ali de onde estava, ali onde estava amarrado e impotente, ouviu o garoto gritar de dor e vergonha, e o homem entrava e saía de dentro do garoto, e o garoto gritava e ele ali amarrado. Ele viu que depois levantaram o garoto e chutaram-lhe o ventre, e o garoto não gritava mais porque nada mais via, e os homens cuspiam sobre o garoto que agora era apenas uma bola de carne esparramada no chão, ali a dez passos de onde ele estava amarrado e impotente e calado, porque jamais poderia falar alguma vez em toda a sua vida tudo aquilo que sabia e não podia contar, para que cenas como aquela não se repetissem dias e dias depois com outras pessoas às quais ele queria tanto como queria ao garoto que era seu irmão e agora gemia ali enquanto todos aqueles homens pisavam sobre ele. E ele viu que chegou o coronel e eles pararam, e o coronel pediu que eles levassem o garoto ao médico, e, solícitos, eles obedeceram, e aí o coronel se aproximou dele, ali amarrado contendo seu ódio, e olhando-o bem nos olhos perguntou: "Seu irmão pode morrer, não está vendo?". E antes que pelo menos pudesse pensar em responder, um dos homens sem farda entrou correndo e chamou o coronel com voz preocupada, e o coronel foi até ele e ouviu os lábios daquele homem pronunciarem qualquer coisa em voz baixa, e dali de onde estava, amarrado e impotente, ele pôde ler naqueles lábios que se moviam em silêncio uma única e repetida frase: "O garoto morreu, o garoto morreu, o garoto"...

Marchamos diante do presidente e o presidente sorriu. Não nos aguentávamos em pé, mas conseguimos fazer uma boa figura apesar do cansaço e da fome, e o presidente sorriu. Sabemos que o esforço valeu a pena e que por isso seremos recompensados na escola. Sabemos que o presidente é um homem sério e que ele jamais sorri, mas hoje ele sorriu, e isso quer dizer que tudo está bem. O instrutor também sorriu para nós e nós sorrimos para o instrutor. O instrutor disse que mais tarde haveria sanduíches e Coca-Cola na escola para todos nós e nós agradecemos ao instrutor pelo aviso de que haveria sanduíche e Coca-Cola para todos nós. Vimos o presidente fazer um gesto simpático e um homem forte caminhou em nossa direção. Vimos o homem forte puxar um de nós pelo braço e o presidente sorriu outra vez. Vimos o presidente falar alguma coisa boba e o povo aplaudiu. Vimos o homem forte voltar para junto de nós e de novo nós éramos nós e nosso companheiro, o que seria para sempre famoso e invejado, porque fora tocado pelo presidente. O povo aplaudiu o presidente e nós fizemos o mesmo, conforme as ordens do nosso instrutor. O general começou então outro discurso e nós ouvimos com atenção. Ouvimos o general dizer "acreditem no Brasil, que, como uma nova fênix, ressurgiu das cinzas em 31 de março de 1964". Ouvimos o general apregoar o combate aos extremismos, principalmente aos que resultam da aplicação das doutrinas marxistas-leninistas. Ouvimos depois o discurso do arcebispo. Ouvimos o arcebispo exortar a nação brasileira à reflexão cristã. Rezamos sempre pelo presidente, pelo general e pelo arcebispo. Sabemos que Deus é grande e que no alto dos céus ele zela sempre pelo futuro grandioso do Brasil.

Sentiu que suas mãos tremiam, mas não ia hesitar agora, quando tudo já estava planejado e conseguira se aproximar tanto do cordão de isolamento. Apertou, então, a coronha do revólver ainda sob a camisa e viu passarem diante dos olhos todos os instantes de sua vida. Aquilo era como morrer, mas não tinha importância. Haveria de morrer dignamente, mas, pelo menos, no final dos seus dias — aquele dia — teria coragem de não perder a dignidade. Olhou aquele povo à sua volta, aquelas pessoas que aplaudiam, olhou os soldados que desfilavam, os escolares, os ex-combatentes, as autoridades no palanque. "Merda", disse para si mesmo, "o Brasil é merda pura". Pensou que a mulher e os filhos haveriam de esperar por ele inutilmente noites e noites seguidas e não conseguiu sentir ternura ou afeição. "Estou morto", pensou então, "nada mais me resta senão matar esse filho da puta". Enrijeceu o corpo, contou até dez, tirou o revólver do cinto e, mirando bem, apertou o gatilho.

— Você vai providenciar um médico para a criança — disse o homem, ameaçador.

— Puta que pariu! — gritou o atendente, deixando o jornal. — Quem você pensa que é, o presidente da República? Já disse que não tem jeito.

O homem saltou o balcão e agarrou o atendente pelo braço direito. A mulher, do outro lado, não conseguiu dizer nada. Apertou a criança de encontro ao peito e aguardou.

— Você vai encher essa papelada aí já, já — disse o homem, torcendo o braço do atendente. — Você vai fazer o que estou mandando, está ouvindo?

— Você está louco, seu? Não vê que isso vai dar um barulho dos diabos?

— Tem um médico aí dentro, não tem?

O atendente não respondeu.

— Tem um médico aí, não tem? — repetiu o homem, apertando o braço do outro.

— Ui! Sim, tem, está lá dentro.

— Como faço pra chegar lá?

— Primeiro faço a ficha aqui. Depois é só entregar lá.

— Pois então, faz as fichas.

— Mas eu posso ser demitido por causa disso!

— Puta que pariu! Você se foda! Eu quero é que me encha essa ficha agora!

O atendente obedeceu. O homem saltou o balcão para o lado de fora e abraçou a mulher. A criança não gemia mais, parecia dormir. A mulher embalava-a levemente.

— O que está acontecendo aqui?

O policial aproximou-se, desconfiado. A mulher arregalou os olhos e pregou-os no marido. O homem olhou para o atendente, ameaçador, e ficou calado.

O atendente largou as fichas e foi até o balcão. Olhou o homem, a mulher com a criança, o jornal amarrotado sobre a mesa e balançou a cabeça.

— Tudo normal — disse, voltando às fichas.

A mulher suspirou aliviada e o homem quase sorriu. O atendente lhe entregou as fichas e disse:

— Siga direto pelo corredor e vire à direita. Segunda porta.

A mulher correu com a criança, o homem atrás com as fichas. Seguiu pelo corredor, virou à direita e entrou na segunda porta. O homem de branco mandou sentar e perguntou o que era. A mulher aproximou-se cheia de esperança e disse:

— O menino, doutor...

O médico empurrou o pano que escondia o rosto da criança e olhou-a sem tocar. Olhou para a mulher com algum espanto, para o homem que sentara junto à mesa, com a cabeça baixa, e disse:

— Essa criança está morta.

Ridiculamente apoiado no tampo da mesa, o deputado conseguiu finalmente começar seu discurso:

— Minhas senhoras. Meus senhores. Estudantes do meu país. Neste momento glorioso e magnífico, em que mais uma vez a cultura brasileira é presenteada com mais uma joia do saber universal, eu me sinto no dever de me manifestar, em nome do nosso grande chefe, que no momento aqui não pode estar, porque preside as cerimônias comemorativas da data magna do nosso calendário cívico. Mas aqui estou para me manifestar, para que este dia não esvaneça tão cedo da memória de nós todos aqui presentes. Nosso grande país, senhoras e senhores, sempre se sobressaiu no concerto das nações, em qualquer momento histórico, em virtude da pujança inominável de seus artistas, esses semideuses cujas elucubrações poéticas e metafóricas superaram sempre qualquer criação advinda da mais fértil imaginação criadora alienígena. E mais, senhoras e senhores: nosso país, que comemora hoje, mais uma vez, sua grandiosa independência, apresenta notáveis índices de desenvolvimento desde a gloriosa e libertadora Revolução de 1964. Vejam bem como nosso povo aplaude nosso presidente, ouçam bem que até aqui nos chega o clamor popular que se eleva para agradecer o milagre da prosperidade que se abateu sobre nossa grandeza. Vejam bem, senhoras e senhores, como...

Éramos jovens. O deputado continuou sua algaravia monótona e nós nos afastamos lentamente. O Professor chegou pouco depois, acompanhado e amparado pelo umbigo que tão criteriosamente perseguira com o olhar desde o início da festa. Afonso, completamente embriagado, saiu com Hugo, os dois amparando-se um no outro. Lúcia sorriu com tristeza e virou as costas. Não vi quando saiu, talvez sozinha. O deputado continuava seu discurso quando corri outra vez ao banheiro, onde vomitei copiosamente. Os olhos vermelhos e a boca azeda de vômito, olhei outra vez para a parede: "Morra o tirano", dizia ela.

— Numa reunião como esta, de intelectuais — prosseguia o deputado —, nunca é demais falar na censura, tão combatida pelos mais esclarecidos. Sim, a censura é um mal, quando mal exercida. Concordo com os senhores. Sou frontalmente contrário à censura às obras literárias. Estas, por estarem veladamente situadas em estantes, não despertam a atenção geral. Nosso país é um país de analfabetos, senhores. A literatura não oferece perigo.

Eu dei e não doeu. E você, já deu?

— Tal não ocorre, igualmente, com o cinema, frequentado maciçamente como meio de entretenimento popular e apreciado por todas as classes culturais, atingindo, por conseguinte, uma variada faixa de idades. Aí sim, a censura é conveniente, e não apenas isso, mas necessária também. E não a censura pífia por aí aplicada, mas uma censura rígida, que coíba a imoralidade declarada e escancarada que golpeia o cinema nacional, em nome não se sabe de quê. Essa imoralidade não pode ser tolerada, aceita, proclamada ou legalizada. Não existe liberdade de pensamento e de criação em um país onde a moral dos homens inveja a dos cães.

Comi a boceta de sua mãe, o cu de seu pai e a boca de sua irmã.

— Para que haja liberdade total do desregramento, da podridão, da porneia cinematográfica, o sr. ministro da Justiça fará por bem mandar designar salas especiais de projeção exclusivas para o exercício da imoralidade, da obscenidade, do fartum cinematográfico, como acontece em vários países. A elas comparecerá quem desejar chafurdar no monturo, quem se agradar no contubérnio com a devassidão.

Fodi com a cachorra da sua mãe.

E depois fodi com a sua mãe.

— As coisas do sexo resultam mais valorizadas quando veladas pela discrição, pela intimidade, pela privatização, pelo enleio a dois. O bom, o belo, a intelectualidade, em época alguma da História da humanidade sintonizaram com o imoral, o impudico, a prevaricação dos costumes. Não queremos, pois, nem devemos, desejar a liberdade total dos atos da censura, o que nos lançaria, sem dúvida, no báratro do barbarismo moral, na incivilidade, na desordem sexual.

Morra o tirano.

Voltei ao salão cambaleando. O deputado terminara seu discurso debaixo de aplausos, embora ninguém soubesse realmente, ao final daquilo, se ele defendera ou condenara a censura. Aproximei-me e, boquiaberto, cumprimentei-o apertando-lhe a mão direita com tudo o que me restava de forças nas duas mãos.

— Esplêndido! Esplêndido, sr. deputado. Simplesmente esplêndido!

O deputado desvencilhou-se com um riso amarelo e fui amparado por dois braços estranhos. Um homem de terno escuro aproximou-se do deputado e segredou-lhe ao ouvido:

— Tentaram matar o presidente. A polícia está dispersando o povo a cassetete e bombas de gás. Metralharam o autor do atentado e ele morreu imediatamente. É bom vir comigo. O general foi ferido.

E ele via o garoto que era seu irmão brincando com os companheiros quando era ainda uma pequena e frágil criança. E o que era, quando morreu no fundo do calabouço, senão ainda uma criança frágil, só que um pouco mais crescida, um pouco mais rebelde? E ele afundava de novo no delírio, e tonto de angústia e sofrimento erguia-se da cama e andava sem destino pelo quarto e ouvia de novo as vozes pronunciando palavras que não lhe eram estranhas, e qualquer coisa lhe dizia que aquelas palavras saíam da boca de um general. E, de repente, ele caía outra vez na cama, mas tão logo começava a se afundar de novo no delírio, o pipoquear das metralhadoras buscava-o no fundo do poço. E ele ouviu gritos de mulheres e crianças, ouviu berros de terror, berros de quem tivera a carne atravessada por uma bala. Ouviu o barulho abafado de pés pisoteando corpos, e no meio da metralha e dos berros e dos ruídos um choro de criança, e ele se levantou tonto e desconcertado daquela cama que não mais o prenderia ali naquele quarto, e ele viu então o corpo infantil de seu irmão brincando com outras crianças tantos e tantos anos passados, e ele viu aquele garoto que era seu irmão crescendo e se tornando um jovem quase forte, não fosse toda aquela magreza, aquelas espinhas no rosto, e ele agora via o garoto cuspindo na cara do coronel e depois os homens sem farda entrando e saindo daquele corpo inocente, e ele naquele poste amarrado, e logo depois o coronel e aquele civil movendo os lábios para dizer qualquer coisa parecida com "o garoto está morto, coronel". E ele saltava da cama como um possesso desvairado e corria à janela, e entre o delírio e o sonho e a lucidez olhava para o fundo do abismo e o povo era uma massa cinzenta que se abria para dar passagem à metralha, e ele se debruçou na janela e ficou ali parado olhando seu povo fugindo da praça na data magna do nosso calendário cívico, e ele nem sequer olhou para trás antes de passar a perna pelo peitoril da janela e despencar lá de cima chorando e gritando Viva o Brasil! E enquanto rasgava o espaço, via diante de si o rosto macerado do garoto morrendo de dor e vergonha.

Suzana levantou a perna esquerda e Olavo viu que ela tinha uma pequena pinta negra na parte interna da coxa. Ela riu e ele ficou olhando a maneira como ela rolava na cama, toda nua. Suzana ficou de costas e Olavo admirou as nádegas firmes que ela comprimia maliciosamente uma de encontro à outra.

— Viva o Brasil! — gritou ele, correndo para a cama.

Suzana riu gostosamente e perguntou se ele não ia mandar o presidente entrar logo.

— Entrar onde, meu bem?

— No Palácio da Alvorada, ora! — disse ela, abrindo as pernas.

— Upa! — falou Olavo, enfiando a cabeça entre as pernas de Suzana.

Sentiu o odor suave que exalava das coxas longas, da musculatura sólida, e passou a língua bem de leve pelos lábios vaginais de Suzana.

— Agora não, meu bem. Além do mais, você sabe, quem sou eu para mandar entrar o presidente?

Suzana fechou as pernas em torno da cabeça de Olavo e quase o sufocou.

— Um ultimato! Ou você me promete dar um jeito logo nesse presidente pusilânime ou o mato agora...

— Morro, mas não cedo a ordens impatrióticas! Morro pela grandeza do Brasil, na data magna do nosso calendário cívico! Viva a democracia!

Suzana riu e soltou-o. Olavo abraçou-a e beijou-lhe os seios. Ela fechou os olhos e relaxou o corpo. Olavo desceu as mãos até sua vagina e viu que estava úmida. Ela gemeu pedindo que ele não demorasse mais e ele consentiu em penetrá-la. Quando o fez, não soube por quê, lembrou-se do semblante severo do general cheio de estrelas.

Vimos o presidente voltar ao palanque. Vimos o general conversar alguma coisa no ouvido do presidente. Vimos o presidente franzir a testa e olhar para o povo à sua frente. Ouvimos o barulho de um tiro e vimos o general caindo com um grito estranho. Vimos o presidente sumir no meio dos homens de terno preto e a polícia cercar o palanque. Vimos o povo correndo e gritando e ouvimos uma rajada de metralhadora. Vimos um homem negro cair varado de balas. Vimos uma mulher atravessar na frente dele e cair também, cheia de sangue. Vimos uma criança como nós caída na calçada, com um buraco no peito. Vimos a polícia militar batendo nos homens, nas mulheres e nas crianças. Ouvimos o comandante gritar para todo mundo: "Vamos, dispersem, dispersem, filhos de uma égua". Vimos os tanques de guerra atropelando homens para cercar o palanque. Vimos os homens de metralhadora apontando as armas para nós. Obedecemos ao instrutor, que nos ordenou marchar calmamente até os ônibus. Passamos por uma rua estreita e havia uma multidão em torno do corpo de um homem esparramado no chão. Vimos um homem cobrir o corpo do outro com um monte de jornais. Vimos um homem e uma mulher saindo de um hospital e a mulher carregava um embrulho que parecia um menino e chorava. Vimos outra mulher acompanhada de quatro crianças como nós e também ela chorava e parecia procurar alguém. Vimos um rapaz e uma moça abraçados na esquina, e ele beijava a moça e a moça beijava o rapaz, e de repente o rapaz saiu correndo e gritando e o que ele gritava era "Viva o Brasil!". Vimos o carro preto do presidente passar em alta velocidade, precedido por um batalhão de outros carros uivando suas sirenes. Vimos um rapaz magro apoiado num muro, e ele vomitava e chorava e com um carvão escrevia no muro a frase "Morra o tirano". Perguntamos ao instrutor o que significava aquilo e ele respondeu: "Vocês são crianças e não precisam saber dessas coisas, um dia tudo se esclarecerá". Insistimos, e o instrutor nos repreendeu irritado e disse: "Tudo a seu tempo, tudo a seu tempo". Desistimos de perguntar e seguimos em frente. Não sabíamos de nada, mas desconfiávamos de muita coisa. Seguimos em frente, com nossas dúvidas, nossas incertezas, nossas pequenas esperanças.

(*A rebelião dos mortos*, 1978)

LUIZ ROBERTO GUEDES (1955)

Paulistano, redator publicitário, jornalista, letrista de música popular, poeta, contista e autor de literatura juvenil. Tem publicados, entre outros, as coletâneas de poemas *Calendário lunático* (2000) e de contos *Alguém para amar no fim de semana* (2010) e os romances juvenis *Lobo, lobão, lobisomem* (1997) e *O mamaluco voador* (2008).

Dois cabeludos num jipe amarelo

Luiz Roberto Guedes

Alegria morreu na praia, naquele carnaval à beira-mar. Choveu dia e noite. Cortou a onda de dois carinhas a fim de curtir adoidado. Derrubou o astral de dois malucos no barato de transar com uma gatinha na areia da praia, debaixo da Lua e das estrelas. Sem chance.

Só restou pegar a estrada de volta a São Paulo, debaixo do toró.

O velho jipe trepidava como se fosse fundir o motor.

Chegaram ao subúrbio de madrugada. Do alto de uma ladeira, viram a vila alagada. Um lençol de água barrenta lambia os muros das casas, refletindo as luzes amareladas dos postes espaçados. Uma garoa fina dançava à luz dos faróis.

O cara do volante fez uma careta:

— Olha que puta lamaçal, Josué! Tua rua virou lagoa, cara! Desse jeito não vai dar pra te deixar em casa.

— Puta que pariu — o outro repuxou a barbicha rala. — Aqui também choveu pra caralho. Mas dá pra atravessar, Marcão. Quando o rio transborda, inunda só esse trecho de baixada, mas lá pra cima tá limpo.

— Sei não, cara. Willy Boy pode ficar atolado nesse lameiro.

Willy Boy era seu xodó: o jipe Willys Overland, modelo 1960, comprado de terceira mão e repintado de amarelo, com capota preta. Uma relíquia.

— Sem drama, cara. Vai que dá. Isso aqui é um jipe, porra.

— *Cazzo...*

Marcão deu partida, Willy Boy roncou bravamente através do baixio alagado. Respingos de lodo salpicaram o para-brisa. Logo, o jipe anfíbio emergiu ao pé da lombada seguinte.

— Pra morar aqui, você precisava de uma canoa nessa época, Joboy.

— Cada um mora onde pode.

— Foda, né, bicho? A prefeitura não faz porra nenhuma pra resolver o problema. O povão acaba acreditando que é normal ter enchente todo ano.

— Fica aí na esquina. Se parar em frente de casa, minha velha pode acordar.

Marcão parou na esquina da rua transversal e desligou o motor. O cachorro do tintureiro Okada latiu nos fundos da casa, o vira-lata de dona Divina esgoelou no quintal vizinho. Um guarda noturno apitou lá para os lados da vila operária.

Os caras acenderam cigarros e fizeram um minuto de silêncio pelo carnaval naufragado.

— Que puta amigo que você tem, hein, Joboy? Quem mais ia te trazer aqui, no meio deste pântano? Fala aí — deu um soco no ombro do amigo emburrado.

— Também, depois da barca furada em que você meteu a gente nesse carnaval...

— Porra, cara, foi sacanagem da Tininha e da Tânia. Elas é que convidaram a gente pra passar o carnaval em Ubatuba. Tenho culpa se as duas putas foram pra Parati e largaram a gente na mão?

— Vacas. Nem deram satisfação. Se pelo menos tivessem deixado a chave do apê, tava tudo certo. Mulher a gente descolava, fácil.

Marcão deu um muxoxo, abanou a cabeça.

— Foda, né, bicho? Deu tudo errado. Quatro dias de chuva, dormindo dentro do jipe... Tô podre. E que merda de copiloto você foi, hein? Dormiu o tempo todo na volta. Subi a serra morrendo de sono.

— Eu confio em você. Mas só como motorista: como armador de grandes lances você é um desastre.

— Que filho da puta... Tenho culpa se todo chegado que a gente procurou tinha saltado fora? Não pintou nenhum conhecido da faculdade, não é incrível? Pelo menos o Fininho recebeu a gente legal lá em Maranduba, não foi? Até descolou uma barraca. Se não fosse a chuva, a gente ia curtir pra caralho naquele *camping*. Tinha um montão de gatinhas, você viu?

— O que eu vi foi a bosta de barraquinha que ele arrumou pra gente. Modelo pra dois anões. E armou a porra da barraca bem na ladeira do morro, com a enxurrada descendo pra cima da gente. Puta imbecil.

— Pô, era o único lugar, bicho. O *camping* tava lotado.

— Só sei que eu quase morri afogado dentro daquela merda de barraca. Acordei gelado, com a água batendo no meu queixo. Sei lá se eu peguei uma pneumonia!

— Qual é, bicho, deixa de bichice — Marcão riu e ligou o rádio.

A guitarra estridente atacou a introdução de *Atrás do trio elétrico*, de Caetano Veloso.

— Abaixa isso, senão a cachorrada late de novo — Josué falou.

Marcão estalou outra risada:

— Pô, e aquele malucão gaúcho que convidou a gente pra ficar na casa dele?

— Louco de pedra. Naquela bosta de casebre que ele alugou não cabia mais ninguém. Só ele e aquelas cinco minas. Continuei dormindo no banco do jipe. Entalado que nem sardinha em lata.

— Você é que não quis dormir na cozinha. Eu me ajeitei legal.

— Só tinha um colchonete, pô. Eu ia dormir no chão gelado? Odeio frio, cara! E outra, eu achei que ia rolar um lance entre você e aquela mina, a Vilma. Liberei a cozinha pra você.

— Que mané lance, meu. O negócio daquelas minas é roçar uma na outra, tô te falando. Não te contei que de madrugada ouvi a tal de Vilminha gemendo, gritando como se estivesse levando uma surra de pinto? Quem tava com ela no quarto era aquela *mondronga* da Aurélia.

— Será, bicho? Vai ver que era o malucão trepando com a mina dele.

— Que nada, meu! O barato dele é só tomar pico na veia, cê não viu? Não tava nem aí com aquele tesãozinho. No meio da noite, ela veio tomar um copo d'água na cozinha, só de calcinha e camiseta. Ficou ali levando um lero à toa, "Que chuva, né?", maior papo furado. Parecia até a fim de alguma coisa, mas o doidão tava acordado, berrou lá no quarto: "Ô Bete! Prepara a seringa pra mim!".

— Puta pirado. Prefere tomar pico na veia do que meter a pica naquela gostosinha.

Marcão riu alto, cachorros protestaram.

— Carnaval de merda — Josué continuava azedo. — Sem grana, sem lugar pra ficar, sem xoxota, sem fumo, sem porra nenhuma. Só foi pintar um fumo no último dia — dá pra acreditar nisso?

Marcão sacou uma caixa de fósforos do bolso da jaqueta:

— Escuta, sobrou aqui uma baganinha. Vamos matar?

— Melhor não, bicho. O guarda noturno pode aparecer, algum vizinho pode pescoçar. Eu já vou nessa.

— Falou. Aí, arrasta essa ponta pra você. Pra cortar esse bode.

Josué enfiou a caixa de fósforos na mochila verde com inscrição U. S. ARMY.

— Aquele carro tá jogando farol alto em cima da gente — Marcão disse, de repente.

Um veículo descia rapidamente a rua, na direção deles. Marcão ligou e apagou os faróis altos, sinalizando para o outro motorista abaixar a luz.

— Porra, que cara filho da mãe!

A viatura preta e vermelha da polícia militar freou ao lado do carro. Uma lanterna potente ofuscou os rapazes, e logo quatro policiais cercavam o jipe, empunhando revólveres. Um PM baixinho encostou o cano da arma na cabeça de Josué:

— Desce daí, porra. Devagar. Mão na cabeça.

— Eu moro ali naquela casa — Josué apontou.

— Cala a boca, vagabundo! Só fala quando eu mandar! — o baixinho berrou.

A seu comando, Josué e Marcão plantaram as mãos sobre o capô do carro, curvaram o corpo para baixo e abriram as pernas.

— Ninguém se mexe. Francival, dá uma geral nesses putos.

Feita a revista, o baixinho mandou que esvaziassem e puxassem para fora os bolsos das calças. Entregando seus documentos, Josué leu o nome do tampinha no bolso da túnica: Leôncio. Sob a mira das armas, os dois foram levados em direção à "barca".

Um PM mais velho estava recostado junto à porta traseira escancarada, segurando a corrente do pastor alemão aboletado no banco. Tinha um bigode grosso e um nome na túnica: Raposo.

— Olha os documentos do barbicha, sargento — Leôncio falou.

Raposo conferiu a progressão da juba de Josué Peregrino na cédula de identidade, certificado de dispensa do exército, título de eleitor, crachá funcional do laboratório farmacêutico, credencial da Ordem dos Músicos ("o barbichinha é guitarrista"). Extraiu da carteira um envelope de carta dobrado, checou o remetente: Rachel Louise MacKinlay, de Lancaster, Ohio, USA.

— Eu moro naquela casa, sargento, no número 89 — Josué disse. — O senhor pode ver meu endereço aí no envelope.

— Cala a boca, viado! — Leôncio estrilou. — Quem fala aqui somos nós, você só responde!

O sargento desdobrou a carta, achou a foto de Rachel com seu cachorro Toby.

— Gringuinha bonita. Loirinha de olho azul. Sua namorada, cabeludo?

— Minha amiga. Filha do pastor americano Lewis MacKinlay, da igreja batista. Ele morou aqui no bairro, faz uns dez anos.

— "Maquínlei" — o sargento arremedou. — Quer dizer que o barbicha sabe inglês, hein? Você é bem esperto. Deve gostar de um vapor na cabeça, não gosta? De queimar um fuminho, é ou não é?

— Eu moro ali, sargento — Josué apontou de novo sua casa. — A gente acabou de chegar da praia, eu já ia entrar em casa. Meu amigo aqui me deu carona. A gente não é bandido, o senhor está vendo.

— Às três da manhã não dá pra saber quem é bandido, quem não é. Deixa ver a bolsa desse carneirão aí. Olha o cabelo dele. Parece que nunca viu pente.

Examinou os documentos de Marco Antonio Marengo, comentou a credencial de músico, "o carneirão é baterista", submeteu o conteúdo da bolsa ao focinho especializado do cachorro, "dá uma cheirada aí, Rex". A cara irônica do sargento fazia temer o pior.

Raposo indicou a mochila de Josué com um movimento de queixo:

— Que é que tem aí?

— Livro, agenda, pente, escova, pasta de dentes, sabonete, chaveiro...

— Abre isso.

— O senhor já viu que tá tudo certo com a gente, sargento — Marcão falou. — Libera a gente.

— Cala a boca, filhadaputa! Não vou avisar de novo! — Leôncio esgoelou.

Vendo a mão peluda de Raposo penetrar a mochila, o pastor alemão resfolegando, Josué anteviu o desfecho. Preso na porta de casa. O filho da dona Elba. Ele mais outro cabeludo maconheiro. O povo espalhando a notícia no bairro.

— Que porra é essa? — o sargento apontou alguma coisa na mochila.

— É a minha cueca. A gente veio da praia, eu ainda tô com o *short* de banho.

Raposo tirou a esferográfica do bolso, pescou a cueca, espiou o resto com nariz torcido. O soldado Francival engoliu uma risadinha. Josué sentiu um tremor violento nas pernas. Mesmo depois que o sargento lhe devolveu a mochila.

— Vão pra casa, jovens. O carnaval acabou, é tarde pra vocês andarem na rua. Esse lugar é muito perigoso, tá cheio de bandido e subversivo. Vão embora.

— Obrigado, sargento! — Marcão retribuiu a cortesia.

O tom de alívio deixava claro que o sargento era um cara legal. Raposo sorriu por trás do bigode. O baixinho esporrento deu um tapa no ombro de Josué:

— Tudo bem, né, garoto? A gente tá só fazendo o nosso trabalho, certo?

Embarcaram na viatura, bateram portas com estrondo. Cachorros deram alarme pela vizinhança, o pastor alemão desafiou a todos. A "barca" arrancou velozmente na direção da vila operária.

Josué olhou para sua casa, viu o rosto da mãe no postigo da porta, os óculos brilhando à luz da varanda. Trocou um aperto de mão com o amigo.

— Tchau, Marcão. A gente se fala.

— Tchau, bicho. Fica com Deus.

(*Alguém para amar no fim de semana*, 2010)

JULIO CESAR MONTEIRO MARTINS (1955)

Nascido em Niterói (RJ), advogado de direitos humanos, jornalista e escritor, autoexilou-se na Itália em 1994. A partir de 1998 passou a escrever e publicar em italiano. Entre seus títulos destacam-se *Torpalium* (1977) e *Muamba* (1985), contos, e *Artérias e becos* (1978) e *Bárbara* (1980), romances.

A posição

Julio Cesar Monteiro Martins

Meu amigo Pedro morreu de cabeça para baixo, como uma galinha ou uma fruta madura.

Seus pés estavam amarrados por uma corda grossa, que se prendia a um gancho no teto. Suas mãos estavam atadas e quase tocavam o assoalho.

Pedro estava nu, e seu corpo longo e nobre parecia uma estátua de um prédio em demolição.

Vez por outra Pedro era balançado como um pêndulo, a marcar ele mesmo seus segundos de agonia.

Sua cara estava vermelha.

Seus pés estavam brancos.

A dor começou nas pernas, e foi tomando a coluna e a cabeça como se fosse uma água que escorresse.

O chão se aproximava na medida em que as vértebras se afastavam umas das outras.

Enquanto pendia, Pedro só conseguia pensar

que sua mulher, sua mãe e seus filhos estariam vomitando desespero àquela hora.

que foi bom que eu não estivesse ao lado dele quando tudo aconteceu.

que havia a lei da gravidade.

que talvez ela fosse a única.
que ele precisava de uma ambulância e de um médico.
que ele não tinha instituto.
que ele seria notícia em todos os jornais do dia seguinte.
que ele não seria notícia em jornal algum.
que ele gostaria de ser um elástico.
que ele gostaria de não ser.
que ele talvez não fosse mais.
que há meses estava naquela posição.
que talvez alguém pintasse ou escrevesse tudo aquilo.
que lá fora chovia.
que não adianta represar os rios, se não se pode parar a chuva.

Isso eram pensamentos que se justapunham na cabeça de Pedro, como automóveis em um grande engarrafamento. Mas Pedro não sabia
que sua mãe havia morrido na noite anterior.
que lá fora era sol quente.
que fazia pouco mais de doze horas que estava naquela posição.
que jamais sairia vivo daquela posição.
que ninguém sabia onde ele estava.
que no fundo todos sabiam onde ele estava.
que seus pés já estavam podres por falta de circulação.
que seu pênis estava ereto, com o sangue concentrado.
que era o dia da partida final do campeonato.
que todos torciam pelo seu time.
que eu escreveria esta história.
que ele fedia como um porco selvagem.
que um de seus olhos havia saltado da órbita.
que tudo não passaria de suicídio por remorso.
que seu sangue sofreria o mesmo milagre dos pães.

Alguém sugeriu que se amarrasse um paralelepípedo na cabeça de Pedro. Um paralelepípedo é um cubo de granito. Granito é uma matéria de outra densidade da que estava pendurada. E outro alguém pensou em jogar água para que o homem acordasse. A água, de densidade oposta à do granito, foi lembrada por ser de temperatura mais amena. E outro mais advertiu que o homem estava morrendo, e que não havia interesse nenhum na sua morte. Da morte desconheço mais que tudo a densidade, temperatura ou volume.

Havia meia hora Pedro havia parado de escutar as vozes. A saliva cremosa que escorria de sua boca encontrava as raízes dos cabelos.

Sua cara estava roxa.

Seus pés estavam roxos.

Os homens então tomaram ciência de que ele estava mesmo morrendo. Um deles subiu numa escada, segurando o corpo de Pedro pela cintura, e virou-o repentinamente para a posição normal.

Foi quando a cabeça de meu amigo Pedro explodiu como uma bomba.

Ou

foi quando meu amigo Pedro reuniu suas últimas forças para cuspir bem no meio daquela cara inexpressiva que o fitava.

Ou

foi o tempo que sobrou para que o meu amigo Pedro perguntasse a quem pudesse ouvir sua débil voz: "Será que vocês têm filhos?".

Ou

foi quando o seu cérebro esvaiu junto com o sangue uma última e muda ideia, de que findando ele ou todos os homens, tudo continuaria a ser muito relativo.

Ou

foi quando ele percebeu uma sensível melhora, e calou-se. Sem saber que metade de seu corpo já havia apodrecido. Sem imaginar a discreta espreita de todos os insetos.

Ou

foi quando ele sentiu-se desatado, e carregando as sobras de vida das suas mãos ao seu próprio pescoço, terminou o serviço que os homens deixaram incompleto. Assim era Pedro, acostumado à competência. E assim Pedro era, que nada deixava incompleto.

E nada deixou incompleto, pois o tempo é o melhor dos complementos.

Mesmo um tempo que morre de cabeça para baixo, como uma galinha ou uma fruta madura.

(*Sabe quem dançou?*, 1978)

FERNANDO BONASSI (1962)

Paulistano, roteirista, dramaturgo, contista, romancista e autor de literatura infantil e juvenil. Publicou, entre outros, *Subúrbio* (1994) e *Passaporte* (2001). No teatro, destacam-se as montagens de *Apocalipse 1,11* (em colaboração com o Teatro da Vertigem) e *Arena Conta Danton* (com direção de Cibele Forjaz).

Cinquenta anos em cinco textos

FERNANDO BONASSI

1. Lição de História

Major reformado com especialidade na área de informação, tinha percorrido diversas repartições do estado, prestando serviços técnicos de interrogador diplomado, sempre lotado junto àqueles grupos táticos criados para o desmanche das organizações subversivas. Uma carreira magnífica, pré-indicada ao coronelato, não fosse a mudança dos ventos a derrubar-lhe as aspirações. Caiu em desgraça e acabou escondido debaixo do tapete da História, junto com a ditadura, e, como ela, preferiu ficar esquecido num canto, "por uns tempos". No caso dele, um escritório regional da Receita. A luta armada acabara, pelo menos, e seus horários agora eram regrados. Tinha sábados, domingos e feriados para ficar com a família. Não que soubesse como fazê-lo. Tornara-se velho e mofado nos porões do exército, sem humor e iniciativa para brincadeiras ao ar livre. Do que fizera não comentou nada com ninguém, embora a esposa e os parentes dela desconfiassem de qualquer coisa: um homem retraído demais, desconfiado dos outros, calado, o vício em bombinhas de asma e a mania de jamais sentar de costas para portas e janelas entreabertas. Consta em seu prontuário (expurgado de certos fatos do período de exceção) que nos últimos anos ajudou a prender grandes sonegadores. Para sua surpresa, eles se abrem e falam profusamente em seus interrogatórios, fornecendo robustas pistas às investigações, sem qualquer constrangimento. A propósito disso, não fez inimigos desnecessários no passado, que soubesse, e talvez até seja querido entre os seus novos colegas de trabalho, mas está confuso, obedecendo agora aos que antes era preciso vigiar, inquirir e, eventualmente, exterminar.

2. Aparelhos usados

São casas térreas, sobrados e apartamentos, alguns em áreas nobres de nossa cidade, concebidos e construídos em sigilo pela última ditadura, com o gosto duvidoso daquela época, do arquiteto oficial dos governos e recursos do Estado Maior, ouvidos escondidos nas paredes e olhos de câmeras por todos os lados — lustres da sala, louças do banheiro, maçanetas e gavetas de armários embutidos, por exemplo — registrando e catalogando as falas, os gestos, os passos e os hábitos diurnos e noturnos dos velhos inimigos internos que ali se hospedavam, muitas vezes a convite das próprias Forças Armadas, travestidas de empreendedor imobiliário ou de turismo sexual, com o objetivo de se infiltrar nas extintas organizações de oposição. Agora que só pensamos para a frente e não fazemos prisioneiros, o problema é que destino dar a estes imóveis — não protocolados como patrimônio de qualquer ente público conhecido — que, sem existência jurídico-institucional, servem apenas à corrupção de maus agentes, que os sublocam para inquilinos e famílias inocentes das condições excepcionais de observação e vigilância em que se encontram, e que ignoram o registro e a exposição das tolices que dizem e fazem uns aos outros, na intimidade do lar, em tempos de paz.

3. Suicídio

É um daqueles incidentes que comprometem todo um trabalho investigativo realizado pelos órgãos de segurança, mas já que o estado de coisas era violento e o dano estava feito, alguém precisava remediá-lo... Foi quando o tenente um tanto desequilibrado e quase irresponsável por tudo aquilo — e pelo serviço de informações naquele interrogatório — maior patente disponível na cadeia de comando daquele final de semana — ligou para o sargento lotado no necrotério e pediu que ele viesse dar um jeito num estrago. O sargento, que não era bobo e pressentia problemas em seu prontuário, ordenou ao cabo de plantão no serviço funerário que fosse e resolvesse aquele que parecia um caso espinhoso para o chefe, ainda que ninguém soubesse exatamente a que ou quem tal assunto se referia. O cabo, que nunca estudara História do país na escola, mas não queria se meter em confusão, mandou chamar o primeiro par de recrutas que estivesse no quartel naquele momento. Era um momento histórico. O autor deste relato poderia mentir, afirmando que conhece os dois rapazes selecionados a esmo. Poderia até mesmo afirmar que era um deles... Éramos os mais baixos na hierarquia e não tínhamos a menor noção do tempo em que estávamos, nem do governo a que obedecíamos. Éramos ainda mais ignorantes do que o nosso superior imediato e fomos despertados de pronto, tirados do alojamento batendo os joelhos magros e os dentes de medo e de frio, na calada da madrugada de um domingo obscuro — era junho, um dos meses mais cinzentos neste canto esquecido do mundo — para uma missão nas dependências do nosso próprio exército, meio manchado de sangue na ocasião. Foi por isso que nem se exigiu que estivéssemos totalmente fardados e barbeados para o serviço. Estávamos todos muito mal preparados para tudo, e no escritório de despachos do tal tenente perturbado nos esperava um corpo estendido no chão, imóvel e deitado de costas, com o rosto machucado ao ponto de não haver identificação visual possível e totalmente morto ao contato manual. Rígido o cadáver ainda não estava, e antes que ficasse, um perito militar e um médico-legista da armada nos ordenaram que o pendurássemos pelo pescoço (não sem alguma dificuldade), amarrando-lhe a gravata numa barra de ferro da carceragem. O homem morto, tudo indica, sob tortura, e pendurado pela gravata, vestia-se como um executivo, ou jornalista de chefia, sim, como poderíamos saber? E por falar nisso, logo em seguida entrou um fotógrafo oficial e, embora nada parecesse o que queriam que a cena comprovasse, ele a registrou por inteiro, de diversos ângulos. Nós, dois recrutas, não aparecemos em nenhuma imagem e nos foi sugerido com certa veemência que esquecêssemos o que tivéssemos visto, sentido ou feito, até porque todos cumpriram ordens e tudo estava perdoado. Ficava como se nunca tivesse ocorrido. Aliás, depois o fato foi negado de um tanto que até nós, os recrutas envolvidos na montagem da encenação de suicídio nas dependências do nosso exército, nós não temos mais certeza disso ter acontecido de verdade. Desculpem.

4. Para não dizerem que eu não falei de tortura, de verdade

Todo o projeto se baseia na primeira lei de Ohm. Trata-se de uma cadeira simples, de madeira, mas estruturada com material condutor de corrente elétrica, cujo circuito é aberto em determinadas áreas para o contato com o corpo humano. O educando fica preso por correias presas nos pulsos, cintura, panturrilhas e cabeça. A carga fornecida provém de um motor elétrico e/ou de um dínamo de manivela, ambos operados pelo educador. Um relógio/potenciômetro e um conjunto de baterias digitais podem ser acoplados para agendar e regular os castigos de acordo com critérios progressivos ou regressivos das penalidades aplicadas, desde dois amperes por hora em corrente contínua, até 150 volts e 15 amperes em corrente alternada por minuto. A duração e periodicidade de cada sessão devem ser definidas após consultas ao médico da família e ao engenheiro responsável pela rede elétrica local. As queimaduras elétricas costumam ser mais graves do que aparentam, mesmo quando o educando se encontra em bom estado e vai ao hospital por seus próprios meios. Muita atenção: jogar água no corpo do educando pode diminuir perigosamente o limiar suportável pelo seu organismo. Ao atender uma vítima de choque é preciso tomar cuidado para não terminar na mesma situação: desliga-se primeiro a fonte de energia, retira-se o educando depois.

5. Conhece-te a ti mesmo

Informamos com pesar que o general, mantido em estado de coma induzido há vários dias, não conseguiu mais vencer a derradeira batalha e, na calada da última alvorada, veio a perecer na UTI geriátrica do hospital de base do distrito militar, após cinquenta e nove anos de serviços prestados à Força. Conhecido por seu apego aos princípios hierárquicos e pela generosidade para com seus comandados, de quem exigia obediência cega, o desaparecimento desta liderança abre mais um vácuo de pensamento no exército. O velho general, que dizia o que pensava, mas preferia agir, também era odiado por isso e por muitos outros, que viam nele um patrocinador de assassinatos impunes, considerando que fizera sua carreira de cinco estrelas nas famosas equipes especiais de investigação, encarregadas da análise e decifração dos organogramas administrativos de organizações radicais; de perseguição, cerco, aprisionamento e extermínio de subversivos, durante a mais recente revolução, que ele ajudara a implantar. A mais recente revolução não era diferente de nenhuma das anteriores, segundo relato de sobreviventes e as questões das provas de História. Essa revolução mais recente, no entanto, também era chamada de contrarrevolução pela situação e de ditadura sanguinária pela oposição. A ditadura e a oposição se retiraram covardemente da luta, em comum acordo, traindo os sonhos de mais outra geração de cidadãos crentes, mas o general, acostumado com esses revezes no passado, se aposentou por tempo de serviço, e, mesmo longe do poder, seu apartamento funcional continuou a reunir políticos, artistas, juízes de direito, de futebol, bem como jornalistas respeitáveis e historiadores da vida privada, em atividades de lazer, cultura e debates sobre o futuro geopolítico. Estes observadores privilegiados notaram que, nos momentos finais, o velho general estava deprimido com as novidades que apareciam na imprensa a todo instante, e, recolhido a um aposento obscuro, ainda exercia disciplina patética, constrangendo enfermeiros e funcionários terceirizados com explosões de humor e açoites, tentando, com o exercício premeditado da violência, se esconder da própria decadência física. Tinha uma doença degenerativa, o desgraçado. O filho da puta do general nunca foi visto brandindo sua condição especial para obter qualquer privilégio, isso é fato. Preferia o diálogo e a disputa, que gostava de ganhar. Reservado, o sádico mandava seus recados sob a forma de bilhetes manuscritos e assinados, que eram normalmente picotados e incinerados após a leitura, sob pena de morte do destinatário. Os poucos que restaram são vendidos a bom preço para universidades estrangeiras, que desejam nos conhecer melhor.

Fim.

PALOMA VIDAL (1975)

Nascida em Buenos Aires (Argentina), veio exilada com os pais para o Brasil em 1977. Professora universitária, contista, romancista, ensaísta. Estreou com a coletânea *A duas mãos* (2003), seguida de *Mais ao sul* (2008). Publicou ainda os romances *Algum lugar* (2009) e *Mar azul* (2013).

Viagens

Paloma Vidal

i.

O homem que eu visitava semanalmente era barbudo, calvo e tinha um leve sotaque estrangeiro. Havia perto de sua casa um parque grande demais para aquele bairro, e talvez por isso quase abandonado, crianças jogando futebol num campinho debaixo de um viaduto e as demais ruas vazias. Eu pegava um ônibus azul e amarelo para chegar até lá.

Era minha viagem ao passado: um longo corredor e as histórias por trás das paredes descascadas; a decadência dessa família e de tantas outras; a tristeza pela partida, o choro das crianças e a avareza dos velhos.

Nada daquilo tinha realmente a ver comigo, mas ainda hoje sobrevive em mim como uma zona escura da memória, um ponto de fuga para onde correm medos que não sei ao certo de onde vêm, nem se algum dia encontrarão sossego, como se todas as noites me coubesse percorrer sozinha aquele corredor úmido e sombrio, sem saber aonde vai dar.

Ele acabou morrendo, aos noventa anos, naquela mesma cama em que o vi pela última vez. Sobre ela, um quadro oval com a imagem de Jesus Cristo, seu coração de fogo, a mão direita erguida num gesto solene de bênção. Sentada ao lado da cabeceira, sentia os minutos passarem, o som do rádio baixinho entre nós dois e, para além dele, o silêncio.

A casa, uma construção dos anos 1930, sóbria como esse homem, estava caindo aos pedaços. Não por fora. Por fora mantinha sua dignidade. Mas quando o portão de ferro se abria, surgia o corredor com as paredes descascadas que levava até uma porta ao fundo, à direita, atrás da qual se protegia esse homem, num apartamento de quarto e sala; os dois cômodos davam para um pequeno pátio que, eu imaginava, devia ter visto alguns momentos de alegria, quem sabe até protagonizados por mim.

Estoy cansado, m'hijita — cuéntame de tus viajes, ele dizia. Então, sempre que eu viajava, mandava cartões-postais para meu avô moribundo, um homem que atravessara o oceano Atlântico até uma terra de promessas e fizera o caminho de volta apenas uma vez para dizer adeus ao que mal conhecia. Ao retornar a seu país natal, num ritual silencioso de despedida, jogara ao oceano as cinzas dela: Mercedes, mulher de cabelos negros e nariz curvo, Mercedita, *amor mío*.

Meu avô nasceu em 1904, em Barcelona, Catalunha, Espanha. Um século depois, aqui estou eu, tentando imaginar sua partida do porto dessa cidade, aos dez anos, alguns meses antes do início da Primeira Guerra Mundial, e seu retorno mais de sessenta anos depois para uma Barcelona que lhe pareceu deslumbrante, mas que já não lhe pertencia.

Tentando refazer sua viagem com a mãe, o pai e um irmão, sobrevivente por muito pouco de uma viagem cuja precariedade nunca chegará a se revelar inteiramente para mim. Nessa precariedade, abrigava-se um sonho, guiado quem sabe pelos garranchos de uma carta ou pela imagem de uma cidade desconhecida.

Mais de 55 milhões de europeus foram registrados atravessando o Atlântico em direção a seus novos destinos americanos entre 1820 e 1924, leio. As cifras argentinas são as mais assombrosas: se em 1895 a porcentagem de imigrantes era de 25,5% da população total, em 1914, tinha passado a 30%. Não sou a única a me interessar por essa travessia. Os historiadores também se perguntam: por quê?

As explicações se polarizam. As causas deveriam se encontrar na miséria ou na aventura. A miséria pode ser medida em gráficos e quadros, por países e regiões: preços agrícolas, custos de aluguel, pressão fiscal, catástrofes climáticas, epidemias, guerras. E a aventura? Como se recuperam os motivos imaginários da viagem? E como se mede a distância obscura entre necessidade e desejo?

Como saber, pergunta o historiador, por que uma pessoa emigra e, outra, seu vizinho, que está em condições aparentemente semelhantes, não o faz, sendo que ambas estariam submetidas ao mesmo tipo de cálculo sobre os benefícios acarretados por sua decisão?

Esse cálculo é intangível. Se houve uma carta que acenou com possibilidades que encantaram a família do meu avô, houve certamente muito mais do que isso, ou talvez muito menos, uma fala ou fato cotidiano, um sonho, uma imagem qualquer que foi se tornando cada dia mais incontornável, como a de um barco enorme rompendo as ondas em direção a um horizonte muito vasto.

Meu avô era uma criança quando partiram, mas tinha com sua cidade uma amizade madura. Conhecia bem esse pedaço de terra espremido entre o mar e os montes. Seus passeios eram longos e solitários, permitindo-lhe explorar muito além dos territórios circunscritos pela vivência familiar. Não se imaginava morando em outra cidade. Como poderia? Ao mesmo tempo, fazia questão de se estrangeirizar, quase perdido por ruas que ia aprendendo a reconhecer.

Seu irmão, Manuel, tinha apenas seis meses. Conta-se que sobreviveu à viagem graças à mãe: determinada a vê-lo crescer do outro lado do Atlântico, ela o abraçou contra seu peito e, fazendo dele uma extensão de seu próprio corpo, de seu próprio alento, não se separou do menino até que o barco por fim ancorou no porto de Buenos Aires, nos primeiros dias do mês de junho.

Buenos Aires era, para meu avô, um ponto distante na direção do dedo de Colombo, esse homem que merecia um monumento na entrada da cidade por ter se aventurado em terras desconhecidas. Jamais teria imaginado que ele apontava para o seu destino. Prestava pouca atenção à estátua do grande navegador. Preferia os lugares mais altos da cidade, o Montjuic e o Tibidabo, onde o mar era uma realidade magnífica, mas inalcançável.

Quando soube que iam viajar, preparou para si dois sanduíches de *tortilla* bem caprichados e saiu de casa. Queria perder-se de vez? Não, queria matar a saudade antecipada que sentia da vista de Barcelona. Voltou só de noite, quando já não sabia o que fazer na rua. Sua mãe estava aos prantos. Abraçou-o tão forte que fez estalar suas costas e depois disse, com tom severo: "*Ya a la cama*".

Naquela noite, ele sonhou muito, e os sonhos eram muito mais claros do que a realidade. Viu a partida e a chegada. Viu sua família numa casa nova. Seu irmão já era um menino. Ele passeava por uma longa avenida. Poderão os sonhos antecipar o futuro?

Leio que a imigração para o rio da Prata teve um horizonte de permanência que outras não tiveram. Houve mais famílias e mais trabalhadores capacitados do que jovens aventureiros, o que talvez estivesse relacionado com o custo das passagens e a duração da travessia, consumindo mais dias sem trabalhar e reduzindo os benefícios imediatos que poderiam atrair viajantes temporários.

Procuro saber mais sobre essa viagem. Quais eram as dimensões da embarcação? Quantas semanas durava? Quantas malas levaram? O que comiam? Onde dormiam? Como passavam os dias? Tinham conhecidos? Choravam?

Leio que a emigração massiva foi um negócio muito lucrativo para as companhias de navegação. Os armadores obtiveram custos baixos de transporte reduzindo o número de tripulantes, servindo comida de má qualidade, oferecendo espaços reduzidos e condições de higiene precárias.

Quase três anos tinham se passado desde sua chegada, quando, numa manhã de abril, logo depois de acordar, meu avô viu projetada na parede do quarto uma série de imagens de sombras e de luz, espécie de decalque incolor, um claro-escuro formando um desenho pouco definido no fundo branco. Talvez uma cabeça com ombros, uma figura vaga que lhe pareceu familiar e lhe trouxe à mente a pergunta: "Irmão morto?".

As imagens nunca mais apareceram, mas em seguida vieram os terrores noturnos, o mesmo enredo repetido escuridão após escuridão: "Que lugar é este? O que faço aqui? Quem é você?". Acudiam então os pais, em resposta aos gritos de Manuel, apavorado com a cena do seu irmão de olhos abertos e cravados nele, mas incapaz de reconhecê-lo.

Nove anos depois, meu avô se casou com Mercedes, nascida em Buenos Aires, filha de espanhóis. Para mim, que não a conheci, essa mulher foi primeiro um nome capaz de evocar uma beatitude inatingível e, mais tarde, uma imagem quase irreal estampada numa foto colorida à mão pelo meu avô e descoberta numa caixa de documentos do meu pai.

Maria e Felipe eram os pais dessa mulher. Se as origens dele se perderam na viagem, sobre ela se sabe que nasceu em Pobla de Segur, uma cidadezinha no norte da Catalunha, no final do século XIX. Uns vinte anos depois, partiria com o marido para Buenos Aires, onde nasceriam seus cinco filhos, entre eles duas meninas gêmeas, Maria Mercedes e sua irmã, em 1906.

A irmã de minha avó morreu aos vinte e dois anos, de tuberculose, pouco antes de Mercedes se casar. A foto da *finadita*, idêntica a Mercedes, passou a presidir a sala da casa onde a família morava, como se fosse a imagem de uma santa. A mãe alimentava diariamente a lembrança da filha defunta, orando em silêncio.

O guia do imigrante espanhol aconselhava: ao chegar à idade de se casar, se for possível, se estiver apaixonado, é melhor fazê-lo com uma mulher argentina. Seus amigos estão aqui, seus hábitos e costumes foram adquiridos aqui, e seus filhos devem ser argentinos, porque a esta altura você já é quase um deles.

Em 1947, no ano em que nasceu seu filho caçula, meu avô decidiu que chegara o tempo de se naturalizar. Foi uma decisão amadurecida durante muitos anos, desde que as imagens de Barcelona começaram a se apagar de sua memória, como se aquela vida tivesse sido vivida por outro, de quem tinha notícias só de vez em quando.

Considerava-se um homem bastante bem-sucedido e agradecia sua condição a esse país que acolhera sua família. Não pensava com frequência em voltar à Espanha, mas às vezes sonhava com uma viagem a passeio, Mercedita e ele, pousando de avião no aeroporto, que ele não chegara a conhecer, de sua cidade natal.

Ele faria essa viagem de volta, mas sozinho. Mercedes faleceu no outono de 1968, depois de um verão passado em Mar del Plata, onde haviam comprado um apartamento perto do cassino. Com o dinheiro da venda desse apartamento pagou sua viagem à Espanha e uma longa estada em Barcelona, da qual passou a maior parte enfiado num quarto de hotel, assombrado por suas lembranças.

Cinquenta anos antes, com apenas catorze anos, ele começara a trabalhar numa óptica no centro de Buenos Aires. Estamos em 1918. A presença dos imigrantes alcançou porcentagens incríveis: quase 70% dos homens em idade adulta. Isso explica que o mercado de trabalho esteja tomado por eles.

Mais tarde, com trinta anos, ele abriria seu próprio negócio, a óptica Boston, também no centro. Estamos em 1934, ano de inauguração do metrô na avenida de Maio, a poucas quadras da óptica, que fica na avenida Roque Sáenz Peña, a Diagonal Norte.

Buenos Aires é a capital de um império que nunca existiu, leio. A Diagonal Norte é um exemplo da simetria grandiosa a que aspirou essa cidade, tendo nascido nos anos 1920 para unir o poder executivo, na praça de Maio, e o poder judiciário, na praça Lavalle.

Deixo-me levar pelo desenho de cifras e ruas; trilho uma cronologia e uma geografia, seguindo os poucos acontecimentos e lugares que conheço, as fotos que restaram e o que vou descobrindo nos livros. Na imagem espacial de um tempo que não vivi, inscrevo algumas marcas, flertando com a ilusão de saber de onde eu vim.

Como se não houvesse uma descontinuidade intransponível entre uma vida e outra, entre uma geografia e outra; como se um ser saísse do outro, numa cadeia sucessiva no tempo e no espaço, salto imaginariamente o abismo que existe entre mim e aquele que me gerou.

Conheci meu avô em intervalos breves, durante minhas viagens a Buenos Aires ao longo dos anos de 1980 até sua morte. Quando ele já estava muito velho e eu era adolescente, ficamos próximos. Foi uma época em que convivemos bastante, durante uma temporada que passei na cidade, quando o visitava semanalmente.

"Ficar próximos" é uma expressão literal, neste caso. Ele não abandonava mais a cama e eu ficava ao seu lado, ouvindo o rádio. Numa de minhas visitas, tinha levado para ele uma almofada triangular que lhe permitia ficar sentado. Quase não falávamos.

Eu temia que a qualquer momento ele começasse a chorar, talvez porque frequentemente essa era a minha vontade. Para impedir que isso acontecesse, evitava falar do passado e também do futuro; achava que o passado o deixaria nostálgico e sabia que não havia futuro para ele.

O que havia era aquele encontro, aquela tarde, nosso contato silencioso. Havia a possibilidade de que as horas passassem sem muita dor. Eu me atribuía esse dom. Por pudor, não tentei conhecê-lo mais, e se ao escrever estas linhas vejo lacunas que ele poderia ter preenchido, percebo também o quanto naquele momento o silêncio nos uniu.

ii.

Meu pai, minha mãe e eu, criança, partindo de uma hora para a outra. Como fizeram? Por onde começaram? Escolheram um lugar e depois empacotaram as coisas? Em que momento a ficção da partida se tornou realidade? E se eu fosse partir agora? Se neste momento mesmo tivesse que juntar todas as minhas coisas numa mala e partir? Todas as minhas coisas, repito, desafiando essa impossibilidade (a completude tão desejada, um lugar para cada coisa, todas as coisas num só lugar).

Olho à minha volta: todas as minhas coisas são quase nada no momento em que escrevo, vivendo numa cidade estrangeira. Os móveis (um sofá, uma mesa com duas cadeiras, uma escrivaninha, uma cama), herdados do inquilino anterior, ficariam. No fundo da mala iriam os livros, uma dúzia deles, e em cima as roupas. Partir de repente, se fosse agora, seria até fácil.

E a gata? Teria de abandonar a gata? Ela precisaria de documentos assinados pelo veterinário e pela vigilância sanitária, uma caixa especial, confortável, e um remédio para dormir. Ao chegar ao novo país, qual hotel me aceitaria com um animal? Tudo se complica. Nem cinco minutos sobrevivo à minha ficção. Então, como fizeram?

Vejo meu pai e minha mãe arrumando objetos no espaço do apartamento novo que, na minha lembrança, é imenso, o nono andar de um prédio em frente à praça do Lido. Lembro ou imagino? A chegada a um aeroporto desconhecido e a pergunta desconcertante, seguida de silêncio: "*Qué lengua hablan?*".

Pergunto também pelo meu primo, com quem brincava de polícia e ladrão no antigo apartamento. Saiam daí com as mãos para o alto. Vocês estão cercados. A casa está cercada. Enquanto brincávamos, minha mãe nos observava debruçada sobre um monte de papéis espalhados pela mesa da sala. Gostava de tê-la ali, ao alcance dos olhos. Por que está chorando, mãe? É só uma brincadeira. Para de chorar, mãe.

Sou uma criança falante, o que conforta minha mãe. Já tenho uma língua, e ela lhe faz companhia e lhe dá alento na solidão da viagem. As perguntas não a deixam se isolar no sofrimento, exigindo-lhe ânimo. Às vezes ela tem vontade de me pedir para ficar calada, mas sabe que isso seria uma crueldade comigo e com ela.

Ficamos sozinhas, ela e eu, depois que meu pai partiu para o Brasil. Ele saiu de manhã cedo, antes de eu acordar, com uma pequena mala. Meu avô o acompanhou até a rodoviária. Era domingo. Quando acordei, minha mãe me levou à pracinha, como sempre fazia. Minha avó veio almoçar e só então, ao abraçar sua mãe, minha mãe chorou.

Imagino tudo isso. Invento imagens para lembranças inexistentes. Meus pais nunca me contaram detalhes e nunca perguntei, mas é muito provável que eles não lembrem, que os atos cotidianos daqueles dias tenham entrado numa nebulosa da memória que obedece a um instinto de preservação.

Deixo-me levar pelas imagens, não para reconstruir o que é irreconstruível, mas para tornar visíveis as marcas que essa viagem pode ter deixado em mim e neles. Para entender essa viagem como se entende uma língua estrangeira, nunca absolutamente, sempre com vazios de sentido, expressões que se perdem, fonemas que se confundem.

De um lado para outro minha mãe e meu pai carregam as coisas em silêncio. Vou inspecionar meu novo quarto, onde há uma cama que logo aprenderei a chamar de "beliche". Estranha essa palavra com sotaque francês, diz minha mãe quando lhe conto a novidade. Todos os dias, após uma tarde com a professora Felisa, chego em casa com palavras novas, que ensino à minha mãe.

Quase trinta anos depois, retomo o contato com essa mulher. Ao telefone, ela diz que minha voz não mudou. Também tenho a impressão de que reconheço a voz dela. Conversamos por mais de uma hora. Falamos em espanhol. Sua língua tem uma tonalidade muito argentina, como se ela tivesse acabado de chegar ao Brasil. Fico surpresa quando me conta que só retornou a Buenos Aires uma vez desde que se exilou.

Volto para a sala e me sento numa das cadeiras da mesa de jantar. Sinto-me hipnotizada pelo movimento dos dois. Não consigo me mexer. Os olhos arregalados. Não adianta resistir. Vocês estão cercados. Encolhida debaixo da cama, ouço as ameaças com um frio na barriga. Mais cedo ou mais tarde vão me achar. Por isso detesto ser o bandido, acuada como a ratazana que o amigo do meu primo matou a pedradas. A ratazana não morre! A ratazana não morre! Mãos ao alto. Silêncio. O apartamento novo é grande demais só para nós três, avalio.

Hoje entendo que a escolha era perfeitamente justificada: do nono andar, a praça do Lido, lá embaixo, era apenas um desenho de árvores e pessoas em miniatura, enquanto à nossa frente tínhamos um pedaço do oceano Atlântico que fazia de nossa varanda o convés de um navio.

Meu pai esteve no Rio de Janeiro pela primeira vez em 1966. A entrada na Baía de Guanabara o deixou extasiado. Prometeu-se que voltaria e passaria mais tempo. Era o início de uma longa viagem, de três meses, num imenso cargueiro inglês que o levaria até Roterdam, para que dali ele fizesse sua própria rota por terra.

Nosso apartamento de Buenos Aires era antigo como o de Copacabana, mas não tão grande, contam meus pais. Não consigo acreditar que houve uma vida antes de nossa vinda. A escassez de lembranças faz daquele tempo uma fantasia. Imagino, não sem angústia, como teria sido se tivéssemos ficado. Como seria minha mãe? Como seria meu pai? Como seria eu se não soubesse falar português?

Tantas vezes estive em Buenos Aires e poderia ter ido até o prédio onde moramos, para ver com meus próprios olhos, mas isso nunca me ocorreu. Agora me dou conta de que foi por achar que esse passado pertencia à minha mãe e meu pai, não a mim.

Será que da próxima vez que for à cidade, depois de ter escrito estas palavras, farei uma visita à rua Paraguai, 2525?

Naquele outono de 1977, a primeira escala do meu pai foi Porto Alegre. A cidade passou a fazer parte da memória familiar. Muitos anos depois a encontrei nas páginas de um livro. O personagem do romance que estou lendo se senta à beira do rio Guaíba numa tarde de verão. Ou melhor, ele se lembra de uma tarde de verão à beira do rio Guaíba. Porque o personagem está num país estrangeiro e busca um refúgio contra uma língua que não entende e o encontra nos rastros de um verão não muito distante em que, sentado à beira do Guaíba, decidiu partir.

O personagem persegue o escritor. Ou é o contrário? "Só recentemente me dei conta de que meu personagem é sempre o mesmo", diz o escritor numa entrevista. "Existe em meus textos uma visão de mundo que é muito fanática", acrescenta. A quantas anda, a cada livro, eu quero, digamos assim, me afundar um pouco mais nisso, a quantas anda o olhar, mais ou menos esquizoide, desse personagem.

Essa sua obsessão me fascina. Leio todos os seus livros, um após o outro, e me torno uma andarilha, como seu personagem. Leio com o corpo, levada pela vagabundagem do seu texto. Com o livro na mão, perco-me pelas ruas desta cidade estrangeira, à espera de que alguém me encontre e me guie, como nos seus romances.

O sentimento perturbador da errância me transporta para uma cena antiga, num clube. Minha mãe está lendo um livro numa espreguiçadeira. Há muito tempo que não a vejo assim, plácida. Sua tranquilidade torna luminosa a realidade à minha volta. Sinto-me segura a ponto de me afastar um pouco dela. A ponto de querer fingir que me perco dela. Vou em direção a uma área verde, afastada da sede do clube, e desfruto da sensação de estar perdida num lugar conhecido.

No apartamento da avenida Nossa Senhora de Copacabana, as noites são longas e obscuras. Lá fora circulam uns poucos carros, e de vez em quando se ouve um cachorro latindo ou as vozes de pessoas conversando. Dentro de casa há criaturas que meus pais não veem, visitas inesperadas que me fazem acordar, pular da cama, correr até a porta para verificar uma e outra vez: trancada. O mesmo movimento várias vezes por noite, até que finalmente vem o sono profundo.

Algumas noites, a angústia toma conta de mim e então é impossível dormir. Restam a porta dos meus pais e a esperança de que eles me acolham no seu quarto. Sei que minha mãe não vai permitir, mas bato assim mesmo. Espero. Ela abre a porta. Sei que vai querer me levar de volta para o meu quarto. Imploro. Ela não cede. Eu me desespero. Ela tenta me acalmar. Sei que não há retorno a partir deste ponto. Adormecemos juntas na minha cama.

Muitos anos depois a angústia e as aparições retornariam. Heranças de um outro tempo? Estaremos constituídos de restos de palavras que nos afetam e permanecem em nós, como marcas indestrutíveis, fendas que abrem caminhos definitivos que nunca ficam desertos? O meu desconcerto é evidente quando, mais uma vez, no meio da noite, acordo de pé, diante da porta: trancada.

O médico me pergunta se sofri algum trauma. "É uma pergunta um pouco vaga", penso, e respondo, entre evasiva e irônica: "Alguns". Ele está evidentemente desconcertado com o que lhe conto sobre minhas atividades noturnas. Com um olhar grave, me receita um calmante, sem mais comentários.

Lembro-me de dois episódios no apartamento da praça do Lido. Minha mãe tinha me dado de presente um canarinho. Não me lembro de prestar muita atenção nele, mas me lembro, sim, do dia em que morreu. Quando cheguei do colégio, minha mãe estava sentada na varanda. Estava à minha espera e tinha o semblante abatido. Contou-me o que tinha acontecido. O passarinho fora envenenado com um inseticida que ela usara numa samambaia. Guardo a lembrança de uma mancha amarela na gaiola, mas o que mais me impressionou, sem dúvida, foi a gravidade da minha mãe ao me contar a notícia, como se achasse que eu não conseguiria suportá-la.

A outra lembrança é de um dia que passamos fora, numa praia afastada, talvez Grumari. Ao voltarmos, a casa estava revirada, com caixotes e objetos espalhados pelo chão. O apartamento tinha sido assaltado, mas tínhamos chegado antes que os ladrões tivessem tempo de levar as coisas. Ao ver o que tinha acontecido, meu pai correu aos prantos em direção ao quarto. O relógio do meu pai! O relógio do meu pai! Estava tão aflito que demorou a achá-lo, embora estivesse exatamente onde o deixara.

Posso contar nos dedos as recordações que tenho dessa época. Desse material rarefeito, extraio uma imagem: um navio ancorado no porto; muitas pessoas amontoadas, despedindo-se, abraçando-se, chorando; os carregadores vão e vêm, levando malas, caixotes, gaiolas. Minha mãe, meu pai e eu estamos ali para dar adeus a uma amiga querida, que veio para o Rio de Janeiro antes de nós e nos ajudou muito quando chegamos. Esse navio vai cruzar o Atlântico até Barcelona, onde nossa amiga vai morar, a milhares de quilômetros de distância de seu país, onde seu filho caçula foi sequestrado e assassinado pelo regime militar.

iii.

Que pele é essa, tão branca, esses caminhos de veias, essa película quase transparente que me cobre? Vou me descolorindo pelo caminho e me sinto mais cansada do que na última partida. Andei perdendo sangue? Busco o fio das coisas.

Num sonho, vejo meu antigo apartamento no Rio de Janeiro. Acho tudo excessivo: como foi que juntei todos esses objetos? Móveis grandes e pequenos, bibelôs, patinhos, livros de arte, caixinhas. Vasos de barro e de porcelana, um piano, tapetes. Vem a lembrança daquela mendiga carregando sua vida no carrinho de supermercado: moluscos gastrópodes.

Meu novo apartamento está quase vazio. Os objetos ficaram para trás e o branco absoluto das paredes absorve as poucas energias que me restam. Sinto-me zonza. Os pés estão avermelhados e intumescidos agora que finalmente descalcei os sapatos. Deito minhas costas no chão e sinto cada uma das minhas vértebras. Meu corpo está exausto. Como foi que cheguei até aqui?

"Os órgãos oficiais supõem que há em torno de 850 mil argentinos espalhados pelo mundo", diz o jornal. Mas sobre aqueles que vão e vêm com projetos de vida não há precisão nem detalhe. Por isso, quando se aborda o tema da imigração, abundam as histórias individuais, mas poucas observações medem o fenômeno com rigor científico. "O que se pode afirmar com certeza", continua o jornal, "é que, comparada ao vizinho Uruguai, que chegou a ter 11% de sua população no exterior, a Argentina, cujo nível de expatriados seria de pouco mais de 2%, não deveria se sentir perturbada pelo fenômeno".

Estou sozinha numa cidade estrangeira. Ele se foi sem que pudéssemos sequer nos despedir. Achei que não fosse sobreviver, mas aqui estou: abandonei quase todas as nossas coisas (um monte de objetos, dele e meus, que me assombravam) e me refugiei neste apartamento.

Como se conta esta história? Começo por uma frase que, caminhando à beira do Tâmisa, me fisga os ouvidos. É fim de tarde e estou passeando sem destino certo, nas proximidades do novo Tate. Uma chuva fina começa a cair. Duas vozes me seguem, uma mulher e um rapaz, conversando a uns dois metros de mim. *Si un día te volvés a la Argentina*, diz a mulher. A língua perfura a paisagem. Contraio os músculos do rosto e sinto se definir imediatamente aquela ruga familiar entre os olhos. Com a ponta dos dedos, aliso-a num exercício inútil de apagamento.

Ao chegar em casa, sento-me diante do computador e escrevo: partindo mais uma vez. Procuro me lembrar da primeira vez que voltamos à Argentina e me dou conta de que não guardei recordação alguma desse retorno. É possível que tenha se apagado por completo de minha memória? Não era tão nova no Natal de 1980.

Observo uma foto dessa época: minha mãe, minha irmã e eu, posando numa rua de Buenos Aires. Não me lembro daquele instante. A memória, uma engrenagem falha, engole os dias, as palavras, as imagens. Mas desse mesmo oco, de sua profundidade, emergem cenas de uma outra viagem.

Leio que a migração dos pássaros continua sendo um mistério. Algumas teorias sustentam que as impressões que eles carregam de seu local de nascimento resultam numa persistente urgência de voltar para lá na primavera. Uma das coisas enigmáticas e admiráveis sobre essas longas viagens é que alguns deles se separam dos pais e sem qualquer guia podem se orientar na direção certa, sobrevoando vastas extensões de água. São inúmeros os perigos enfrentados nessas jornadas, e os que conseguem chegar a seu destino trazem as cicatrizes dessas adversidades.

Imagino uma trama de partidas e dela começo a desentranhar minha ficção. Partindo mais uma vez, escrevo, e me dou conta de que a pura fantasia, com suas possibilidades infinitas, fica aquém desta história. Ela é real, escavada nos livros e na memória. Escrevo: carreguei marcas através das décadas, acumulei restos de histórias, desaguei-os na geografia desta cidade. Do mar ao rio, do rio ao mar, de novo ao rio, aqui cheguei, aqui estou eu. As viagens começam a se escrever quando me deixo levar por uma voz quase perdida que não é minha.

Começo a escrever, tentando não me deixar afundar no pântano dos relatos familiares. Fico apenas com os retratos e algumas lembranças. A maior parte delas será inventada, numa aventura narrativa que me tira do estado catatônico dos últimos meses e me leva adiante.

Começo contando sobre a minha chegada a Londres. É minha segunda vez na cidade. A primeira foi com uma amiga, quando tinha dezoito anos, uma jornada de um dia quando estávamos fazendo um curso de inglês em Brighton. Planejamos tudo detalhadamente, com uma empolgação que ficou registrada nas fotos.

Minha preferida sempre foi uma na Russel Square.

Estou abraçada a uma árvore, numa pose típica de adolescente, sorrindo para minha amiga. Dei essa foto de presente a ele logo que nos conhecemos, provavelmente porque era uma imagem que raramente conseguia transmitir de mim.

Gosto dela também por ser uma evidência dos efeitos inesperados do tempo: essa praça, que naquele momento era uma descoberta numa cidade praticamente desconhecida, seria um dos lugares mais frequentados por mim alguns anos depois.

Em frente a ela fica o Senate House, um edifício enorme dos anos 1930, sede da biblioteca principal da universidade de Londres. Alguns dias, passo horas ali, resguardada pelos livros. Nunca estudei nessa universidade, nem teria acesso a essa biblioteca se não fosse seu esforço em conseguir uma carteirinha que uso fingindo ser minha. Não há risco de ser descoberta porque basta passar o cartão pelo leitor da tarja magnética e esperar o sinal verde.

Leio que há um forte componente genético no tempo e na rota da migração dos pássaros, mas isso é muitas vezes modificado por influência do ambiente. Assim, um pássaro pode mudar de rota por causa de uma barreira geográfica, como uma grande cadeia de montanhas, fazendo um desvio que aumentará em até 20% o tamanho de sua viagem, ainda assim vantajosa. No entanto, pode ocorrer também que alguns pássaros sigam rotas que refletem mudanças históricas herdadas e que hoje estão longe de ser as mais adequadas.

Partir não foi fácil. Trouxe a gata e consegui um jeito de ligar para meus pais pelo preço de uma chamada local. Quando falo com minha mãe, sua voz sempre soa dura, como se precisasse me repreender pela distância indesejada. Meu pai e ela querem que eu volte. Não entendem o que ainda me resta fazer aqui, depois de tudo.

Frequentemente, no meio da noite, abro os olhos com uma pergunta: onde estou? Depois saio correndo, mais uma vez, em direção à porta. De tanto ser surpreendido pela fuga, ele acabara adquirindo o hábito de me segurar cada vez que me movimentava na cama, de modo que não podia me virar sem que ele agarrasse meu braço para me impedir de escapar.

As fugas se intensificaram com a mudança a Londres, embora me sentisse muito à vontade na casa nova, que me surpreendeu positivamente desde o início. Achei que fosse encontrar um lugar cinza, úmido, minúsculo, mas o apartamento tinha dimensões bastante razoáveis e era muito bem iluminado. Cada cômodo, inclusive a cozinha, tinha sua generosa janela.

A primeira coisa que fiz ao chegar foi conseguir um mapa e localizar a Snowsfield Street na cidade, uma pequena rua que sai da Weston e fica a cinco minutos da London Bridge. Depois comprei uma bicicleta e aprendi que a chuva, mais do que um estorvo, é uma companhia.

Ainda hoje a cidade me parece imensa, fora do alcance das minhas pedaladas. Sei que mesmo morando nela por muitos anos, permanecerá indecifrável. Que nunca será minha. Que serei sempre uma estrangeira, quase invisível ao olhar indiferente dos ingleses.

Assim que cheguei, alguém me surpreendeu com a pergunta: "O que fazem dois argentinos morando em Londres?". "Dois argentinos? Eu vim do Rio de Janeiro", respondi, um pouco sem jeito.

Ele veio de Buenos Aires. É sua primeira vez fora da Argentina. Fico atônita quando me conta isso. *Nunca atravesaste la frontera?* Nunca. Olho para ele como se fosse um ser de outro planeta. Ele me conta também que mora na mesma casa onde moraram seus bisavós. Meu assombro é ainda maior. Ainda existe neste mundo esse tipo de continuidade?

Leio que o comportamento migratório se encontra também em aves residentes, que apresentam, a cada estação, uma espontânea urgência de migrar. Esse comportamento varia de espécie para espécie, mas a pesquisa sugere que a urgência é inata, provavelmente herdada dos ancestrais.

Ele estava satisfeito com o seu trabalho no Guy's Hospital, a dois quarteirões do nosso apartamento. Saía cedo de manhã e voltava no final do dia. Eu abria a porta e via seu sorriso cansado. Existia a possibilidade de ficar por mais algum tempo, depois de terminada a especialização, e havia perspectivas de um emprego duradouro.

Nesta ilha, a milhares de quilômetros de sua cidade natal, ele esperava encontrar uma permanência perdida. Quase não falava sobre a Argentina, mas se interessava muito pela história dos meus avós e também dos meus pais: queria entender o motivo de suas viagens.

Não consigo parar de escrever. Há dias não saio de casa. Vejo garoar pela janela e me sinto protegida entre quatro paredes, sob o olhar da gata. Na cozinha, acumula-se a louça das últimas refeições, em geral torradas e café. Tomo vários cafés da manhã ao longo do dia, como se estivesse sempre recomeçando.

Minha foto na Russel Square, num porta-retratos que ele comprou especialmente para ela, foi uma das únicas coisas que guardei de nosso antigo apartamento. Ela me dói por ser uma evidência dos efeitos inesperados, e assustadores, do tempo. Tento escrever sobre essa dor, mas não consigo. Ainda não chegou a hora.

Ele nunca pensara em morar fora. Não sabia falar direito nenhuma língua estrangeira. Só ao viver a frustração do recém-formado num país que parecia ter desistido de si próprio é que começou a pensar nessa possibilidade. Por que não o Brasil? Entrou num curso de português, como primeiro passo.

Um amigo do curso o leva para ver uma exposição num museu de arte latino-americana que acabou de ser inaugurado.

Há várias obras de artistas brasileiros que ele vai gostar de conhecer, convence-o o amigo. *Mi angel de la guardia*, ele me diria depois.

Também me contaria de sua ignorância diante do que vê. Quase todos os nomes lhe são estranhos: Tarsila do Amaral, Candido Portinari, Di Cavalcanti, Hélio Oiticica. Aos poucos vai se desinteressando dos quadros e começa a prestar atenção em duas moças que falam sem parar diante das obras. Uma delas sou eu.

Não me lembro exatamente como foi que ele nos abordou, mas quando dei por mim já tínhamos saído da sala de exposição e nos dirigíamos ao saguão principal do museu, descendo as escadas rolantes, minha amiga uns degraus acima e ele logo abaixo de mim, visivelmente interessado em contar-me coisas que pudessem me impressionar.

Fala sobre suas aulas de português e ensaia algumas frases para me demonstrar que seus avanços são admiráveis, considerando que começou o curso há apenas alguns meses. "Quero te levar a conhecer um cantinho especial da cidade." Seu sotaque me diverte e, mais ainda, seu desconhecimento de minha verdadeira origem.

Paro depois de escrever "verdadeira origem". O encontro com ele estilhaçou essa ideia. Até aquele momento, eu me equilibrava precariamente entre duas identidades, mas existia um equilíbrio: Buenos Aires era uma imagem ao fundo e o Rio de Janeiro era o primeiro plano, onde se desenrolava minha vida. Quando me perguntavam sobre minha nacionalidade dizia que era uma falsa argentina.

Vamos para o café do museu e ele continua falando sobre o curso de português e sobre o desejo de morar no Brasil, sem desconfiar que meus eventuais deslizes gramaticais e o acento um pouco deslocado — portenho, mas desatualizado — são o resultado de uma vida passada quase toda nesse país que ele quer conhecer.

Só de noite, muitos cafés e algumas taças de vinho depois, já na casa dele, confesso meu pequeno segredo. Ele não acredita. *Me estás cargando!* Gasto meu português para convencê-lo. Ele insiste em que eu conte como é viver em outro país. Não sei exatamente o que dizer e devolvo a indagação: como é não viver em outro país?

Nossas conversas sempre voltavam a esse assunto. Sua curiosidade me surpreendia. Seria possível que essa história interessasse a alguém? Ele me pedia detalhes que em geral eu desconhecia. Quando foi que meus pais decidiram partir? Como fizeram para sair do país? Como foi a viagem? Eles sabiam falar português? Alguém entrara de repente na minha vida para dar voz a perguntas adormecidas em mim.

Assim, adormecidas, permaneceram por mais algum tempo sob as reviravoltas do nosso encontro. Sob dezenas de *e-mails* diários e telefonemas com os minutos contados. Nosso assunto era como ficar juntos. Nossa questão era quem se aventuraria na viagem, deixando suas coisas para trás. A Inglaterra surgiu como uma solução possível para nosso dilema: viajaríamos os dois, seria dos dois a aventura.

Leio que do ponto de vista científico o encantamento da primavera é verdadeiro, pelo menos no que diz respeito às aves. É a época em que proliferam, como se pode comprovar nos parques, nas praças e nos campos. O aumento de aves nesta época do ano não é apenas uma mera impressão visual, mas um fato que se deve a duas condições: é o período de procriação e quando as aves migratórias chegam fugindo de áreas onde os rigores do clima tornam a vida difícil.

Aqui cheguei. O outono já dá sinais. Três meses se passaram desde a manhã de julho em que a notícia de um atentado na cidade me arrebatou diante da tela do computador. Justo naquele dia ele não foi ao trabalho. Tinha marcado de se encontrar com um amigo de infância que estava de passagem por

Londres, hospedado perto da Russel Square. Justo naquele dia. Naquela hora.

Tudo parecia irreal. Andando pela cidade em turbulência, eu não conseguia dar sentido a nada do que via. É possível? É possível essa violência? É possível essa vulnerabilidade? É real? Tão real quanto sua presença de manhã e sua ausência agora, apenas algumas horas depois? Andei sem parar, sem saber para onde ir, atravessei praças e parques, ruas e avenidas que não conhecia, bairros que nem sabia que existiam.

Buscava um refúgio do barulho das sirenes, que estavam por toda parte. É possível? É real? Sentia a cidade a ponto de desabar sobre mim, até que, de repente, tudo desapareceu. Minha mente se apagou e no instante seguinte vi um rosto desconhecido pronunciando palavras que não conseguia ouvir. Era uma moça ruiva. Ela me deu a mão, me ajudou a levantar e me conduziu até uma cadeira, num lugar mal iluminado. Aos poucos os sons se tornaram mais nítidos e então ouvi de novo o barulho terrível das sirenes do lado de fora do *pub* onde a moça me deixara.

O que estou fazendo aqui? Precisava de uma explicação, mas não a dos jornais, a dos noticiários, a das milhões de telas espalhadas pela cidade, inclusive naquele *pub*, que repetiam as mesmas cenas incansavelmente, as mesmas frases, os mesmos nomes, os mesmos rostos, como se tudo tivesse sido ensaiado, um grande espetáculo com atores anônimos do qual eu, uma intrusa, inesperadamente fazia parte, sem saber como agir, sem saber o que falar, sem conseguir dizer uma só palavra na língua estrangeira que me rodeava.

De repente, eu estava condenada ao silêncio, como se minha vida já não me pertencesse, invadida por algo muito maior do que ela, do que eu, que atravessava todas as fronteiras. Num instante, eu estava jogada no mundo e fazia parte de uma história que nunca teria imaginado como minha.

Como sobreviver? A pergunta paira sobre todos os meus gestos. Partindo mais uma vez, escrevo, e extraio das palavras que surgem na tela um pouco de energia, o suficiente para mais uma jornada. Sigo os rastros das perguntas dele e me deixo levar ao passado, a imagens que nunca supus ao meu alcance, enquanto se desenha um destino possível, uma nova geografia que poderá me acolher, quem sabe uma outra cidade, um outro rio, muito mais ao sul.

(*Mais ao sul*, 2008)

Impressão e Acabamento:
Geográfica editora